MEMENTO MORI

DU MÊME AUTEUR

La Fleur de peau, Métailié, 2007.
Memento mori, Actes Sud, 2013.

Titre original :
Crim de sang
Éditeur original :
Raval Edicions, SLU, Proa, Barcelone

ISBN 978-2-330-07610-8

SEBASTIÀ ALZAMORA

MEMENTO MORI

roman traduit du catalan
par Serge Mestre

BABEL NOIR

à María José Lagos

Du plus profond de l'homme
le monstre est apparu.

JOSEP LLUÍS AGUILÓ

Il écrivait :

Souvent, lorsque la soif me saisit, je pense à l'Esprit saint. Contrairement à ce que certaines superstitions affirment, nous, les vampires, n'éprouvons pas de répulsion à l'intérieur d'une église. La vue du symbole de la croix ne m'a jamais gêné, sauf une fois où, profitant du fait que j'étais en train de dormir dans mon repaire, quelque part sur la frontière hongroise, un berger a utilisé une croix pour me perforer le thorax. Je me la suis arrachée d'une main et de l'autre j'ai arraché le cœur du berger, j'ai exprimé le sang dans mon poing et je l'ai avidement avalé. Ensuite, j'ai empalé son corps sur un pieu qui marquait la limite entre les deux territoires : frappé par les rafales du vent glacé, celui-ci s'agitait comme un épouvantail désarticulé, perdu dans la nuit, sans réconfort ni espoir. J'ai abandonné la croix par terre, aux pieds du berger.

Non, je ne suis indisposé ni par la croix ni par les temples chrétiens : de fait, j'ai été dévot dans une vie antérieure, il y a bien longtemps déjà. Et, dans mon existence actuelle, penser à l'Esprit saint me soulage. Au bout du compte, il s'agit également d'un démon, un *daemon*. Nous sommes tous deux rangés dans la catégorie des êtres que les hommes considèrent comme inconcevables. J'apprécie les qualités qu'on associe à l'Esprit saint, car ce sont elles qui conviennent à un bon agencement de la nature : sagesse, compréhension, conseil, fermeté, science, pitié, crainte de Dieu. La courtoisie de l'assassin se manifeste sous forme de pitié : la crainte de Dieu est un euphémisme pour faire référence à l'angoisse de la victime devant l'imminence de son exécution. La science sert à raffiner les méthodes du carnage, la fermeté permet de ne pas faiblir pendant la traque, la compréhension à la concrétiser, le conseil à assumer le vide d'une existence dépourvue de temps, et la sagesse à la mener. Le mot communément utilisé pour définir ce que je suis est le mot : *monstre*, et je déteste l'écrire : l'Esprit saint lui aussi est un monstre. Dieu également est un monstre. Il est évident qu'il a insufflé de la monstruosité à tout ce qu'il a créé.

De l'endroit où je me trouve, je sens la rumeur des explosions des bombes, qui résonnent, menaçantes, dans la nuit, semblable à un roulement de tonnerre qui s'approche. Des hommes qui tuent d'autres hommes, pour quelque profit, ou par simple plaisir de le faire : j'ai fréquemment vu cela et ne m'en lasse jamais. J'apprécie les lieux où règne la violence, car je peux y chasser plus à mon aise. Des pays en guerre, des villes dévastées, des rues ensanglantées : je me suis toujours senti ému, en ces endroits-là, par la persévérance que les hommes parviennent à mettre en œuvre dans l'exercice de leur cruauté. Il existe un chiffre du mal, inconnu des vampires eux-mêmes, de tous les monstres et de tous les démons, et la guerre en exprime toujours au moins une décimale. Et parfois bien plus, comme ici, à Barcelone, où le mal sévit avec une férocité inusitée et subjugue totalement les hommes. En ce qui me concerne, j'y circule en toute liberté, invisible parmi ces frères qui sacrifient leurs frères, ces pères qui dénoncent leurs enfants et ces enfants qui exécutent ou font exécuter leurs parents ; parmi marchands de misère et maquereaux de la mort, colporteurs du crime et quincailliers de la dépravation. Barcelone est devenue une ville infâme, dévastée, qui semble d'une certaine façon s'amuser de l'idée de sa propre disparition.

J'écris en me sentant rassasié, parfaitement satisfait d'avoir bu le sang du curé que j'ai égorgé tout à l'heure, même si je dois avouer que cela n'a pas été sans difficulté, contrairement à ce que j'avais initialement prévu. Satisfaire sa soif est l'unique devoir du vampire et, afin de l'accomplir, il doit tout d'abord apprendre à repérer et à privilégier les proies faciles. En général, les hommes et les femmes qui ont la foi le sont, et encore plus dans cette ville qui les a transformés en chair à canon, horriblement triturée par la guerre. De plus, même si personne ne les poursuit, leur vie de prière ralentit finalement leurs réflexes et ramollit leur musculature. En théorie, leur dévotion les prépare à recevoir la mort en toute sérénité, ou du moins au terme d'une certaine résignation. Je dis bien en théorie, car le curé d'aujourd'hui m'a rendu la tâche on ne peut plus difficile : il se débattait, résistait, me griffait, hurlait comme s'il était devenu totalement fou. Par deux fois, il s'est même permis de blasphémer horriblement contre le Dieu dont il se targuait d'être un ministre. Ses vêtements, il est bon de le dire, conservaient des traces de parfum d'encens, et cela amplifiait la douceur qui envahissait ma bouche lorsque j'avalais goulûment le jet qui giclait de la veine tranchée de son cou.

Avant de le tuer, j'ai pris le temps de l'observer quelque peu. Il se trouvait dans une cellule, penché devant une table, en train de lire l'Évangile de Jean ; il lisait comme nous le faisons tous, nous, les vieux, c'est-à-dire en suivant les lignes avec le doigt et en mâchouillant le texte à voix basse, et j'ai pu comprendre quelques mots. Il avait choisi l'histoire de la résurrection de Lazare, qui est aussi l'histoire d'un monstre. Je me suis toujours demandé si Jésus s'était senti véritablement ému par les pleurs de Marie Madeleine. Il ne faudrait pas oublier qu'un jour, elle l'avait oint de parfums puis lui avait essuyé les pieds avec ses cheveux, en signe de vénération. Ne serait-il donc pas possible qu'il cherchât d'autres faveurs en ressuscitant son frère, par exemple qu'elle le remerciât avec toujours plus d'onguents et toujours plus de caresses ? Quoi qu'il en fût, l'évangéliste affirme que, après avoir entendu les plaintes et les pleurs de Marie de Béthanie, Jésus avait demandé à être conduit jusqu'à la tombe de Lazare et que, une fois là-bas, il s'était adressé à Dieu en utilisant des mots tout à fait solennels. Puis, tout de suite après, il avait ordonné qu'on ouvrît le tombeau. Le défunt s'en était alors extrait par à-coups, bras et jambes enroulés dans des bandelettes et visage enveloppé dans le suaire. Tout d'abord, Jésus avait demandé qu'il fût détaché et qu'on le laissât marcher. C'est ce que fit le mort, qui avait les chairs intactes, sans la moindre marque de putréfaction ni le moindre relent malodorant, avec la peau toute rose, les membres souples, agiles, comme un vampire en train d'émerger de sa sépulture.

Ce ne devait certainement pas être la lecture qu'en avait faite mon brave curé : pour lui, la résurrection de Lazare ne pouvait être qu'un compromis de Dieu envers les hommes, fixé dans les Saintes Écritures, pour leur montrer la véritable vie que son Église promet après l'existence terrestre. Bref, à présent, il doit être en train d'éprouver la fiabilité d'un tel compromis : si c'est lui qui avait raison, son âme doit déjà être en train de descendre à grande vitesse à travers les cercles de l'enfer, car il est mort en offensant Dieu en pensée, en paroles, par volonté et par omission. Une vie entière de prières et de renoncements pour finir par échouer au dernier moment de façon aussi lamentable qu'irréversible! Pendant que mon brave curé se débattait et que j'étanchais ma soif, j'ai senti que l'Esprit saint était présent : *Ruach Ha Kodesh*, me disaient les juifs. La voix envoyée des cieux.

La futilité de l'être humain anéantit la culmination dans la froideur de la tombe et la putréfaction de la chair. Le rêve dérisoire des grandes entreprises humaines – qu'il s'agisse d'empires, d'idées, de villes ou de fortunes – se résout dans la couleur grise et répulsive que prennent les choses mortes. Car il n'est pas que les hommes qui soient mortels, les choses qu'ils construisent, se disputent et convoitent, meurent elles aussi, à leur tour. Il n'y a guère que nous, les monstres, qui soyons exemptés de mourir, pour la simple raison que nous ne sommes pas vivants. J'ai rencontré des hommes et des femmes qui m'ont offert leur sang de bon gré en échange d'une fausse promesse d'immortalité, à laquelle ils s'accrochent comme un enfant s'agrippe au sein de sa mère. Le passage de la nature humaine à celle de monstre est arbitraire, aucune volonté ne le dicte, aucune conjuration ne le suscite et aucune somme d'argent ne l'achète. Personne ne peut sauver quelqu'un de la mort, et encore moins Dieu, qui n'y aurait pas le moindre intérêt.

Voilà donc les termes de la charade : la réponse qu'on doit y apporter dépend seulement des attentes de chacun. Ceci dit, s'il est quelque chose que je puisse affirmer en toute certitude, c'est que, de toutes les erreurs de l'histoire humaine, la plus stupide est celle qui conduit à entretenir des attentes. Non parce qu'au bout du compte tout dépend du hasard, comme le prétend la *vox populi* : car le hasard n'existe pas, tout comme n'existe pas l'ordre, ni les règles, ni la hiérarchie. L'espèce humaine est un accident réussi qui se produit au milieu du chaos. Il n'y a rien d'autre.

Devant tant d'inconsistance, je trouve surprenant que les hommes n'aient pas plus souvent pris la décision de supplanter Dieu, d'assumer ses fonctions et sa puissance à sa place et de commettre le péché suprême de l'imposture. Grâce à un projet plus puissant et plus blasphématoire que n'importe quel autre : créer de la vie, donner vie aux objets inanimés. Je me trouvais à Prague lorsqu'un rabbin irascible et un peu dérangé, connu sous le nom de Juda Loew, avait réussi à animer le Golem, un pantin, vaguement anthropomorphe modelé dans de la terre glaise, aux proportions gigantesques et aux gestes maladroits. Après que le rabbin avait introduit dans la bouche de la créature un rouleau de papier où était inscrit un mot de passe, le Golem s'était mis à trembler de tous ses membres, puis avait obéi aux ordres que lui avait donnés son maître. Juda Loew ensuite avait retiré le rouleau de papier de la bouche de la créature et celle-ci était devenue inerte, comme le vulgaire et simple tas d'argile qui avait servi à la façonner (le rabbin faisait courir le bruit que le mot de passe inscrit sur le papier était un des noms secrets de Dieu ; curieusement c'est celui-ci qui, au dire de nombreuses personnes, donnait vie à la pantomime).

J'étais également à Paris, lorsqu'un certain Vaucanson y était devenu célèbre grâce à son Canard, un automate très connu en son temps. Il s'agissait d'une figure de cuivre imitant à la perfection le corps d'un canard, avec toutes ses parties. Il était paraît-il capable de manger et de boire, de barboter et de cancaner, et aussi de déféquer dans une bassine en argent. On l'appelait le Canard digérateur. Finalement, avec le temps, on a pu prouver que tout cela n'était qu'une vaste supercherie : le grain avec lequel le canard faisait mine de s'alimenter allait atterrir dans un compartiment dissimulé parmi les engrenages, et les défécations n'étaient autres qu'une bouillie stockée dans la partie postérieure de l'automate. En conclusion, un engin bien plus limité et ingénu que le Golem. Comme ce joueur d'échecs mécanique qu'un autre malin, se faisant appeler Maelzel, promenait dans toute l'Europe, provoquant la ferveur des foules. Tout le monde refusait d'admettre qu'un joueur expert se cachait à l'intérieur du pantin prétendument invincible, lequel ne s'était en effet jamais fait battre par les naïfs qui désiraient à toute force l'affronter, parmi lesquels figurait l'empereur Napoléon Bonaparte en personne.

Tout cela n'était donc que mystification, grossière tentative d'imiter la vie, ou de le faire croire. Mais ce qui est sûr, c'est que les hommes ont souvent travaillé à comprendre et à maîtriser les mécanismes qui la rendent possible avec la même application qu'ils se sont également employés à la détruire. Au bout du compte, qu'est-ce que la vie ? Qu'est-ce qui la différencie de la mort ? La vie est un phénomène énigmatique et fréquemment écœurant : la chair des hommes et celle des animaux palpitent encore après la mort, et les intestins conservent leurs mouvements péristaltiques pendant longtemps. S'ils sont stimulés, les muscles se contractent, même après avoir été arrachés du corps auquel ils ont appartenu. Tout le monde connaît l'histoire de cet officier anglais condamné à mort pour haute trahison : on l'avait éviscéré vivant, on lui avait arraché le cœur pour le jeter au feu ; immédiatement, celui-ci avait fait des bonds d'un mètre de hauteur, qui s'étaient succédé toutes les sept ou huit minutes. Un comportement d'ailleurs semblable à celui qu'on peut observer chez les polypes, qui non seulement continuent à remuer après avoir été coupés en petits bouts, mais qui se régénèrent en quelques jours et forment autant de nouveaux polypes qu'on avait fait de morceaux. Les vers de terre, les chenilles, les mouches et les anguilles ont également en commun le fait que les parties mutilées de leur corps continuent à avoir une capacité de mouvement, qui s'intensifie lorsque celles-ci sont plongées dans de l'eau chaude. Et le cœur des grenouilles peut battre pendant plus d'une heure après avoir été extrait du corps, spécialement si on l'expose au soleil ou si on le place sur une surface à température adéquate. Les corps vivants, comme ceux des automates, ne sont rien d'autre que des machines : est-ce donc la température qui permet aux ressorts de s'activer ? Ou la température est-elle l'effet et non la cause du processus ? Est-ce enfin le souffle du Saint-Esprit qui est la cause première de la vie ?

Souvent j'ai du mal à différencier les hommes des animaux, car je me nourris indistinctement des uns et des autres et qu'ils réagissent tous avec la même panique devant la mort. Tandis que je m'en délectais, mon curé bondissait encore sur le carrelage en faïence du sol, de façon spasmodique, comme le cœur d'une grenouille ou d'une poule décapitée, avec les yeux injectés de fureur et de haine. On est en droit de supposer que s'ils s'attendaient vraiment à une vie extraterrestre après la mort (pas cette vie monstrueuse que nous partageons, nous, les vampires, avec Dieu et le Saint-Esprit, mais cette sorte de rédemption éclatante et lumineuse qu'ils se promettent entre eux), les hommes pourraient faire preuve d'un comportement moins décevant.

Les hommes ne supportent pas l'idée d'être assassinés ; en revanche, ils sont tous enthousiastes à l'idée de pouvoir devenir eux-mêmes des assassins. Tout le monde, sans exception : la race humaine n'est rien d'autre qu'une lignée, déjà ancienne et extrêmement nombreuse, d'assassins. Voilà quel est le problème de la liberté humaine : à peine un individu pense-t-il l'avoir atteinte, que la première chose qu'il fait est de se focaliser sur l'élimination de ses congénères. L'ordre est rétabli lorsque quelqu'un d'autre lui fauche la vie, car l'ordre consiste à réprimer l'appétit envers le crime, en commettant pratiquement toujours un nouveau crime. Voilà pourquoi, mieux que tout autre chose, une guerre constitue la réalisation simultanée du désir de tuer accumulé par l'ensemble des individus d'une même génération. Un instant de libération collectif, un soupir énorme et dévastateur, exhalé du tréfonds de l'âme aussi bien par les victimes que par les bourreaux.

C'est pour cette raison que, lorsque je suis en présence d'un gosse, ce que je vois n'est pas un enfant, mais un assassin en puissance – et qui est parfois déjà passé à l'acte. Après en avoir fini avec mon curé, je cherchais une sortie qui me permît de m'enfuir sans être vu, et c'est ainsi qu'en empruntant une petite porte je me suis retrouvé dans une rue étroite et sans pavés. Je l'ai trouvé là, qui jouait à faire tourner une toupie sur le sol poussiéreux. Il n'avait pas plus de six ou sept ans, portait des pantalons de grosse toile et un chandail tout déchiré ; ses joues étaient pleines de morve et il observait avec des yeux en amande et bien ouverts les traces de sang constellant mon visage. Sa toupie à la main, il est resté figé dans la douce lumière du matin. Et moi je sentais à nouveau cette soif, qui ne s'étanche jamais tout à fait.

PREMIÈRE PARTIE

MEMENTO MORI

— *Ego te absolvo a peccatis tuis in nomine Patris, et Filii, et Spiritus Sancti.* Allez en paix avec le Seigneur, frère Plana.

Agenouillé par terre, frère Plana leva la tête, saisit entre ses mains l'étole que frère Darder portait à son cou et tenta de l'embrasser, mais il ne réussit qu'à la maculer de bave. Frère Darder fit un geste d'impatience avec sa main.

— S'il vous plaît, frère Plana, levez-vous et partez, grogna-t-il.

Celui-ci obéit et s'éloigna en traînant des pieds, tout en murmurant quelques mots de remerciement. Efflanqué et dépenaillé, la tête minuscule, le dos courbé et le ventre trop volumineux, quatre cheveux ébouriffés sur le dessus du crâne, la bouche à moitié édentée, frère Plana faisait fortement penser à un rat, à un gros mulot, et cela provoquait chez frère Darder un accès de répugnance impossible à contrôler lorsqu'il se trouvait en présence de cet homme, surtout lorsque celui-ci lui demandait de l'entendre en confession. Par ailleurs, le récit des péchés de frère Plana était toujours le même et frère Darder aurait été capable de le reproduire à l'avance, pour l'avoir tant de fois entendu. Il commençait par une suite de fautes, de mauvaises pensées et d'omissions contre la Mère de Dieu ou un saint quelconque, que frère Plana énumérait à toute vitesse, à travers d'incompréhensibles ruminations, avant d'attaquer nerveusement les actions pécheresses proprement dites, se bornant pratiquement toujours à quelques incursions dans le garde-manger pour y soustraire un peu de sucre ou quelque tête d'ail qu'ensuite, lorsque personne ne pouvait le voir, il se boulottait tout seul. L'image mentale de frère Plana en train de fouiller dans le garde-manger de la pension et de croquer une gousse d'ail en cachette dans le noir, ramenait à frère Darder le souvenir d'un de ces rats bien gras et repoussants qu'il avait aperçus, dans son enfance, au magasin de grain de son père. Puis, cette répulsion grandissait et il éprouvait le besoin de terminer la confession au plus vite. Il appliquait aux péchés insignifiants de frère Plana une pénitence de routine, tout en réprimant le désir de retirer l'étole qui se trouvait autour de son cou avant que celui-ci ne parvînt à s'en saisir pour se la passer sur la bouche, avec une dévotion à ce point excessive qu'on aurait pu la prendre pour de la gloutonnerie.

Par ailleurs, pour qui se prenait-il, lui, pour accorder le pardon à qui que ce soit ? se demandait frère Darder, tandis que la porte de la cellule, rongée par l'humidité et les charançons, se refermait derrière frère Plana et qu'il se levait de sa chaise en pliant à présent avec soin son étole, qu'il venait de retirer. Depuis déjà deux mois que la guerre avait commencé, elle avait tout contaminé : les rues de Barcelone, l'air qu'on y respirait, les mots des adultes, les regards des enfants, les rayons de soleil sur les façades des immeubles, la lueur de la lune et des étoiles pendant les nuits d'été… Tout possédait la même odeur de putréfaction, comme si le monde était un cadavre gonflé et que les hommes et les femmes étaient devenus ces vulgaires parasites qui s'agglutinent autour de lui. Le souffle, qui circule parmi les communautés humaines en temps de paix et qui ventile les villes où elles habitent en leur permettant de prospérer, s'était éteint à Barcelone. À présent la capitale était devenue rigide, coincée, elle faisait l'effet d'une énorme scène de bois que seuls faisaient vibrer le hurlement des sirènes et les soubresauts des bombardements. Depuis le temps, une patine de crasse semblait s'être collée sur toutes les choses et l'âme de frère Darder ne faisait pas exception à la règle.

Il s'étira, soupira et parcourut des yeux la tristesse de la pièce où il logeait : les carreaux ébréchés, le plâtre décollé aux murs, les taches d'humidité un peu partout, comme une éruption sur une peau malade. Quelques secondes après avoir été perçue par les yeux, cette tristesse en descendait pour rejoindre la bouche où l'on pouvait la mâcher, comme s'il s'agissait d'une pomme de terre. C'était justement cela qu'ils mangeaient presque quotidiennement : des patates bouillies quelquefois agrémentées d'un peu du sucre que subtilisait de temps en temps frère Plana dans le garde-manger. Des patates pour le déjeuner et pour le dîner. Et encore devaient-ils remercier la bonté de la patronne qui les accueillait en cachette dans sa pension. La pension Capell de la rue Ferran. Étant donné que les anarchistes les avaient expulsés du collège où ils résidaient (confisqué, comme tous les autres collèges de l'ordre, ou comme les éditions Luis Vives), les frères maristes – en tout cas ceux qui, comme lui, avaient eu de la chance et n'avaient pas été emprisonnés ni exécutés – avaient dû recourir à la charité clandestine de ces personnes qui avaient encore suffisamment de courage pour les recueillir chez eux. Les assassinats de religieux, aussi bien réguliers que séculiers, avaient commencé dès les premiers jours de la guerre et encore aujourd'hui, le 20 septembre 1936, ils ne donnaient pas l'impression de devoir cesser. Quoi qu'en disent les frères Gendrau et Lacunza, qui finalement au milieu du désastre s'efforçaient de conserver un moral aussi bon que possible, pour le frère Darder, le projet des anarchistes était parfaitement clair : ils voulaient tous les liquider. Ils étaient forcés de se cacher, comme des animaux effrayés, et d'essayer de faire jouer les quelques relations qui leur restaient pour s'enfuir de cette ville aux relents de mort. Pendant les dernières semaines une question s'était fichée dans le crâne de frère Pau Darder, et il sentait qu'elle s'enfonçait chaque jour davantage et s'approchait de plus en plus de son cœur : où donc était passé Dieu ? Où se cachait-il pendant toutes ces horreurs ? Pourquoi ne répondait-il pas ? Il tentait d'extraire cette question de ses pensées à coups de nuits de prières et de larmes versées, mais ni les pleurs ni les prières n'obtenaient de réponse, et le silence ne faisait que refluer, comme un vent froid, dans le crâne sans cesse hanté par la même question de frère Pau Darder. Où donc était passé Dieu ? Pourquoi les avait-il abandonnés, eux aussi, tout comme il avait jadis abandonné son Fils cloué sur la croix ? Où étaient passés amour et miséricorde ? Oui, son âme s'était empoisonnée, comme tout le reste de la ville de Barcelone, et elle s'était transformée en un bout de pomme de terre bouillie dans la bouche remplie de salive de frère Plana.

— Bonjour, frère Darder. Auriez-vous vu le frère Gendrau par hasard ?

Frère Darder se sentait toujours un peu honteux lorsqu'il était en présence de l'infatigable frère Lacunza. C'était un homme parcimonieux et simple, originaire de la Navarre et directeur d'un collège de maristes à

Burgos, qui avait eu la malchance d'accepter l'invitation du supérieur régional de l'ordre en Catalogne pour dispenser des cours d'été aux novices de la Casa de les Avellanes, à Balaguer, et qui s'était retrouvé dans un des pires endroits d'Espagne, le jour où la guerre avait éclaté. Ensuite, il avait dû se cacher, comme tout le monde. Il n'avait pas pu retourner à Burgos ni en Navarre, où sans doute il aurait joui de conditions de vie bien différentes et probablement meilleures.

Cependant, il ne se plaignait jamais et ne se lamentait pas sur son malheur non plus. Bien au contraire, tout comme frère Pere Gendrau, il s'était immédiatement mis à la disposition du supérieur provincial, afin de remuer ciel et terre à la recherche d'une solution. Il devait bien y avoir un moyen de quitter cette ville démentielle, et il leur fallait à tout prix le découvrir. Grâce à certaines relations qui lui restaient à la mairie de Barcelone, le supérieur avait obtenu plusieurs laissez-passer signés par le président du Comité d'approvisionnement, permettant la libre circulation à travers la ville. Et les frères Lacunza et Gendrau les avaient utilisés pour mener des démarches visant à ce que les autorités donnent l'autorisation à tous les membres de l'institution mariste d'abandonner Barcelone. Mais toutes les négociations étaient jusqu'ici demeurées infructueuses. Après qu'on se fut aperçu qu'il était impossible d'obtenir des passeports ou des laissez-passer pour l'étranger, surgit enfin ce qui ressembla d'abord à une occasion inespérée. Il s'agissait de l'arrivée dans le port de Barcelone, à la fin juillet, d'un navire italien venu recueillir une première expédition de réfugiés. Frère Lacunza, muni de la recommandation émanant d'une de ses relations italiennes – qui s'appelait Mageroni –, réussit à arracher au consulat l'autorisation de faire embarquer les frères maristes, à condition toutefois que ceux-ci soient munis d'un laissez-passer délivré par le conseiller du gouvernement de la Generalitat, M. Josep Maria España. Mais l'honorable personnage refusa formellement de signer cette autorisation par crainte que les autorités anarchistes – qui contrôlaient les ports et les frontières – ne finissent par l'assassiner. Ce premier échec fut suivi de nombreux autres, auprès des consulats de France et d'Allemagne, ainsi qu'auprès du conseiller culturel de la Generalitat, M. Ventura Gassol. Tout le monde les écoutait avec d'impressionnantes mimiques affligées et des hochements de tête compréhensifs, puis se débarrassait d'eux avec une douce bienveillance et une kyrielle d'excuses plusieurs fois répétées. Pendant ce temps, en Catalogne, on faisait déjà état d'une cinquantaine de frères maristes assassinés par les Patrouilles de surveillance, lorsque ces malheureux étaient pris en flagrant délit de fuite ou découverts dans quelque pension ou domicile de particuliers, là où eux-mêmes se cachaient en ce moment, risquant ainsi d'être un jour ou l'autre repérés, ou dénoncés, ou Dieu sait quoi, et ensuite écrasés comme de vulgaires fourmis dans leur fourmilière. Et malgré cela, frère Lacunza et frère Gendrau (pour frère Darder, ce dernier avait fini par tout à fait ressembler à son père, qu'il avait perdu) conservaient cette espèce d'optimisme impénitent qui leur permettait de continuer à chercher une échappatoire, avec toujours plus d'acharnement chaque fois qu'on leur fermait une nouvelle porte au nez. Oui, frère Darder admirait l'esprit de frère Gendrau et se sentait un peu honteux de la mollesse qui gouvernait le sien. Mais il trouvait également, et cela le rassurait, que la détermination à toute épreuve de celui-ci et de frère Lacunza était quelque peu pathétique. Car, au bout du compte, si Dieu avait décidé de faire le sourd, ce n'étaient tout de même pas eux qui allaient l'obliger à passer la tête et à tendre l'oreille.

— Non, frère Lacunza, je suis désolé. Je n'ai pas vu frère Gendrau, de toute la matinée.

— Je me suis rendu dans sa chambre et je ne l'y ai pas trouvé… Frère Lacunza tenait une enveloppe dans sa main droite et l'agitait nerveusement. Bon, je vais aller voir ailleurs. Si vous le croisez, dites-lui, s'il vous plaît, que je dois avoir de toute urgence un entretien avec lui.

— Encore de mauvaises nouvelles ? supposa frère Darder, avec un sentiment de grande tristesse.

— Pour l'instant je n'en sais rien, je n'en sais rien… murmura frère Lacunza, inquiet. J'ai reçu ceci, et je dois en parler avec frère Gendrau. C'est une lettre de la FAI*…

— De la FAI ? s'alarma frère Darder, craignant qu'un voisin de la pension Capell, ou Mme Gertrudis elle-même, la patronne, qui devait en avoir par-dessus la tête de les supporter chez elle, ne les ait dénoncés aux anarchistes.

— On dirait bien, soupira frère Lacunza. Elle est signée par deux dirigeants du Département d'enquêtes. Il tira la lettre de son enveloppe et se mit à lire : Aureli Fernández et Antoni… Ordaz. C'est bien ça.

— Mais que veulent-ils ? Et comment sont-ils entrés en contact avec vous ? demanda frère Darder, de plus en plus affolé.

Frère Lacunza hocha la tête, écarquilla les yeux et ouvrit les mains.

— Ce sont des jeunes qui me l'ont donnée en main propre, sur le passeig de Gràcia. Il y avait trois garçons, et l'un d'eux était mariste. Sans prêter attention à la sueur

* Fédération anarchiste ibérique. *(Toutes les notes sont du traducteur.)*

froide qui perlait sur le front de frère Darder, il ajouta : Il s'agit d'un rendez-vous. Ils disent qu'ils veulent organiser une réunion avec des représentants de l'institution mariste, le 25 de ce mois. Ici, tout près, dans un local de la place de l'Université.

— Mais…

La porte s'ouvrit et frère Plana pointa son visage de petit rat dans la pièce.

— Frère Darder… bégaya-t-il.

— Qu'y a-t-il encore ? s'impatienta-t-il. Je vous ai déjà confessé aujourd'hui, vous ne vous en souvenez pas ? En plus je suis en train de m'entretenir avec frère Lacunza, vous ne le voyez pas ?

— Oui, oui je le sais bien… bégaya-t-il à nouveau. Excusez-moi, s'il vous plaît. Mais il s'agit de frère Gendrau…

— *Confiteor Deo omnipotenti vobis fratres, quia peccavi nimis cogitatione, verbo, opere et omissione, mea culpa, mea culpa, mea maxima culpa. Ideo precor beatam Mariam semper Virginem, omnes Angelos et Sanctos, et vos, fratres, orare pro me ad Dominum Deum nostrum…*

La voix affectée de l'évêque Gabriel Perugorría se répandait doucereusement dans toute la chapelle Santa Àgata du couvent des capucines de Sarrià, amortie par le bruit de la pluie frappant le verre des vitraux.

— Amen, répondirent vingt-sept voix unanimes et joyeuses.

Ils étaient en train de célébrer une liturgie exceptionnelle à l'occasion des cent ans de sœur Presentació qui, bien qu'ayant atteint un âge aussi avancé, n'était cependant pas la plus vieille de la communauté : la sœur Ascensió, avec ses cent quatre ans et sa santé de fer, possédait un indiscutable avantage sur la nouvelle centenaire, qui était voûtée comme un sarment de vigne et s'accrochait constamment à sa canne. Sœur Presentació était tellement tordue que parfois on avait du mal à savoir si elle était debout ou assise ; en revanche, sœur Ascensió se tenait bien droite, bien solide, comme qui dirait d'une seule pièce, et ses seules marques de vieillissement étaient les taches sombres – certaines de la dimension d'une pièce de deux réaux – éparpillées sur toute sa peau, qui lui noircissaient le visage, comme si celui-ci était forgé dans du cuivre ancien que personne ne se serait occupé de lustrer. Si sœur Presentació se recroquevillait chaque jour de plus en plus sur elle-même, comme les colonnes torsadées du cloître, en revanche sœur Ascensió faisait plutôt penser à un bureau en bois de cerisier. Quoi qu'il en soit, la bonne santé et la lucidité de l'une et de l'autre étaient interprétées dans la communauté comme un bon signe pour l'ensemble des sœurs, et la mère supérieure faisait toujours la même blague à leur propos : entre la présentation de l'archange et l'ascension de la Mère de Dieu, se cache une santé éternelle. Puis elles éclataient de rire en chœur.

Il fallait bien faire quelque chose pour s'amuser dans cette espèce de couvent fantôme. Chacune des vingt-sept religieuses savait que, si le nouvel ordre révolutionnaire avait toléré que les capucines de Sarrià puissent traîner entre les murs de ce vénérable monastère, au lieu d'être expulsées afin de procéder à la confiscation du bâtiment, c'était uniquement grâce au fait que la mère supérieure était la sœur d'un chef de la FAI, un homme sinistre et infirme qui s'appelait Manuel Escorza. C'était lui qui, pendant les premiers jours de la guerre, s'était chargé d'organiser la fausse fouille au couvent, en procédant à de fausses arrestations : la mère supérieure elle-même, une novice qu'on appelait sœur Concepció et six ou sept autres bonnes sœurs, encore jeunes, qu'on avait mises au courant de la supercherie, avaient été obligées de grimper dans un fourgon, tandis que le reste des religieuses, qui n'étaient pas au courant du stratagème, pleuraient et priaient, après avoir été enfermées dans la chapelle Santa Àgata. Il y eut un moment d'horreur lorsque l'escadron de miliciens chargé de faire irruption chez les capucines, poussé par son enthousiasme et un excès de zèle, avait décidé de profaner les tombes de cinq anciennes mères supérieures enterrées dans l'enceinte et d'exhumer les corps momifiés pour les apporter jusqu'à la porte principale du couvent, où ils étaient restés exposés pendant plusieurs heures. Cela provoqua malaises et évanouissements parmi les religieuses et aussi chez plusieurs femmes, athées, qui étaient par malheur venues à passer devant le monastère ce jour-là et s'étaient retrouvées nez à nez avec les momies. Mais cela produisit surtout l'effet désiré, en convainquant tout le voisinage que les capucines de Sarrià avaient été emprisonnées et dispersées, et que leur couvent avait été confisqué au nom de la révolution, comme l'ensemble des bâtiments religieux de la ville. En ce qui concerne les membres de l'escadron – qui n'avaient commencé à soupçonner qu'ils n'étaient que les pions d'un jeu infâme que lorsqu'ils avaient reçu l'ordre de ramener au couvent les bonnes sœurs arrêtées et de retirer les momies de la façade –, Manuel Escorza n'eut aucun mal à les faire condamner et fusiller pour haute trahison afin de s'assurer qu'ils ne commettraient par la suite aucune indiscrétion.

Il est facile d'imaginer le bonheur avec lequel les religieuses de Sarrià avaient fêté le retour de leur chère mère supérieure et de leurs sœurs plus jeunes et, en conséquence, la ferveur avec laquelle elles s'étaient proposées de satisfaire les deux conditions que leur avait imposées Manuel Escorza, pour ne pas être expulsées de leur couvent ni soumises à un traitement ignoble. S'agissant de sœurs de clôture, la première condition était par ailleurs facile à remplir : il leur était absolument interdit de communiquer avec l'extérieur. Officiellement, le couvent des capucines de Sarrià avait été évacué et il ne restait plus personne à l'intérieur du périmètre délimité par un mur d'enceinte de cinq mètres de hauteur, protégeant le bâtiment des regards indiscrets. C'était un bâtiment réquisitionné par le peuple, selon la formule consacrée pour ce genre de situation, en attendant qu'on lui trouve une affectation plus précise. Par ailleurs, Escorza avait donné des instructions à son homme de confiance pour qu'il se chargeât d'approvisionner le couvent en nourriture, en bois, en vêtements, et en tout ce qui pouvait être nécessaire pour la bonne marche de la communauté : il trouverait très facilement tout ce dont il aurait besoin dans les magasins de réquisition de biens.

La seconde condition ne fut annoncée qu'au bout de quelques semaines, et fut également assumée sans poser la moindre question : il s'agissait pour les capucines d'accueillir au couvent l'évêque de Barcelone, Son Excellence Mgr Gabriel Perugorría. Après une longue et difficile poursuite, qui avait commencé dans la matinée, lorsque l'évêque était parvenu à fuir par la porte de derrière du palais épiscopal pris d'assaut par les révolutionnaires, Escorza avait finalement réussi à retrouver cette grosse légume. Ses supérieurs lui avaient intimé l'ordre de la garder bien au frais dans le garde-manger, en attendant l'occasion de pouvoir avantageusement et même grassement l'échanger. Lors d'une perquisition chez un bijoutier suspecté de donner asile à des curés et à des moines, un membre des Patrouilles de surveillance avait arrêté l'évêque, sans très bien savoir de qui il s'agissait. Lorsque enfin, au centre de détention de Sant Elies, quelqu'un avait réussi à identifier don Gabriel Perugorría en la personne d'un pauvre homme à qui il avait demandé de se déshabiller pour le soumettre à un interrogatoire et à quelques vexations, Manuel Escorza avait été immédiatement prévenu. Il fallut alors faire tuer un tas de gens et rédiger un faux rapport établissant l'exécution de l'évêque, afin d'assurer la discrétion et le silence nécessaires autour de cet enlèvement. Puis, lorsque Escorza estima qu'il n'y avait enfin plus de danger de fuites, il se chargea lui-même de conduire Son Excellence jusque chez les capucines, afin de la confiner dans une parfaite clandestinité qu'il avait lui-même imaginée, avec la complicité de sa sœur. La communauté accepta la présence de don Gabriel Perugorría, que toute la ville pensait mort depuis plusieurs jours, comme une rassurante manifestation de la providence divine. Et c'est précisément ce sujet que l'évêque était en train d'évoquer lors de la célébration du centenaire de sœur Presentació :

— La providence divine, mes sœurs… dit-il alors que le ton de sa voix montait crescendo, c'est la présence de Dieu Notre-Seigneur au sein de tout ce qui a été créé. La providence divine s'exprime par la volonté de créer éternellement et de conserver ce qui a déjà été créé : une volonté on ne peut plus souveraine à travers laquelle Dieu continue de se manifester selon la nature du bien qui lui est absolument propre, et il le fait en faveur de l'être, contre le néant, en faveur de la lumière, contre les ténèbres, en faveur de la vie, contre la mort.

Lorsque l'évêque concluait une phrase qu'il avait trouvée plutôt bien tournée, il levait légèrement les mains et toutes les bonnes sœurs s'exclamaient : amen. Ensuite, un groupe de six jeunes bonnes sœurs, debout sur le côté gauche de l'autel, se mettait à chanter, avec des voix flûtées, une brève invocation :

Pie Jesu Domine.

La novice qui dirigeait ce chœur franchement clairsemé, et cependant très virtuose, était sœur Concepció, qui avait réussi à gagner l'affection de la mère supérieure en acceptant de l'accompagner dans ce qui s'était révélé être une fausse détention. Le chant qu'interprétait son groupe n'était autre que le début du "Pie Jesu" du *Requiem* de Gabriel Fauré qui, en ce jour exceptionnel, servait d'accompagnement aux paroles du prédicateur. Comblé et regonflé après la prestation du chœur, l'évêque Perugorría poursuivait :

— Que les hommes de bien me dépouillent, que la maladie me prive de mes forces, que je perde moi-même la grâce en péchant : je n'en perdrai pas pour autant l'espérance, je la conserverai jusqu'à mon dernier souffle et les efforts de tous les démons des enfers pour me l'arracher n'y pourront jamais rien changer, car grâce à Votre aide je m'élèverai au-dessus de mes fautes. Ma confiance en Vous est fondée sur l'assurance que Vous allez m'aider, car c'est Vous, Seigneur, qui m'avez singulièrement confirmé dans cette espérance.

Et les bonnes sœurs s'empressaient de répondre :

— Amen.

Et le chœur, cristallin :

— *Pie Jesu Domine.*

Et l'évêque, comblé et regonflé :

— En ce qui me concerne, je sais parfaitement que je suis fragile et changeant. Je sais ce que peuvent les tentations face aux vertus les plus robustes. Mais rien de tout cela ne parvient à m'inspirer la moindre crainte. Tant que je posséderai l'espérance, je serai à l'abri de tout malheur. Je suis convaincu que je conserverai toujours cet espoir, car je nourris également l'espoir que Vous m'accorderez cette espérance inaltérable.

— Amen.

— *Pie Jesu Domine.*

— En ce qui me concerne, je suis persuadé que ce que j'espère de Vous ne sera jamais trop, et que je n'obtiendrai jamais moins que ce que j'aurai espéré. Voilà pourquoi j'espère que Vous me soutiendrez solidement face à mes risques imminents et que Vous me protégerez des attaques les plus furieuses, que Vous permettrez enfin que ma faiblesse triomphe de mes ennemis les plus impitoyables. J'espère que Vous m'apprécierez toujours, et qu'à mon tour je Vous apprécierai sans défaillances. Et pour arriver d'une seule traite là où peut arriver mon espérance, je mets tout mon espoir en Vous, ô mon Créateur, tout le temps que j'ai passé dans ce monde et toute l'éternité. Amen.

— Amen, répétèrent les bonnes sœurs, presque avec la même exaltation qui s'était visiblement emparée du prédicateur.

Enfin, à cet instant, sœur Concepció indiqua aux chanteuses de reprendre, à présent dans son ensemble, la pièce que jusqu'ici elles avaient juste suggérée. Puis le chœur attaqua :

Pie Jesu Domine
Dona eis requiem
Dona eis requiem.

C'était vraiment surprenant. Dans la partie vocale, la voix de soprane pour laquelle cette composition fut à l'origine écrite avait été dédoublée en un canon à deux voix, attaquant à l'unisson et en contrepoint l'une de l'autre : il s'agissait d'un exercice élémentaire, mais d'une efficacité imparable. Par ailleurs, la partie instrumentale avait logiquement été supprimée, mais on avait respecté, au sein de ce nouveau traitement vocal, les efforts fournis par le pieux Gabriel Fauré, autant dans son harmonisation que dans sa mélodie.

C'était un exercice auquel se livrait très souvent sœur Concepció qui, dans sa vie séculière, et comme la plus jeune descendante de la riche famille Bachs Pinté (Papiers, Cartons & Dérivés, indiquait l'enseigne de la vaste boutique de la rue Tallers, à Barcelone, qui n'était que la vitrine, ouverte au public, de ce qui était devenu l'une des plus grandes compagnies papetières de toute l'Espagne), avait reçu une éducation très raffinée qui, par ailleurs, comme cela se doit pour une jeune fille de sa condition, avait été fortement orientée vers la musique. Le grand nombre de cours de solfège, de piano et de chant qu'elle avait suivis à la section enfantine de l'Orfeó Català – certains d'entre eux donnés par maître Millet en personne – avait apporté à cette fillette à l'esprit vif les connaissances nécessaires pour se lancer dans ses premiers travaux de composition, qui consistaient en réinterprétations (elle préférait parler de relectures) des pièces des auteurs qu'elle admirait le plus. Ainsi, à part Gabriel Fauré (qui était un de ses favoris : à une autre occasion, elle avait ajouté un arpège de guitare à la *Pavane*, et aussi une ébauche de paroles qui commençaient par cette phrase "Jésus, la vigie de mon cœur"), elle avait mené à bien, avec des bonheurs variés, des relectures de *Clair de lune* de Camille Saint-Saëns, de *Matinal* d'Eduard Toldrà et d'*Amor de mare* de Juli Garreta. Si quelqu'un venait à la questionner sur cette passion, sœur Concepció répondait en rougissant que ses tentatives n'avaient pas la moindre valeur artistique, mais qu'elles étaient précieuses pour elle, car en réalité elles représentaient une sorte de prière.

Quoi qu'il en soit, sa relecture de "Pie Jesu", s'intercalant entre les paragraphes de la prédication de l'évêque Perugorría, avait eu un impact indiscutable sur les bonnes sœurs de la communauté. Lorsque le chœur eut terminé son interprétation, un silence recueilli et respectueux s'imposa dans la chapelle Santa Àgata, contrastant avec la rumeur d'une pluie de plus en plus serrée qui frappait à présent les vitraux avec insistance. Un sentiment presque palpable de gratitude et d'admiration s'était installé parmi les capucines de Sarrià, et sœur Concepció était demeurée bras ballants, tête basse, comme si elle venait d'épuiser toutes les forces de son si jeune corps. Sœur Anunciació, qui chantait dans le chœur, essuyait ses yeux remplis de larmes. Les obèses sœurs Benedicció, Dormició et Visitació, qui étaient exemptées de génuflexions pendant l'office, car il fallait les aider ensuite à se relever (ce qui avait une fois valu à la mère supérieure une foulure du poignet), contenaient à grand-peine de petits gloussements censés exprimer leur émerveillement. L'évêque Perugorría, dont le visage s'était éclairé comme une allumette enflammée, échangeait un étrange regard avec la mère supérieure, qui pouvait aussi bien exprimer la stupeur que la complicité.

Mais personne n'osait rien dire. Le silence se prolongea pendant deux bonnes minutes dans la chapelle, jusqu'à ce que sœur Presentació, affalée sur sa canne, murmurât de sa voix édentée :

— Merci, ma fille.

Sœur Concepció sortit alors de sa rêverie, adressa un regard et un sourire pleins de candeur à la centenaire. Puis, alors qu'elle semblait être sur le point de vouloir remercier la vieille dame pour sa courtoisie, un énorme claquement retentit aussi fort qu'un coup de tonnerre et poussa tout le monde à se tourner vers le fond de la chapelle. Pendant une fraction de seconde, un même frisson parcourut toutes les colonnes vertébrales, mais le calme revint immédiatement après : ce n'était que la tempête, qui avait ouvert les deux battants de la porte de part en part, en les projetant bruyamment sur les murs de pierre. Tout de suite après, une rafale de vent frais s'engouffra dans la chapelle, tandis qu'un rideau de pluie s'abattait sous le porche, accompagné de grêlons aussi gros que des petites billes de verre.

— Ce n'est qu'une bourrasque, dit la mère supérieure pour rassurer tout le monde. Ces jours-ci, on s'effraie pour un rien, n'est-ce pas ? Félicitons notre chère sœur Presentació pour ses cent ans, c'est un véritable privilège que Dieu lui offre et offre également à notre communauté, et nous remercions Son Excellence monseigneur l'évêque, avec humilité et crainte de Dieu, pour son magnifique et clairvoyant sermon.

— Amen, répondirent toutes les voix.

La mère supérieure ajouta, avec une douce lueur au fond de ses pupilles :

— Remercions également nos sœurs du chœur, et tout particulièrement, la jeune sœur Concepció pour la beauté du cantique.

— Amen, répétèrent les voix.

Sœur Concepció joignit ses mains à hauteur de sa poitrine et baissa la tête, comme écrasée par le compliment dont elle venait de faire l'objet. Le cri strident d'une mouette franchit de façon intempestive les portes grandes ouvertes de la chapelle.

— Dieu nous accueille, tous autant que nous sommes, en sa sainte miséricorde, murmura frère Plana, consterné et pliant les bras comme s'il voulait se recueillir pour la prière.

— Dieu ? Je vous assure que Dieu n'a rien à voir avec tout ça. Et, si vous voulez que je vous dise la vérité, je préfère qu'il en soit ainsi. Il ne manquerait plus que ça !...

L'homme qui parlait ainsi n'était autre que le commissaire Gregori Muñoz, qui avait une façon de s'exprimer très proche de son allure de quincaillier, de gitan, ou des deux choses à la fois.

— Putain de merde... intervint, histoire de dire quelque chose, l'agent de la Police de Barcelone qui accompagnait le commissaire Muñoz, un jeune homme roux, avec un visage de fouine, que son supérieur appelait Sirga. Ou imbécile, c'est selon.

— Personne ne t'a rien demandé, alors tais-toi, imbécile, l'interrompit le commissaire.

— Oui, monsieur, se soumit Sirga.

Un quatrième homme, l'acariâtre et élancé juge Miquel Carbonissa, mit ses mains dans son dos et fit claquer sa langue sur son palais.

Ils étaient tous réunis autour du Dr Humbert Pellicer, qui acquiesçait et se raclait la gorge tout en examinant, accroupi, le cadavre d'un gamin assassiné. Le corps était disposé sur une civière que les infirmiers de la Croix-Rouge chargeraient ensuite dans l'ambulance, lorsque le médecin aurait achevé le premier examen à l'œil nu, avant l'autopsie. La mère du gosse se trouvait déjà à l'intérieur du véhicule, une femme maigre, avec une allure de tuberculeuse, qui avait probablement été victime d'une dépression nerveuse. Le père – un mécanicien automobile, petit et costaud, encore vêtu de sa salopette – allait et venait dans la ruelle, devant la porte de la pension Capell, avec une expression d'immense stupidité sur son visage, comme si on lui avait flanqué un grand coup de massue sur la tête. De temps en temps, l'homme détectait un caillot de sang par terre et le recouvrait avec un petit tas de terre qu'il poussait du bout de sa chaussure.

Les infirmiers s'intéressaient également à Mme Gertrudis, qui avait découvert les deux cadavres. Celui de frère Gendrau, étendu au milieu de la cuisine, bouche ouverte, égorgé. Celui de l'enfant, qu'elle avait trouvé au milieu de la ruelle, en sortant en toute hâte de la pension Capell, tellement terrifiée qu'elle n'avait même pas réussi à hurler au secours. Le gamin gisait en chien de fusil, paupières closes : on aurait pu penser qu'il était placidement endormi, n'avait été la blessure, plutôt moche et compliquée, qu'il portait à son cou. On pouvait voir une flaque de sang sous sa tête, qui formait des grumeaux en se mêlant à la terre et aux gravillons ; et des éclaboussures un peu partout, comme si le sang avait jailli de son corps en aspergeant tout autour de lui. Hallucinée, Mme Gertrudis avait seulement eu le courage d'émettre une sorte de hurlement horrifié, qui avait attiré l'attention d'un passant, juste avant de s'écrouler évanouie aux côtés du petit cadavre. À présent elle était assise sur une chaise en rotin près de la porte ouverte de la pension Capell, les yeux fixés sur le sol carrelé de tomettes couvertes par les traces du sang de frère Gendrau. Tandis que, obéissant à un ordre du juge Carbonissa, les infirmiers emportaient le corps du religieux, Mme Gertrudis examinait la paume de ses mains et, comme une chèvre qui ruminerait de la luzerne, marmonnait des mots incompréhensibles.

Après en avoir terminé avec le corps de l'enfant, le Dr Pellicer se redressa avec grande difficulté en raison de son âge et de son surpoids, puis fit un signe aux infirmiers, qui procédèrent immédiatement à l'évacuation du corps en installant la civière dans l'ambulance, à l'intérieur de laquelle la mère hystérique éclata à nouveau en sanglots. La femme proférait une ribambelle de jurons qui auraient pu offusquer le plus impassible des agnostiques (les frères Plana, Darder et Lacunza firent semblant de ne rien entendre). Elle offrait sa propre mort contre celle de son fils, promettait de tuer un tas de gens, mangeait les syllabes des mots et les régurgitait sous formes de longs mugissements mal digérés. Il fallut finalement l'engoncer dans une camisole de force équipée de courroies de cuir. Le mari, qui ne s'intéressait absolument pas à elle, refusa de grimper dans le véhicule et préféra demeurer dans la ruelle où l'on avait découvert son gamin assassiné, comme s'il avait décidé d'y monter la garde. L'homme parcourait la ruelle d'un bout à l'autre, les mains enfoncées dans sa salopette de mécanicien, complètement absorbé dans une incroyable absurdité.

Le Dr Pellicer mit son visage dans ses mains et s'appliqua un léger massage sur les sourcils, tout en laissant échapper un soupir de désagrément. Il regarda fugacement le juge dans les yeux et les deux hommes échangèrent un signe de tête qui pouvait aussi bien signifier de l'assentiment que de la résignation. L'ambulance (un modèle Ford livré à peine quinze jours plus tôt, ainsi que trois unités supplémentaires, cadeau de l'association des Amis de la démocratie espagnole des États-Unis) démarra au milieu d'un nuage de fumée qui empâta le palais de toutes les personnes présentes, avec un arrière-goût d'essence brûlée. Il était midi passé, il commençait à pleuvioter et personne n'avait rien à dire. Finalement, Sirga, qui était en train de chiffonner la casquette de son uniforme entre ses deux mains, ouvrit la bouche :

— Il y a une épidémie de meurtres de curés… et il accompagna ses mots d'un léger sourire, qui découvrit au minimum deux dents cariées.

— Tais-toi, imbécile, répéta le commissaire Muñoz sans même prendre la peine de le regarder.

— Très bien, commissaire, fit l'autre en baissant la tête.

Le silence, qui était à présent extrêmement gênant, retomba à nouveau. Les trois religieux échangèrent de brefs regards soucieux. Étranger au reste du monde, le père du garçon assassiné s'était assis dans un coin, sur l'herbe du trottoir de la ruelle, les coudes plantés dans ses genoux et la tête entre les mains. À cet instant, la sirène d'une usine retentit dans le lointain. Frère Pau Darder se dit que les sirènes d'usines étaient réconfortantes, contrairement aux outrageantes et stridentes alarmes qui signalaient le début des bombardements. Elles représentaient pour lui les sirènes de la décence, qui annonçaient un salaire bien mérité après un travail parfaitement accompli. Il pensa même que cette lointaine sirène n'était autre qu'une plainte, ou peut-être des excuses, pour l'horreur qu'étaient en train d'apercevoir ses yeux. Mais des excuses de qui ? Finalement, la voix chevrotante, il posa la question qu'il n'avait pas encore osé formuler :

— Excusez-moi, mais pourquoi avez-vous fait ce commentaire à… à propos des curés ?

Sirga avait levé la tête, mais c'est le commissaire Muñoz qui répondit à sa place.

— Il a dit ça parce que le défunt était visiblement un religieux. Comme vous trois, et il pointa du doigt, l'un après l'autre, chacun des maristes. Même vêtus en civil, vous portez votre sacerdoce sur le visage, mes frères. Car vous êtes des moines, n'est-ce pas ?

Frère Darder devint rouge comme une tomate et frère Plana avala sa salive si violemment que tout le monde put l'entendre s'écouler dans le fond de sa gorge. De son côté, frère Lacunza avait fixé ses yeux par terre, comme s'il avait perdu un objet de valeur. La pluie qui commençait à les tremper leur donnait une allure encore plus misérable. Le commissaire Muñoz eut un léger sourire :

— Ne craignez rien, je ne vais pas vous arrêter. De toute façon, dans mon rapport, je n'ai même pas l'intention de préciser que vous êtes... Comment dire ? Encore des frères de trop ? Il fit un geste dédaigneux de la main. Bon, en tout cas, il ne faut pas vous en faire.

Les trois religieux observèrent le policier dans un silence on ne peut plus méfiant.

— Ne me regardez pas avec cette tête-là ! s'exclama le commissaire. Je vous le dis sérieusement. Vous dénoncer et... tout ce qui s'ensuit me donnerait vraiment trop de travail. Ça ne vaut pas la peine. Quant à Sirga – il se tourna vers l'agent aux cheveux roux et lui tapa sur l'épaule –, lui non plus ne s'est aperçu de rien, n'est-ce pas, mon gars ?

— Tout ce que vous voudrez, monsieur, répondit Sirga.

Le juge Carbonissa regardait la scène d'un air complaisant, et le Dr Pellicer entreprit de se rouler une cigarette.

— Très bien, conclut le commissaire Muñoz. Ce qui m'intéresse, c'est ce qui s'est passé ici. Non seulement nous avons un curé assassiné, mais aussi un enfant. Je ne sais pas ce que vous en pensez, dit-il en s'adressant au médecin et au juge, mais ça ne ressemble pas du tout à un travail d'anarchiste.

Le Dr Pellicer alluma sa cigarette, aspira à fond et souffla un jet de fumée aussi épais et torsadé qu'un cordage. Puis il parla.

— Je pense la même chose que vous, commissaire. Le mode opératoire utilisé pour ces assassinats n'a rien à voir avec les exécutions de religieux ces dernières semaines. Il est tout à fait manifeste qu'on n'a pas utilisé d'armes à feu. Les victimes ont tout simplement été égorgées. L'une d'elles, le curé, vraisemblablement avec un couteau de cuisine. Et pour ce qui concerne le gamin, sa blessure à la gorge ressemble à la morsure d'un animal, qui aurait même un peu mâchouillé les chairs. Par conséquent, il ne peut en aucun cas s'agir d'un bataillon d'anarchistes, mais plutôt d'un homme seul, probablement accompagné d'un gros chien.

— Pour l'amour du ciel, murmura le juge Carbonissa, effrayé.

— Nous avons examiné le sol à la recherche d'empreintes de pas, annonça le commissaire Muñoz. Nous avons identifié celles de l'enfant et celles de deux adultes, la patronne de la pension et le criminel. Mais nous n'avons pas trouvé d'empreintes de chien ni de quelque autre animal.

— Vous en êtes sûr ? demanda le Dr Pellicer, en soufflant de la fumée par tous les orifices de son visage.

— Vous êtes obligé de fumer ? lui demanda le policier que la fumée indisposait. Puis il poursuivit : J'en suis absolument certain. Peut-être pensez-vous que je suis incapable de reconnaître des traces de chien ?

— Ne vous fâchez pas, je vous en prie, fit le médecin sur un ton conciliant, tout en aspirant une nouvelle bouffée sans tenir compte des protestations du commissaire. Qu'avez-vous trouvé d'autre pendant l'examen de la scène du crime ? Quelque chose qui vaudrait la peine d'être signalé ?

Le commissaire Muñoz fixa Sirga dans les yeux, ce qui équivalait à lui donner l'ordre de s'exprimer.

— Une… une tou… une toupie, bredouilla-t-il, d'un air ahuri. Elle était… elle était là, par terre, tout près du corps du gamin…

On put percevoir un son guttural rappelant le miaulement d'un chat en chaleur. C'était le père de l'enfant, que tout le monde avait oublié, et que l'évocation de la toupie semblait avoir tiré de sa torpeur. Il s'était levé, avait ouvert bras et jambes puis, basculant la tête en arrière, avait poussé un hurlement à moitié étouffé. Ensuite, il avait commencé à marcher et, comme s'il n'était pas conscient du groupe d'hommes qui l'observait, il quitta la ruelle et s'éloigna à pas hésitants en direction de la Rambla, suivant une route inexistante sous la pluie qui lui trempait le crâne. À chaque pas, son corps se balançait de façon exagérée ; on aurait dit qu'il transportait un poids très lourd sur les épaules. La salopette de mécanicien se mit à flotter sous l'effet d'une rafale de vent, comme s'il n'y avait absolument rien à l'intérieur.

— Pauvre homme, soupira généreusement le juge Carbonissa.

— Il me faudra examiner plus attentivement cette toupie, reprit le Dr Pellicer en réfléchissant à haute voix. Un poil ou une goutte de salive du chien ont tout à fait pu s'y coller…

— Quelle manie vous avez avec ce putain de chien, soupira le commissaire Muñoz en colère.

— De toute façon, expliqua frère Darder qui, à la différence des frères Lacunza et Plana, osa finalement donner son avis, il me semble quelque peu aventureux d'écarter l'hypothèse du crime de guerre. Depuis le début du conflit, et ne serait-ce que dans notre institution mariste, nous avons déjà déploré l'assassinat de plusieurs dizaines de frères…

— Excusez-moi, l'abbé, l'interrompit le commissaire Muñoz, vous n'êtes pas d'ici, n'est-ce pas ? Je veux dire, vous n'êtes pas de Barcelone ?

— Non, bredouilla le religieux d'un air déconcerté, je suis né à Palma, et j'ai vécu là-bas jusqu'à ce que ma famille m'envoie à Barcelone, pour finir mes études au séminaire Conciliar…

— Palma de Majorque, hein ? l'interrompit à nouveau le policier sur un ton diabolique. Il paraît que là-bas, les gens sont tout à fait calmes, n'est-ce pas ? Alors, je vais devoir vous demander de vous calmer un peu, vous aussi, mon frère.

La voix du commissaire Muñoz s'était durcie et était devenue hostile. Tel un chat échaudé, l'agent Sirga s'éloigna discrètement de son supérieur hiérarchique sans intervenir. Le juge Carbonissa fronça les sourcils et le Dr Pellicer envoya une bouffée de fumée de cigarette directement sur le visage du commissaire.

— Nom de Dieu ! s'insurgea celui-ci en s'éventant le visage avec ses mains, vous cherchez à m'asphyxier ou quoi ?

Le blasphème du policier sembla ne pas avoir atteint les oreilles des frères Plana et Lacunza, qui continuaient à fixer le sol, complètement défaits. Frère Darder, en revanche, intervint une nouvelle fois, visiblement perturbé par le commentaire précédent.

— Écoutez, commissaire, je ne comprends pas ce que vous avez voulu dire…

— Ah bon ! Écoutez-moi bien, mon frère, toussota le commissaire, décidé à ne pas laisser frère Darder finir ses phrases. Ici, je suis le représentant de la loi et de l'ordre et je vous assure que je vais suivre la piste de l'assassin de ce pauvre gamin et de son… compagnon, je ne sais comment l'appeler, que je le capturerai et que je lui ferai passer un sale quart d'heure. Je vous ai également dit, et je le maintiens, que je n'avais pas l'intention de vous dénoncer. Mais à présent, je vous préviens que si je vous entends une nouvelle fois dire, avec vos grands airs de frère fringant, un seul mot sur la façon dont il conviendrait de mener l'enquête sur ce crime, je vais commencer par vous dénoncer à la première occasion qui se présentera, puis je vous ferai pisser plus d'eau bénite que vous n'en avez jamais vue de toute votre vie, compris ? Ici, il y a un médecin légiste, un juge et deux policiers : et en ce qui vous concerne, n'a-t-on pas toujours supposé que votre règne ne faisait pas partie de ce monde ? Alors contentez-vous de confesser les bigotes et laissez les gens faire leur travail correctement, nom de Dieu ! C'est clair ?

Tout le monde demeura pétrifié, hormis Sirga qui se mordait les lèvres pour ne pas éclater de rire, car les bravades contre le clergé l'amusaient toujours énormément, et pour ne pas s'entendre ensuite traiter d'imbécile. Tout de suite après, la pluie se mit à tomber avec plus de force et le bruit de l'eau qui s'abattait était à présent le seul à troubler le silence qui s'était installé au sein du groupe.

— Allons-y, Sirga, nous n'avons pas que ça à faire aujourd'hui, bougonna enfin le commissaire Muñoz. Et il ajouta : Des soutanes…

Frère Darder faisait une tête de pomme fripée, mais ne disait ni ne faisait rien. Une goutte de pluie se balança un moment au bout de son nez, avant de s'écraser sur une de ses chaussures. Il s'était contenté de subir la brutalité du policier. Le Dr Pellicer admirait avec curiosité la maîtrise de soi du religieux, qui était un homme encore jeune, d'à peine une trentaine d'années, grand et costaud, ressemblant à un paysan, avec des yeux noirs et perçants qui se plantaient dans les pupilles des gens lorsqu'on le regardait. En revanche, le commissaire

Muñoz était un homme menu et frêle, d'une quarantaine d'années, mais ses joues creuses le faisaient paraître plus vieux et, n'eût été la vague prestance que ses galons lui conféraient, il aurait parfaitement pu passer pour un pilier de bistrot avec des airs de coq de combat. Ce sont les signes habituels de la mauvaise graine, réfléchit le médecin : le petit chien aboie toujours après le gros. Il jeta son mégot par terre et prit la direction de la morgue, où l'attendait pas mal de travail avec les autopsies du gamin et de frère Gendrau. Mais le juge Carbonissa s'approcha de lui et le retint par l'épaule. Le Dr Pellicer se tourna vers le magistrat et lui fit oui de la tête. Alors le juge s'adressa aux deux policiers qui avaient commencé à s'éloigner :

— Commissaire, s'il vous plaît! Excusez-moi, commissaire! cria-t-il avec un certain aplomb.

— Je vous écoute, monsieur le juge, grogna le commissaire Muñoz en se retournant d'un air contrarié. Mais faites vite, nous allons être trempés comme des soupes.

— Bien sûr, bien sûr, mais je viens juste d'avoir une idée… À propos de ce que suggérait le docteur tout à l'heure, en rapport avec l'intervention d'un chien dans la mort du gamin…

— Et allons-y, voilà que ça va recommencer… soupira le policier d'un air épuisé.

— Non, non! corrigea immédiatement le juge Carbonissa. Ce que je voulais dire, exactement, c'est que… Bref, c'est atroce, rien que d'y penser, mais… Les blessures, au cou de l'enfant, n'auraient-elles pas pu être causées, non pas comme on l'a dit par un animal, mais plutôt par… un homme?

Le commissaire observa le juge avec une curiosité presque entomologique. Il aurait voulu trouver une expression lapidaire pour lui répondre, mais la pluie se mit à redoubler avec une véritable férocité, et au bout de quelques secondes il commença même à tomber de la grêle. Tout le monde se dispersa vers le haut de la rue Ferran, aussi vite qu'il le pouvait.

— C'était Escorza. Il dit qu'il vient ici, prévint Antoni Ordaz en raccrochant le téléphone.

— Mille tonnerres, se contenta de grogner Aureli Fernández d'un air soucieux.

Ordaz était un des chefs du Comité de défense de Sant Martí de Provençals et un membre fondateur du Comité des milices antifascistes de la CNT*-FAI. Il était petit, trapu et renfrogné, mais lorsqu'il le fallait, il s'efforçait de dégager un sentiment de cordialité et de franchise. Quel dommage qu'il n'y parvînt jamais tout à fait.

— Ce matin, je me suis entretenu avec Gil Portela, à propos des laissez-passer, ajouta Ordaz sur un ton aimable. À présent, tout est en ordre.

— Du tonnerre, murmura Aureli Fernández.

Ordaz, qui tentait d'être toujours agréable avec son supérieur, ne supportait pas sa façon de grommeler chaque fois, et pour toute réponse, quelque chose relatif au tonnerre. Il faut dire que Fernández avait de nombreux soucis. Aussi impliqué qu'Ordaz dans le Comité des milices antifascistes, il était devenu responsable du Département d'enquêtes, avec pour mission de réorganiser la politique de sûreté et pour objectif premier de mettre sur pied une police secrète qui collaborât avec les Patrouilles de surveillance. Le rôle du Département d'enquêtes était la persécution des ennemis du nouvel ordre révolutionnaire, la répression des activités fascistes

* La Confédération nationale des travailleurs, le syndicat anarchiste.

en Catalogne et la surveillance des frontières terrestres et maritimes, par où transitaient les marchandises, les biens et, il va sans dire, les personnes. Un ensemble de tâches que Fernández devait synchroniser sans faire la moindre erreur s'il voulait éviter que la brutalité d'Escorza, le Boiteux de Sant Elies, ne s'abattît sur lui. Chose qui, si cela ne tenait qu'à Escorza, se produirait sur-le-champ. Ce qui provoquait chez Aureli Fernández une grande angoisse qui le faisait sans cesse marcher la tête basse.

Assis dans le bureau qu'occupait Fernández au centre du corps des Patrouilles de surveillance, à la Gran Via, entre les rues Calàbria et Entença, Ordaz triait des papiers et vérifiait plusieurs affaires, lorsque soudain son supérieur se rappela quelque chose et pointa son nez vers le haut, comme un glaïeul qui soudain reprendrait vie :

— Et où en est-on avec ces cons de maristes à qui nous avons adressé un courrier, l'autre jour ? se renseigna-t-il avec un certain scepticisme.

Ordaz lui sourit. Voilà enfin le triomphe qu'il mijotait depuis un moment.

— Tout va très bien de ce côté-là, Aureli. Regarde, nous l'avons reçue hier après-midi, dit-il en lui tendant une note manuscrite par-dessus la table, avec une écriture en pattes de mouches. Il s'agit de leur réponse, signée de la main de ce mariste de Navarre, un dénommé Lacunza. Il dit qu'ils acceptent la réunion du 25.

Aureli Fernández fronça les sourcils.

— Du tonnerre, mon vieux, fit Fernández dont le visage se froissa dans une expression qui se voulait probablement un sourire, mais qui ressemblait plutôt à une grimace de douleur. En vérité, je n'attendais absolument rien de ce ramassis de frères.

— Ce ne sont pas seulement des frères, leur ordre s'est spécialisé dans l'enseignement, corrigea Ordaz.

— Des tripoteurs de bites de gamins, oui, des buveurs de vin de messe… Tout ce que tu voudras, résuma Fernández. Et où as-tu trouvé ces tourterelles ?

Ordaz se rengorgea quelque peu, en savourant enfin son petit triomphe.

— Eh bien, il faut dire qu'ils n'ont pas été très discrets, répondit-il fier de lui. Il semblerait qu'ils aient obtenu d'Abastos plusieurs laissez-passer, ce qui leur a permis d'aller frapper à toutes les portes qui se sont ouvertes à eux, par-ci par-là, en suppliant qu'on les laisse sortir de Barcelone. Il paraît que l'institution mariste, d'après ce qu'ils prétendent, trouve ses origines en France, et ils veulent se rendre là-bas…

— À beaucoup de portes, n'est-ce pas ?

— Je te l'ai déjà dit, toutes celles qui se sont ouvertes à eux. Ils ont même réussi à parler directement avec des conseillers : España, Gassol…

— Et aussi avec Tarradellas ?

— Non, pas avec lui. Ils ne devaient pas savoir où le trouver, sinon tu peux être sûr qu'ils auraient filé chez lui comme des flèches. De toute façon, il faudra bien le mettre au courant de cette affaire…

— Oui, oui, je m'en occuperai moi-même, concéda Aureli Fernández. Mais avant ça, nous devons nous entretenir avec Escorza, dit-il en se passant une main sur le visage. Le rendez-vous est donc fixé au 25…

— Exact.

— Où doit-il avoir lieu ?

— Au Tostadero, sur la place de l'Université. C'est un local disposant de plusieurs arrière-salles, l'endroit parfait pour conclure une affaire… Dans la lettre, ils expliquent que deux frères seront là : frère Plana, qui est notre homme, et frère Lacunza, le gars de Navarre qui a jusqu'ici mené toutes les démarches. Ce qui est curieux, c'est qu'ils ne parlent pas de l'autre moine qui ne les quitte pas d'une semelle, un gars de par ici qu'on appelle frère Gendrau... Bref, l'important est qu'une grosse légume doit également venir de France, un certain... réfléchit-il un instant, Émile Aragou, un émissaire. Quoi qu'il en soit, c'est lui qui a le fric.

— Du tonnerre. C'est toi qui iras, bien entendu.

Antoni Ordaz sourit à nouveau, très fier de lui.

— Et tu diras à Gil Portela, poursuivit Fernández, que j'ai demandé qu'il t'accompagne. Emmenez également quelques hommes de confiance avec vous.

— Parfait. Merci Aureli, bredouilla Ordaz flatté.

— Mais juste pour les terroriser un peu, je ne veux surtout pas de violences, prévint Fernández d'une voix ferme. Il faut que ça reste une opération propre. Nous leur soutirons le plus d'argent possible, nous les laissons filer et en avant. On ne peut pas se consacrer à remplir Barcelone de macchabées de frères, de moines et de bigotes.

— Et pourquoi pas, Fernández ?

C'est Escorza qui venait d'intervenir. Il s'était planté sur le seuil de la porte du bureau. Antoni Ordaz sentit un frisson lui parcourir le corps de la tête aux pieds. Aureli Fernández fit pivoter le siège de son fauteuil en direction du nouveau venu et tenta de récupérer un semblant d'aplomb :

— Tonnerre de Dieu, Escorza, "pourquoi pas", dis-tu ? Il faut se méfier que tout cela ne nous échappe pas, tu ne crois pas ? Et puis cesse de t'introduire par surprise dans les conversations des autres, un jour tu vas tuer quelqu'un d'un infarctus.

Il regretta immédiatement ce qu'il venait de dire, mais c'était déjà trop tard. Manuel Escorza del Val n'avait nul besoin de faire une irruption inattendue dans quelque réunion que ce fût pour faire sursauter les gens, ou tout au moins pour leur inspirer un sentiment à mi-chemin entre la compassion et le dégoût. Escorza avait eu la poliomyélite lorsqu'il était enfant. Il était resté tout petit et devenu tout déformé. Son corps était complètement recroquevillé sur lui-même : une sorte de boule de chair d'où émergeait la tête, sorte de protubérance sans cou, avec des yeux bouffis et une bouche bulbeuse disproportionnée. Il marchait avec des béquilles et portait des chaussures monstrueusement rehaussées pour compenser sa petite taille, mais qui parvenaient tout juste à lui donner un aspect encore plus lamentable. D'emblée, les gens avaient tendance à le cataloguer comme anormal, mais contrairement aux apparences, il possédait une intelligence bien aiguisée, pragmatique et parfaitement organisée, qui l'avait conduit à devenir le responsable le plus important du Département d'enquêtes et, par conséquent le supérieur immédïat d'Aureli Fernández, qui tentait, sans le moindre succès, de se montrer le plus condescendant possible face à l'autorité du Boiteux de Sant Elies. On l'avait baptisé ainsi en raison du couvent situé dans la rue du même nom, qui était devenu pour l'heure le quartier général du Comité des milices antifascistes de la FAI, ainsi que d'une caserne-prison où, sous l'autorité d'Escorza, on pratiquait assassinats et tortures systématiques, dont le récit aurait pu faire pâlir les révolutionnaires les plus endurcis. Mais personne d'autre n'avait le cran, la détermination et surtout le mauvais caractère assassin de Manuel Escorza, infirme de corps et d'esprit.

— Nous étions en train de parler, disons, d'une transaction avec l'ordre des maristes. Le camarade Ordaz les a localisés et a établi un contact avec eux, expliqua Aureli Fernández, pour tenter de faire oublier son incorrection première. Ils veulent passer en France et il semblerait bien qu'ils peuvent nous offrir de l'argent en échange, il ne nous manque plus qu'à savoir combien…

— S'il vous plaît, camarade Escorza, coupa la voix d'Antoni Ordaz, tandis qu'il se levait de la chaise où il était assis et la proposait au handicapé.

Escorza adressa un regard si fulminant à Ordaz que celui-ci se rassit immédiatement. Il demeura sur le seuil de la porte du bureau, suspendu à ses béquilles et démantibulé comme une marionnette à qui on aurait coupé plusieurs fils. Cependant toute la fragilité qui se dégageait de la silhouette de Manuel Escorza del Val se transforma en une férocité glacée au moment où il commença à parler :

— Et notre camarade Aureli Fernández considère que ces généreux maristes méritent de ne pas être passés par les armes.

— Je trouve simplement que ce n'est pas nécessaire, répondit Fernández, nerveux. S'ils quittent le pays, nous n'aurons plus à nous en occuper, me semble-t-il… Et si en plus ils paient pour ça…

— Il semblerait que le camarade Fernández ait quelques problèmes de perception, lança Escorza avec une voix sibilante en scandant les syllabes. Nous sommes en train de fomenter une révolution, mon vieux, pas de monter une épicerie. S'ils veulent payer, ils n'ont qu'à payer, mais le destin des ennemis de la révolution n'est pas négociable. Nous n'avons pas sept cents hommes en train de quadriller nuit et jour les rues de Barcelone, de mener des arrestations et des interrogatoires, pour ensuite nous mettre à faire du menu commerce et des traitements de faveur. La voix du peuple est on ne peut plus claire, ferme et inflexible. Si nous n'agissons pas en fonction de ce principe, nous allons droit dans le mur.

Aureli Fernández laissa passer l'orage en silence, observant l'écume blanche que formait la salive aux commissures des lèvres d'Escorza. Lorsque ce dernier considéra son discours comme achevé, Fernández se contenta de préciser :

— Une réunion avec les représentants des maristes est prévue le 25, dans un café de la place de l'Université. Ordaz et Gil Portela doivent s'y rendre pour voir ce que nous pouvons en tirer. De toute façon, nous agirons en accord avec toi, camarade Escorza.

— Si nous n'avons rien de mieux… bougonna Escorza en se redressant sur ses béquilles.

Le Boiteux de Sant Elies fit demi-tour et disparut au fond du couloir. Le bruit émis par les semelles compensées de ses chaussures traînant sur le carrelage du sol s'éloignait peu à peu. Aureli Fernández et Antoni Ordaz échangèrent un regard paisible et putride, et le premier n'eut même pas le courage de dire mille tonnerres.

Le lendemain de la mort de frère Gendrau fut un mauvais jour pour frère Pau Darder ; un jour froid, angoissant et décevant, comme l'annonce d'un mauvais diagnostic. Don Pere Gendrau, ainsi que l'appelaient de nombreuses personnes, n'avait pas seulement été son maître et son confesseur, mais aussi son ami et, si l'on peut s'exprimer ainsi, la moitié du père qui lui avait toujours manqué. L'autre moitié se trouvait à Palma de Majorque, il était maire de la ville. L'assassinat de frère Gendrau avait poussé le jeune mariste à réaliser un examen des dernières années de sa vie et, après une nuit de cauchemars et une journée de grand chagrin, il n'avait rien su y détecter d'autre qu'un manque radical de consistance.

Frère Pau Darder était fils d'une des plus grandes familles de la bourgeoisie de Palma de Majorque, et en tant que tel il avait toujours dormi, comme le prétend un dicton de sa région, sur sept matelas. En revanche, il n'avait jamais pris la moindre décision. Lorsqu'il était petit, il s'était contenté de faire ses études, en profitant scrupuleusement de son enseignement, dans des écoles choisies par son père, l'avocat Gabriel Darder, qui avait également décidé que son deuxième fils mâle embrasserait la carrière ecclésiastique, après avoir réservé la carrière juridique à l'aîné. Inutile de dire que son épouse, l'opulente donya Joana Serra d'Orfila, non seulement n'avait jamais osé contredire (ne serait-ce qu'en pensée) la détermination de don Gabriel, mais qu'elle l'approuvait de façon inconditionnelle, au nom d'une parfaite communion d'intérêts. Devant les faits inexorables qui, d'après elle, n'entraient pas dans le cadre domestique, donya Joana Serra avait coutume de répéter toujours la même phrase, qui lui servait de joker et sans doute même de talisman :

— Si Dieu trouve cela convenable…

Glissant par-dessus ces points de suspension qui plaisaient tant à sa mère, le jeune Pau Darder était entré au petit séminaire de Palma où, en accord avec son allure obéissante et studieuse, il se distingua comme un disciple appliqué, attirant les commentaires les plus admiratifs de ses professeurs. Et ce n'était pas tout : on avait également entendu circuler certaines spéculations à propos d'une possible mutation à Rome, où les potentialités de l'apprenti théologien auraient pu se développer de façon plus pragmatique.

Finalement, ce n'est pas Rome qui fut choisie pour les études supérieures de Pau Darder, mais Barcelone. Cette décision, est-il encore besoin de le préciser, ne vint pas de lui non plus, mais de son oncle Emili, qui prit en charge l'éducation du garçon après que don Gabriel eut succombé à une attaque d'apoplexie. Médecin spécialisé en analyses cliniques, progressiste, catalaniste et républicain, don Emili était tout l'opposé de son grand frère Gabriel, qui profitait de la moindre occasion pour faire invariablement toujours le même commentaire.

— Emili sera la honte de la famille.

Don Gabriel n'eut pas le temps de voir son honteux frère devenir maire de Palma sous l'étiquette de la Gauche républicaine des Baléares, ni son fils Pau être finalement admis au grand séminaire de Barcelone, où le nouveau patron de l'hôtel de ville de Palma – que son républicanisme n'avait pas poussé à renier sa foi catholique – possédait de très bons amis, et après que la respectable veuve donya Joana Serra d'Orfila avait réussi à lancer entre deux déchirants sanglots :

— Si Dieu trouve cela convenable…

Et Dieu avait dû trouver que cela convenait, car l'inscription du novice Pau Darder i Serra au grand séminaire de Barcelone ne se traduisit pas simplement par un irréprochable dossier académique. Bientôt son acuité intellectuelle et la flamboyante force de sa foi en Dieu, qui le conduisaient à exercer un remarquable travail de prosélytisme envers ses camarades de cours, attirèrent l'attention de l'un de ses professeurs, le mariste don Pere Gendrau, qui le convainquit sans trop d'efforts de rejoindre la congrégation des frères pédagogues. Le jour de son ordination, don Pere Gendrau essuyait des larmes d'émotion sur son visage, auprès du maire Emili Darder et de donya Joana Serra d'Orfila, et tous trois partagèrent la joie de cet événement transcendantal.

Le reste n'était plus que de l'histoire commune, jusqu'à la frayeur causée par la mort de frère Gendrau. Comment était-il possible qu'on en soit arrivé là ? Don Pere Gendrau avait toujours été un pédagogue aux idées avancées, un excellent ami de Pere Vergés, par exemple, qu'il avait aidé à monter l'École de la mer, sans s'occuper des polémiques que suscitait le laïcisme militant de ce projet. Car frère Gendrau s'était toujours montré plus soucieux de la formation des citoyens que de l'instruction des nouveaux soldats de la foi. Au contraire, il pensait qu'une bonne éducation civique développerait tôt ou tard l'intérêt des élèves pour le mystère de Dieu. Et dans le même temps, il tentait de tempérer les vocations juvéniles les plus ardentes, craignant qu'à l'âge adulte elles ne cristallisent et ne donnent naissance aux sombres et troubles attitudes de ces moines obsédés et belliqueux qui pullulaient dans trop de paroisses. Paroisses qui, d'après frère Darder, auraient mérité bien mieux que cela.

En définitive, don Pere Gendrau, se disait frère Darder tout en parcourant de long en large sa chambre de la pension Capell, les yeux fixés sur le chapelet qu'il tenait dans sa main droite, fut tout simplement un maître qui avait consacré tout son savoir à prédiquer la nécessité de l'entente et du pardon à une époque où grouillaient les fanatiques. Méritait-il pour cela une mort aussi misérable et triste que celle qu'il avait subie, en compagnie de cet enfant également immolé au sein d'une telle infamie ? Comment était-il possible qu'on en fût arrivé là ? Don Pere Gendrau, comme tant d'autres, ces derniers mois, avait payé de sa mort sa propre foi en une vie meilleure. Mais existait-il vraiment une vie meilleure ? L'infinie miséricorde existait-elle réellement ?

Frère Darder avait du mal à se poser cette question car, loin de la ferveur qui l'avait accompagné durant tant d'années, tout d'un coup il ne savait plus y apporter de réponse claire et concluante. Pourquoi Dieu n'était-il pas intervenu pour empêcher une action aussi horrible que l'assassinat de don Pere ? Cela s'était produit, se répondait-il à lui-même, parce que justement Dieu avait doté ses créatures humaines du don de libre arbitre, afin que chacun d'entre nous pût choisir en toute liberté de faire le bien ou le mal. On aurait bien le temps de régler les comptes le moment venu, plus tard.

Mais les réponses de catéchisme ne satisfaisaient plus frère Pau Darder. La théologie ne supplantait pas la vie et la vie ne trouvait pas la moindre explication dans la théologie. Et s'il en était ainsi, c'est parce que la théologie pouvait tout à fait être absurde, certes, mais que la vie l'était encore plus. Au-dessus de la vie, il y avait la peur… Frère Darder avait observé que, sous l'emprise de la peur, la vie humaine pouvait se révéler le plus souvent ridicule et futile, et que n'importe quel effort de la pensée afin de lui donner un certain sens se révélait pratiquement toujours grotesque. L'affirmation selon laquelle il existait un être créateur, bon et miséricordieux, qui veillait sur le bien de l'espèce humaine n'était qu'une déchirante blague devant le cadavre de ce gamin assassiné, ou lorsqu'on était obligé d'assumer que don Pere Gendrau était tout simplement comptabilisé comme une donnée statistique parmi le massacre généralisé des religieux. Il était bien possible que les voies du Seigneur fussent impénétrables, pensait frère Darder, mais pour lui il était chaque jour plus difficile de transiger avec la même indifférence que Dieu envers sa propre création.

Crise de foi. Il avait souvent lu cette expression dans les biographies de certains grands hommes d'Église et dans certaines vies de saints : mais, justement parce qu'il s'agissait d'une épreuve qu'avaient dû dépasser des hommes exemplaires, des modèles de conduite, des références pour tout bon croyant, il n'avait jamais imaginé qu'un jour viendrait où lui-même, qui n'était rien ni personne, aurait également à la subir. Cependant, cette pensée le tranquillisait, car elle lui avait au moins permis d'identifier le mal qui le rongeait de l'intérieur, mais en même temps elle le tourmentait, car il ne savait pas comment s'y prendre pour la combattre. Il tentait quelquefois de se réfugier dans le souvenir de sa mère, si fière de son fils devenu religieux, mais la seule chose qui lui venait en mémoire à présent était l'impassible rengaine de cette femme :

— Si Dieu trouve cela convenable…

Rien que d'y penser, il ressentait le besoin irrépressible de se révolter contre ces choses que ce Dieu imbécile et mesquin, qui s'était incrusté dans la cervelle de donya Joana Serra d'Orfila, trouvait convenable. Par opposition, il tentait ensuite de convoquer la figure de l'oncle Emili, le maire respecté et charismatique, son autre géniteur. Mais au lieu du visage et de la voix ou des gestes de l'oncle Emili, ce qui lui venait à l'esprit était une étrange silhouette qui semblait sculptée dans de la glace, opaque et changeante, indifférente et muette. Alors, il s'entêtait à consolider la bonne conscience de l'institution mariste et de la communauté qui la soutenait, entièrement vouée à l'instruction des jeunes et à la célébration des mystères de la Mère de Dieu, en accord avec la devise de l'ordre : *Ad Jesum per Mariam (Vers Jésus par Marie)*. Et cependant, lorsqu'il regardait autour de lui et découvrait, dans la vie quotidienne de ses confrères, les mêmes défauts qu'il voyait dans la vie civile, il se disait que ce n'était pas dans le sentiment d'appartenance à cette communauté qu'il trouverait un jour le repos dont il avait besoin. Seule la prière lui prodiguait un certain réconfort et il s'apprêtait à présent à prier. Il avait saisi le crucifix rangé dans le tiroir de sa table de nuit, l'avait posé tout droit et, après s'être agenouillé devant lui, comme s'il se trouvait devant le maître-autel, avait égrené une fois de plus les mots du Notre Père. Il avait vraisemblablement les yeux gorgés de larmes et attendait de ressentir à nouveau cette plénitude qu'il avait éprouvée dans une époque plus heureuse, mais qui avait fondu aujourd'hui à l'intérieur de son esprit, comme flocon de neige au soleil, sur les pavés de la chaussée.

— Frère Darder... Excusez-moi, je vous prie...

Frère Darder se tourna vers la porte de la chambre, d'où venait la voix qui avait interrompu sa prière. Il découvrit alors, telle une fatalité ambulante, le teint cireux du visage de frère Plana : chaque fois qu'un rayon de soleil le touchait celui-ci semblait sur le point de fondre. Intrigant et mielleux, frère Plana constituait à lui seul une raison suffisante pour plonger le plus dévot des religieux dans une irrémédiable crise de foi. Frère Darder fit contre mauvaise fortune bon cœur :

— Oui, frère Plana, répondit-il en se raclant la gorge. Je vous prie de m'excuser à votre tour, mais je n'attendais personne ici, à une heure pareille. Que puis-je pour vous ?

— Vous êtes fort aimable, frère Darder, lança l'intrus, avec son sourire de petit rat, mais il ne s'agit pas de moi. C'est que nous avons une visite...

Avant que frère Darder n'ait eu le temps de demander de qui il s'agissait, frère Plana dirigea son regard vers la pénombre du couloir et fit un geste de la main pour indiquer à quelqu'un d'approcher. Immédiatement, le juge Miquel Carbonissa se planta dans l'encadrement de la porte, le dos extrêmement raide et droit.

— Bonsoir, monsieur le juge, fit frère Darder, surpris. Puis il s'adressa immédiatement à son confrère : Frère Plana, voulez-vous nous laisser seuls, je vous prie ?...

Enveloppé dans sa pâleur, le mariste s'évanouit dans le fond du couloir, englouti par l'obscurité, son nez aquilin tendu vers l'avant comme s'il était en train de flairer une piste.

— Asseyez-vous, je vous prie, dit frère Darder, tout en indiquant de sa main tendue une petite table ronde autour de laquelle se trouvaient deux chaises. Le nouveau venu tira un des sièges et s'y installa tandis que le religieux l'imitait, s'asseyant en face de lui. Je vous écoute.

Le juge se frotta les poignets avec les mains et secoua la tête comme pour acquiescer. Puis il commença à parler :

— Avant tout, mon frère, veuillez m'excuser de m'être introduit ainsi chez vous, de façon aussi intempestive. Je n'ai pas l'habitude de…

Frère Darder secoua sa main droite, dans un geste censé éluder l'étrangeté de la situation. Il était surtout curieux d'enfin connaître la raison d'une visite aussi inattendue.

— Bien, bredouilla le juge, en réalité, je voulais juste vous présenter mes plus sin… Malgré votre conduite exemplaire, je suis tout à fait persuadé que les crimes qui ont été commis hier ont dû profondément vous affecter. Je voulais donc vous présenter mes plus sincères condoléan…

— Je vous remercie très sincèrement, répondit quelque peu solennellement frère Pau Darder.

Le juge Miquel Carbonissa fixa son regard sur le crucifix qui se trouvait sur la table de nuit, soupira et tapa du pied sur le carrelage, puis se gratta son double menton. Il était visiblement extrêmement nerveux, comme s'il ne savait par où commencer. Finalement, il prit la parole, sur un ton précipité :

— Mon frère, vous… Il soupira à nouveau avant de compléter sa question : Voilà, mon frère, croyez-vous à l'existence des esprits ?

Frère Pau Darder fronça les sourcils :

— Si je crois en quoi ? demanda-t-il en craignant que le juge ne soit parvenu à deviner ses doutes à propos de la foi.

— Aux esprits, susurra le juge avec une certaine excitation, les yeux écarquillés et son visage frôlant pratiquement celui du religieux. Je vous demande si vous croyez à l'existence des fantômes, mon frère, des revenants, des non-morts. Croyez-vous à l'existence des vampires, frère Darder ?

— Finalement, c'est vous qui aviez raison, commissaire. Il n'y a pas la moindre trace de chien sur ce cadavre.

Le commissaire Gregori Muñoz fut sur le point de répondre qu'il ne parlait jamais pour ne rien dire, mais il estima qu'il valait mieux se montrer diplomate :

— Nom de Dieu. Décidément, je ne m'habituerai jamais à ce putain d'endroit de merde.

Il poussa un soupir et ouvrit les bras aussi grands que possible, comme s'il voulait embrasser l'ensemble de la morgue avec tout ce qui s'y trouvait, y compris lui-même. Étant donné qu'il y avait peu de fenêtres et qu'elles étaient trop hautes, on était bien forcé d'éclairer le vaste local – un ancien entrepôt de textiles dans un coin du Quartier gothique de Barcelone, reconverti après avoir été confisqué et copieusement saccagé – à l'aide d'un générateur, lequel, en plus de produire une lumière épaisse et blafarde, exhalait une odeur d'essence qui se mêlait à celle, douceâtre, du formol et à la puanteur d'ammoniac que dégageaient les corps gonflés par la décomposition. Les preuves apportées par les experts étaient indispensables mais, pour le commissaire Muñoz, les obtenir signifiait toujours une torture. Et lorsqu'il s'agissait des preuves délivrées par le médecin légiste, alors la chose devenait tout simplement répugnante. Il se bouchait le nez et la bouche avec un mouchoir et observait de quelle façon le Dr Humbert Pellicer s'acquittait de sa tâche, avec la minutie d'un chirurgien de haut vol.

Le corps du gamin, mort dans la ruelle, tout près de la pension Capell, gisait sur une table de dissection et, sur la table d'à côté, on pouvait voir le cadavre de don Pere Gendrau, découpé en plusieurs morceaux. Le commissaire Muñoz tentait de s'éviter les réflexions répétées et stériles sur la façon dont la mort nous rapproche, mais il ne pouvait s'empêcher d'y penser, ne serait-ce que pour se distraire du spectacle qui l'entourait : des civières et des civières à roulettes, recouvertes de draps qui furent autrefois blancs, sur lesquelles s'exhibaient les dépouilles humaines qui arrivaient à l'institut. Il ne s'agissait presque jamais de corps entiers : là-bas, il y avait le tronc et la tête (mais pas les bras ni les jambes) d'une femme d'âge moyen ; un peu plus loin, la moitié du tronc, une jambe et le crâne fracassé d'un jeune homme, qui donnait l'impression d'avoir été happé par un train ; encore un peu plus loin, le visage défiguré et le corps mutilé d'une autre femme, assassinée par Dieu sait qui. Il fallait ajouter à la catastrophe que constitue par elle-même la guerre la disposition de l'être humain à s'infliger les plus viles abjections qui soient : c'était à nouveau une réflexion bien idiote, mais c'était le genre de choses qui venaient à l'esprit du commissaire Muñoz, qui ne pouvait s'empêcher de se rendre malade devant un tel spectacle. Ce qui l'énervait également, c'était le sens de l'humour si particulier du Dr Pellicer et son acharnement à tout vouloir cataloguer. Si mal en point qu'ils fussent, tous les restes déposés sur chacune des civières portaient attachés, d'une façon ou d'une autre, une étiquette d'identification. “D'une façon ou d'une autre” était effectivement l'expression juste, car il n'était pas toujours facile de trouver une partie de corps permettant d'y fixer une étiquette. La dernière acquisition du docteur était un torse sans tête et sans membres, que le médecin avait baptisé Alphonse – en l'honneur du roi d'Espagne –, et il avait fixé l'étiquette portant ce nom sur sa verge qui, il est vrai, était d'une taille respectable.

Après avoir terminé son examen, le Dr Pellicer leva enfin la tête :

— Comme je vous le disais, c'est vous qui aviez raison, commissaire. Ces blessures ne portent la trace d'aucun croc d'animal ; seulement l'empreinte de canines, de molaires et d'incisives parfaitement humaines. Par ailleurs, il est évident que l'assassin du frère mariste et du gamin est la même personne. Apparemment, dans les deux cas, il n'y a pas eu agression sexuelle.

— Parfois, j'aimerais ne pas avoir raison, murmura le policier comme s'il se parlait à lui-même.

— En vérité, personne ne pourrait s'en douter, vu la façon, disons catégorique, avec laquelle vous défendez votre point de vue, se permit de commenter le médecin, tout en se lavant les mains dans une bassine contenant une solution antiseptique.

Le commissaire Muñoz fronça les sourcils.

— Excusez-moi, mais je ne vois pas ce que vous voulez dire.

— Ah bon ? fit le Dr Pellicer en esquissant un sourire : Hier, ce pauvre frère mariste s'est pourtant pris, comment dirais-je, un incroyable savon de votre part.

— Ah, vous voulez parler de ça, se souvint le commissaire. C'est parce que je ne supporte pas les gens qui se mêlent de ce qui ne les regarde pas…

— Ça se voit. Mais permettez-moi de vous dire que quelqu'un qui ne vous aurait pas connu aurait tout à fait pu se dire qu'en réalité c'est le clergé que vous ne supportez pas.

Le policier se figea :

— … Que tentez-vous d'insinuer par là, docteur ? Mais si c'est précisément…

— … Précisément, l'interrompit le docteur, vous avez promis que vous n'inscririez pas sur votre rapport qu'une des victimes était un religieux et que vous n'évoqueriez pas l'installation des frères à la pension Capell. Un geste qui a d'ailleurs agréablement surpris toutes les personnes présentes, et qui peut de fait vous attirer de gros ennuis si cela devait arriver aux oreilles de l'un de vos supérieurs, mais qui comporte cependant une incontestable contradiction après l'engueulade que vous avez assénée à ce pauvre frère mariste. Je crois pouvoir affirmer que vous avez réussi à déconcerter tout le monde autour de vous.

Le Dr Pellicer semblait exercer une curieuse autorité sur le commissaire Muñoz, qui secoua la tête et décida de dissiper tout malentendu :

— J'ai mes raisons pour n'éprouver aucune sympathie envers l'Église, je l'admets. Mais il ne s'agissait en aucun cas d'un stratagème : j'ai dit que je ne noterais pas sur mon rapport qu'une troupe de soutanes se cachaient dans la pension Capell, et c'est exactement ce que j'ai fait. Je désapprouve formellement ces scandaleux assassinats de religieux, si c'est ce que vous voulez savoir.

— C'était en effet exactement ce que je voulais savoir, commissaire, concéda le médecin en secouant affirmativement la tête, ce qui contractait et détendait son double menton en rythme. Et si vous voulez que je vous avoue la vérité, je me sens à présent soulagé de vous l'entendre dire.

Un silence conciliateur s'abattit sur les deux hommes, qui sembla retirer toute importance à l'espace grotesque dans lequel ils se mouvaient. Le commissaire se souvint que, lorsqu'il était petit et qu'un tel silence se produisait brusquement à table, sa mère disait toujours qu'un ange venait de passer. Pendant toute son enfance, l'idée que de temps à autre les anges passaient chez lui pour lui rendre visite l'avait rendu très heureux. Il lui semblait même raisonnable qu'à l'occasion d'une visite aussi exceptionnelle, on dût faire un instant de silence respectueux. Il y avait longtemps qu'il n'avait plus pensé à cela, ni aux anges ni à sa mère, mais tous lui étaient revenus en mémoire à présent, et songer que finalement, dans un endroit aussi repoussant que celui-ci, un ange pouvait venir à passer le réconfortait au plus haut point.

Immédiatement, don Humbert Pellicer alluma une cigarette qu'il avait roulée en quelques secondes. La puanteur du tabac que fumait le médecin fit sortir le commissaire Muñoz du royaume de l'abstraction :

— Mais vous fumez également ici ? s'exclama-t-il.

— Je ne crois pas que ça gêne beaucoup les pensionnaires, sourit le docteur en faisant un geste ample avec son bras.

Le commissaire s'éventa le visage avec sa main.

— Je me demande comment vous pouvez supporter les relents de cette espèce de tabac, et encore plus dans un endroit aussi écœurant, dit-il en faisant une grimace. Ainsi donc, docteur, si vous n'avez plus d'autres intuitions à éclaircir, avec votre permission, je vais m'en aller. Il se fait tard et j'ai encore beaucoup de travail au commissariat.

— Bien sûr, vous êtes libre de partir, commissaire, mais je pense que j'ai un autre élément susceptible de vous intéresser, dit-il en souriant et en évacuant la fumée de sa cigarette par le nez.

— Je m'en doutais, s'énerva le commissaire qui commençait à devenir tout pâle. Vous serait-il possible d'aller droit au but, s'il vous plaît ?

— Quelle sorte de criminel pensez-vous que puisse être l'auteur de ces deux morts ?

Le commissaire Muñoz haussa les épaules.

— Une sorte de sadique, je suppose… Le juge a commencé par le suggérer, moi j'en avais le pressentiment, et à présent vous venez de le corroborer : les morsures qui apparaissent sur le cou du gamin ont été faites par un homme. Cela exclut définitivement qu'il s'agisse d'une action perpétrée par les anarchistes ; apparemment, cela ressemble plus à un rituel macabre… Nous allons devoir éplucher les fichiers des psychopathes.

— Et vous n'avez absolument pas pensé à un vampire ? lâcha brusquement le Dr Pellicer en même temps qu'une émission massive de fumée partit une fois de plus droit sur le visage du policier.

— Renom de Dieu, docteur, un vampire? toussa-t-il. Vous ne trouvez pas que la vie est assez compliquée comme ça, en ce moment?

Le médecin prit un air on ne peut plus sérieux.

— L'autopsie nous révèle un détail primordial, commissaire, aussi bien le religieux que le gamin ont été complètement vidés de leur sang. Consciencieusement, avec une grande minutie. La quantité de sang qui manque à chacun des deux cadavres est insolite et ne correspond en rien à celui qui était répandu sur la scène du crime. Une partie a été directement extraite du cou des victimes, comme si elle s'était liquéfiée ou évaporée, ou comme si quelqu'un l'avait aspirée et bue.

Le commissaire fit claquer sa langue et répondit :

— Ne vous sentez pas offensé, docteur, mais voilà un bon paquet d'années que je fais ce travail et pour l'instant je ne suis jamais tombé sur quelque vampire que ce soit. En revanche, des tarés et des fils de pute, j'en ai connu une sacrée tripotée, vous voyez ce que je veux dire, n'est-ce pas ?

Le médecin aspira une nouvelle bouffée et son corps se mit à frissonner comme s'il était couvert de puces :

— Je ne vous parle pas d'un phénomène paranormal, mais de vampirisme clinique, répondit-il. J'ai dit, il y a quelques instants, qu'apparemment il n'y avait pas eu d'agression sexuelle. Je voulais tout simplement dire que ni les parties génitales ni aucune autre partie du corps des victimes ne portaient de signes de profanation. Mais cela ne nous permet pas d'écarter le fait que les deux assassinats aient pour mobile, ou pour cause première, une déviance sexuelle bien réelle.

— Je vous serais reconnaissant de m'expliquer un peu plus en détail ce que vous entendez par là, docteur, bougonna le commissaire, de plus en plus égaré et confus.

— Le vampirisme, commença le Dr Pellicer, en adoptant un ton pédagogique, est un trouble qui associe la vision du sang ou son ingestion, que celui-ci soit de provenance humaine ou animale, à l'excitation sexuelle de l'individu. Il s'agit de ce qu'on nomme en psychiatrie la paraphilie, autrement dit, un comportement sexuel où la source de plaisir n'est pas la copulation, mais une autre activité qui vient s'y substituer. Et en particulier, les personnes affectées par le vampirisme ont l'habitude d'atteindre l'orgasme en mordant leur victime, habituellement dans le cou, afin de trancher l'artère carotide et d'en absorber le sang… Oui, commissaire ?

— Pourriez-vous éteindre votre cigarette de merde, s'il vous plaît ? supplia l'interpellé, blanc comme un linge.

— Bien sûr, concéda le médecin avant d'écraser obséquieusement son mégot sur une plaque de cuivre. Revenons à nos moutons : le vampirisme est une maladie qui ne peut être ni répertoriée ni diagnostiquée avec précision. Certains auteurs classent les personnes atteintes de vampirisme dans le groupe des psychotiques ou des schizophrènes, mais d'autres soutiennent qu'il s'agit d'une pathologie spécifique et différenciée, apparentée à d'autres paraphilies comme le fétichisme, la nécrophilie, ou comme, vous l'avez suggéré vous-même, le sadisme. Les partisans de cette explication lui donnent le nom de syndrome de Renfield, en l'honneur d'un des personnages de *Dracula*, le célèbre roman de vampires. Est-ce que vous avez également vu le film, commissaire ? Il y avait ce fameux acteur hongrois, comment s'appelait-il déjà… Béla Lugosi, je crois. Il jouait magnifiquement bien. Mais il est bien évident que ce n'était qu'une interprétation romantique. Car les vampires réels…

— Et la toupie, alors ? coupa le commissaire Muñoz.

— Pardon ?

— La toupie, la toupie, répéta le policier d'une voix enrouée, en s'efforçant d'ignorer la nausée qui dégringolait de sa cervelle jusqu'à son estomac, accompagnée de frissons d'horreur. Sur la scène du crime, il y avait une toupie, et vous avez dit que vous l'examineriez attentivement pour rechercher des preuves. Alors ?

Le Dr Pellicer demeura interdit :

— Je n'ai pas encore effectué ces examens. Franchement, j'ai trouvé que l'autopsie des cadavres était bien plus urgente, dit-il en fronçant le nez pour faire comprendre au commissaire qu'il se rendait. En tout cas, je suis persuadé que vous avez déjà une opinion sur cette toupie. N'est-ce pas, commissaire ?

Surmontant à grand-peine son dégoût, le commissaire Muñoz sourit enfin.

— Sans doute, docteur, connaissez-vous la signification de l'expression *memento mori*.

Sœur Concepció se trouvait à la buanderie lorsqu'on vint la prévenir que la mère supérieure voulait la voir et l'attendait dans la salle capitulaire. Sœur Concepció aimait son travail à la buanderie et tous les instruments qui s'y rapportaient : les œufs à repriser, les fers à repasser, les diverses techniques de couture et de broderie… Elle adorait particulièrement le processus de fabrication de la lessive, au point qu'elle proposait souvent de prendre le tour de certaines sœurs de la communauté, car ce travail dégoûtait la plupart d'entre elles. Sœur Concepció s'acquittait joyeusement de cette tâche, qui commençait par la collecte des cendres consumées dans le four ou les fourneaux de la cuisine, dans le poêle du réfectoire ou dans la cheminée de la salle capitulaire puisque, grâce aux bons soins de Manuel Escorza, le couvent des capucines ne manquait pas de bois. Ainsi récupérait-elle les cendres avec une pelle, puis les passait-elle au tamis afin d'en retirer les restes de charbon qui n'avaient pas brûlé. Lorsque celles-ci étaient devenues bien fines et blanches, elle les déposait dans un seau, puis elle y versait une cruche d'eau chaude, dans une proportion de quatre mesures d'eau pour une mesure de cendres. Elle remuait ensuite le mélange avec un bâton, le couvrait avec un drap et le laissait reposer pendant une journée ou une journée et demie. Enfin, il était temps de passer le liquide dans une grande bassine à travers une passoire qui retenait le surplus de cendre et évitait que la lessive débordât. Sœur Concepció adorait toucher et sentir cette matière onctueuse et raffinée, qui servirait ensuite à donner un peu de propreté au monde.

La novice abandonna donc la cour avec les bassins de pierre brute sur lesquels se penchaient les bonnes sœurs armées de leur planche à laver et des pastilles de savon qu'elles fabriquaient elles-mêmes. Elle traversa un porche, entra dans le potager et l'odeur de terre humide s'empara de tous ses sens : cette fin d'été était exceptionnellement pluvieuse, les premiers froids ne s'étaient pas encore annoncés et on n'avait presque pas eu besoin d'arroser les sillons où poussaient les légumes, car l'eau de pluie les avait déjà copieusement imbibés. Le puits était également plein à ras bord, et la fraîcheur de l'eau était sensible partout. Le couvent était si bien approvisionné par l'homme de confiance de Manuel Escorza qu'il y avait même deux porcs qui grognaient allègrement dans la porcherie, une bande de poules qui gonflaient leurs plumes dans un enclos de la basse-cour, un palmier, un myrte et un bougainvillier dont la vigueur faisait plaisir à voir. Un petit roquet, généreusement accueilli par la communauté la veille du jour où la guerre avait éclaté, se grattait les puces à côté de la porte du bûcher, et un peu plus loin, au beau milieu du cloître gothique, quatre chats paresseux ne se dérangeaient même pas en voyant arriver sœur Concepció d'un pas pressé. Que pouvait bien vouloir d'elle la mère supérieure ? Les mains tremblantes, elle toqua à la porte en chêne massif de la salle capitulaire. De l'autre côté, la voix lointaine et autoritaire de la mère supérieure répondit :

— Entrez, commanda-t-elle.

— Je vous salue Marie pleine de grâce, récita sœur Concepció, tandis qu'elle poussait péniblement la porte.

— Le Seigneur soit avec vous, répondirent en chœur et à la grande surprise de sœur Concepció la mère supérieure ainsi qu'une voix d'homme.

Elle ne s'attendait pas à ce que l'évêque Perugorría fût également présent à cette entrevue, mais il était là, avec un large sourire d'oreille à oreille, assis sur un large fauteuil à accoudoirs bien rembourré. La mère supérieure se tenait debout à ses côtés, souriant également mais plus discrètement. Immobiles devant la vitrine qui contenait les fameuses urnes d'argile noire – constituant la pièce la plus emblématique du patrimoine du couvent – et vêtus de leur long habit, ils ressemblaient tous deux à une gravure de retable.

— Ma mère, Votre Excellence, murmura en faisant de grands efforts la novice, tête baissée et doigts s'entrecroisant.

— Approchez, s'il vous plaît, ma fille, dit la mère supérieure sur un ton brusquement dégoûté, comme si elle s'adressait à une sorcière.

Après un effort laborieux pour vaincre son accablement et sa honte, sœur Concepció avança de quatre pas en titubant, puis se planta devant ses interlocuteurs. Elle n'osait même pas lever les yeux. Vingt interminables secondes s'écoulèrent dans un silence de plomb. Finalement, elle entendit la mère supérieure s'adresser à nouveau à elle avec la même voix dégoûtée :

— Ma fille, nous t'avons fait venir parce que Son Excellence Mgr l'évêque, ainsi que moi-même, tenons à t'exprimer toute notre gratitude.

La novice ouvrit grands les yeux :

— À moi, ma mère ? Mais pour quelle raison ?

La mère supérieure secoua la tête :

— Ce n'est pas à toi de poser les questions, ma fille.

— Je vous demande pardon, ma mère. Pardon, Votre Excellence, bredouilla sœur Concepció, on ne peut plus troublée.

— Son Excellence et moi-même, poursuivit la mère supérieure condescendante, avons été extrêmement impressionnées par ta prestation musicale, pendant la célébration d'hier.

— C'était une chose authentiquement prodigieuse, mon enfant, ajouta l'évêque Perugorría sur un ton de confidence. Il n'y a aucune espèce de doute, c'est le Seigneur qui t'a concédé le don d'un talent aussi remarquable.

Sœur Concepció se triturait les mains pour qu'on ne remarquât pas qu'elles étaient trempées de sueur. Puis elle murmura :

— Ce que… ce que je fais n'a… n'a pas la moindre valeur. Je…

— Ce n'est pas à toi de décider non plus ce qui a ou n'a pas de valeur, coupa la mère supérieure.

— Je vous demande pardon, je vous demande pardon ! Je ne voulais pas… elle s'aperçut que seul un mince filet de voix parvenait à franchir sa bouche. Elle baissa davantage la tête, jusqu'à ce que son menton touchât pratiquement sa poitrine. Elle faisait un immense effort pour ne pas éclater en sanglots.

La mère supérieure lui adressait un regard ambivalent, entre sévérité et pitié. La jeune fille ignorait encore que ses parents – un industriel prospère qui travaillait dans la papeterie, marié à la fille d'une prestigieuse lignée d'orfèvres – avaient été assassinés pendant les premiers jours de la guerre et qu'elle ne s'était pas du tout retrouvée dans ce couvent par la volonté de ses géniteurs (dont on lui avait fait croire qu'ils avaient été forcés de fuir le pays et qu'ils reviendraient bientôt, la guerre finie), mais seulement parce qu'une de ses tantes, sœur aînée de son père, n'avait rien trouvé de mieux pour elle. La mère supérieure, consciente des nombreuses faveurs que la communauté des capucines de Sarrià devait à cette dévote famille, avait accepté de bon gré la garde de la gamine, qui avait fait son entrée comme novice dans la communauté, sous le nom de Concepció. À partir de l'épisode de la fausse arrestation, pendant lequel la jeune fille avait démontré un courage et une présence d'esprit hors du commun, et après avoir fait preuve d'un magnifique effort d'adaptation face aux exigences de la vie au couvent, ainsi que d'un immense talent inné pour la musique, sœur Concepció avait fini par gagner l'admiration, mais aussi la commisération de la mère supérieure. C'est précisément en raison de ce mélange de sentiments et du trouble qu'éveillait en elle sœur Concepció, que la mère supérieure considérait nécessaire de dispenser un traitement particulièrement rigide et distant à cette jeune fille exceptionnelle, en attendant que vienne le moment de lui révéler la situation de dépouillement dans laquelle elle se trouvait.

De son côté, voyant que l'entrevue n'avançait pas, l'évêque quitta son fauteuil et s'approcha de sœur Concepció, laquelle, sentant Son Excellence si près d'elle, se mit à trembler de façon encore plus flagrante. L'évêque laissa s'écouler quelques secondes pour donner plus de solennité à ce qu'il allait dire, puis il lui demanda :

— Sais-tu pour quelle raison je suis ici, ma fille ? Je veux dire, ici parmi vous, dans ce couvent.

La novice fit non de la tête, sans oser la relever. Elle sentit que l'évêque lui posait la main sur l'épaule. Le geste se voulait rassurant, mais il ne fit que la terroriser davantage.

— N'aie pas peur, ma chère, murmura le prélat dont la voix devenait caverneuse chaque fois qu'il baissait le ton. Regarde-moi dans les yeux, s'il te plaît.

Elle souleva lentement la tête et dirigea son regard vers l'évêque Perugorría. Elle n'aurait su dire pourquoi, mais elle fut surprise de découvrir que ses yeux étaient bleu clair, avec des pupilles extrêmement humides, comme s'il était sur le point de se mettre à pleurer.

— Je suis ici parce que, hors de ce couvent, il y a des hommes qui veulent me tuer, dit l'évêque en faisant une nouvelle pause, puis il poursuivit : Ils ne veulent pas seulement me tuer, moi ; ils veulent également tuer tous les serviteurs de Dieu. Comme la mère supérieure. Ou comme toi-même.

La novice avait maintenu un regard fixe sur les yeux de Son Excellence, sans rien dire, comme si elle venait d'entendre quelque chose qui ne la concernait pas. L'évêque reprit :

— À présent, ils pensent que je suis mort et tant qu'ils le penseront, les murs de ce couvent seront pour moi le meilleur de tous les refuges, dit-il en poussant un long et profond soupir. Les choses se sont toujours passées ainsi, ma chère. Depuis le commencement, depuis l'époque des apôtres. Déjà, en ces temps lointains, les disciples de Dieu étaient haïs par les autres hommes, qui adoraient de faux dieux. Persécution et tourment. Raillerie et mort. À bien y regarder, on peut dire que notre dévotion nous a souvent conduits à la perdition. Mais nous n'y avons jamais renoncé, n'est-ce pas, ma chère ? Nous n'avons jamais renoncé à notre amour envers Dieu, nous n'avons jamais renié son nom ni la lumière grâce à laquelle il nous éclaire à travers la nuit la plus noire qui soit… Dis-moi, ma fille : seras-tu toujours fidèle à ta foi en Dieu, le Père tout-puissant, et à son fils Jésus-Christ et à l'Esprit saint ?

La jeune fille fit oui de la tête sans ouvrir la bouche, dans un mouvement presque imperceptible, mais suffisant :

— Il est évident que oui, ma fille, il ne peut en être autrement, dit, fier de lui, l'évêque Perugorría, tandis qu'il intensifiait un peu plus sa pression sur l'épaule de la novice. Il ne peut en être autrement, car nous attendons Dieu, et tant qu'il nous donnera la force d'espérer, aucun coup de vent ne parviendra à nous faire fléchir, ni la fureur d'aucune tempête ne pourra vaincre la puissance de notre foi. La foi est l'arme qui fait de nous l'armée la plus invincible et même si les noms de Satan sont légion, il pourra être supérieur à nous en nombre, mais jamais en fermeté et en tempérance… Quel âge as-tu, ma chère ?

Sœur Concepció tourna une seconde son regard vers la main accrochée à son épaule. Celle-ci lui faisait mal, mais surtout, vue d'aussi près, elle la trouvait répugnante : c'était une main molle et pâle, recouverte de poils rudes et épars qui arrivaient jusqu'aux phalanges, lesquelles étaient longues, crochues et ligneuses. Elle dut s'efforcer une nouvelle fois de contenir le dégoût que lui procurait le fait de devoir supporter sur son épaule cette espèce de sabot.

— Tu ne réponds pas à Son Excellence, ma fille ? demanda la mère supérieure quelque peu irritée.

La novice attendit encore une seconde pour inspirer une bouffée d'air.

— Treize ans, Votre Excellence, répondit-elle tout en expirant l'air d'un coup, à la manière d'un soufflet.

— Treize, répéta l'évêque, et il retira enfin sa main de l'épaule de la jeune fille, qui recommença à respirer plus légèrement. L'âge de sainte Eulalie, c'est cela, méditait le prélat. Sais-tu qui était sainte Eulalie, ma petite ?

Sœur Concepció devint à nouveau muette.

— Réponds, lorsqu'on te pose des questions, ne sois donc pas mal élevée, lui ordonna la mère supérieure de plus en plus impatiente.

Elle donna la réponse d'un seul jet, comme si elle l'avait apprise par cœur :

— Sainte Eulalie est la patronne de Barcelone, Votre Excellence, et il convient de ne pas la confondre avec la Mare de Déu de la Mercè, patronne du diocèse.

— Très bien, ma chère, approuva l'évêque avec un sourire ulcéreux. Et que sais-tu encore à son propos ?

— Rien d'autre, Votre Excellence, admit la novice en baissant la tête.

— Rien d'autre, Votre Excellence ! répéta l'évêque Perugorría d'un ton badin. Qu'en pensez-vous, ma mère ? Rien d'autre, Votre Excellence ! Il éclata de rire, puis répéta : Glorieuse sainte Eulalie ! Glorieuse sainte Eulalie !

La mère supérieure assistait en silence aux éclats de rire de Son Excellence qui s'était laissée aller à une hilarité parfaitement impropre à sa dignité. Sœur Concepció observait également la scène, complètement intimidée.

— Ça suffit ! hurla l'évêque, comme s'adressant à lui-même. Et retrouvant son sérieux, mais sans baisser la voix, il tonna : Il faut que tu saches, ma chère, que lorsqu'elle était une jeune fille comme toi, sainte Eulalie vivait dans une maison qui se trouvait ici, où nous sommes en ce moment, à Sarrià… Mieux encore, on ne peut exclure que le couvent ait été construit sur les ruines de la maison de sainte Eulalie ! Que dis-tu de cela, ma douce enfant ?

— Rien, Votre Excellence.

— As-tu quelquefois visité le cloître de la cathédrale, ma petite ?

— Jamais, Votre Excellence.

— Mais qu'enseignent donc les parents aux enfants d'aujourd'hui ? s'indigna l'évêque. Pas étonnant que nous soyons en guerre, que les serviteurs de Dieu soient persécutés, injuriés et assassinés ! dit-il en feignant tout de suite après une grande sérénité : Si tu avais visité le cloître de la cathédrale, tu aurais pu voir un sympathique troupeau d'oies… Sais-tu ce qu'est une oie ma fille ?

— Il me semble que oui, Votre Excellence.

— Il te semble ! Mon Dieu ! Et qu'est-ce qu'une oie d'après toi, voyons ?

— C'est une sorte de canard…

Un silence gêné s'abattit soudain. Le prélat soupira et se remit à vociférer :

— Un canard ? Une oie n'a rien à voir avec un canard ! Un peu de respect pour la Création, ma chère ! Ne sais-tu pas que, au commencement des temps, l'homme a attribué un nom à chaque animal ? Et s'il a appelé une oie, une oie, et non un canard, c'est qu'il doit y avoir une raison, ne penses-tu pas ?

— Sans doute, Votre Excellence.

La novice s'était laissée aller à l'absurdité de la situation et n'avait même plus envie de pleurer.

— Ne changeons pas de sujet de conversation, ma chère, rappela l'évêque. Je suis sûr que tu ne sais pas non plus comment on appelait la maison où est née sainte Eulalie. Je me trompe ?

— Non… Je ne le sais pas, Votre Excellence.

— C'est bien ce que je pensais. Et vous, ma mère ?

— Le Désert de Sarrià, répondit la bonne sœur, avec une allure d'élève appliquée.

— Exactement ! s'enthousiasma l'évêque. Et pour quelle raison une maison des alentours de Barcelone, à une époque aussi lointaine que le IIIe siècle, avait-elle reçu un nom aussi curieux ?

— Parce qu'il y avait des palmiers, s'empressa de répondre la mère supérieure, afin d'éviter que sœur Concepció se voie à nouveau dans l'obligation d'admettre son ignorance.

— Exactement, ma mère. Des palmiers, répéta-t-il en se tournant vers la novice. Mais la chose la plus intéressante dans cette histoire, ma douce enfant, c'est que ces arbres n'avaient pas toujours été des palmiers. Non, avant, il y avait un bois de cyprès à cet endroit. Mais une fois que sainte Eulalie se promenait parmi ces arbres, un ange s'était présenté à elle et lui avait annoncé qu'un jour elle deviendrait sainte et qu'elle serait la patronne de Barcelone. Et, pour qu'il reste une trace de son apparition, l'ange changea les cyprès en palmiers. Et c'est exactement là où je voulais en venir, ma chère : pourquoi penses-tu que l'ange est apparu à cette jeune fille, une jeune fille comme tu l'es toi-même en ce moment, et qu'il fit des miracles devant ses grands yeux écarquillés ?

— Je l'ignore également, Votre Excellence, fit sœur Concepció en s'avouant vaincue.

— Eh bien parce qu'elle était chrétienne, ma fille. Ce n'est pas plus compliqué que cela. Nous, qui estimons Dieu et avons foi en lui, sommes protégés par les anges, qui nous montrent le chemin de la gloire. Voilà notre récompense suprême pour être les serviteurs du Seigneur, en accord avec notre foi.

Le visage de l'évêque sembla s'illuminer de l'intérieur tandis qu'il prononçait ces mots, puis il reprit immédiatement son air sombre :

— Mais cela n'est qu'un aspect de l'histoire. Sais-tu qu'il existe un autre aspect, ma chère ?

La novice fixa à nouveau l'évêque Perugorría dans les yeux. Et cette fois, elle n'eut pas le moindre doute sur la réponse à faire. Elle commença à parler et ce ne fut pas tout à fait sa voix qui surgit du fond de sa gorge et qui répondit avec une certaine fermeté :

— Le tourment, Votre Excellence.

L'évêque écarta les bras.

— Tu es très clairvoyante, ma chère, dit l'évêque en lui pinçant le menton du bout de ses doigts offensifs. C'est à travers le tourment que nous, les chrétiens, témoignons notre volonté d'être les serviteurs de Dieu, la fermeté de l'engagement qui nous lie à lui. Et cela aussi est une joie, la joie la plus grande et la plus difficile de toutes, dit-il en s'illuminant à nouveau de l'intérieur, comme le faisceau intermittent d'un phare. Bienheureux ceux qui souffrent dans leur chair la violence ou la mort en raison de leur propre foi, car ils seront les élus de Dieu le Père. Sainte Eulalie vécut à l'époque de Dioclétien, un empereur cruel et sanguinaire. Elle fut arrêtée et, bien qu'elle ne fût encore qu'une enfant, paya extrêmement cher le prix de sa dévotion. Connais-tu les tourments de sainte Eulalie, ma chère enfant ?

Sœur Concepció se contenta de faire timidement non de la tête.

— Elle en a subi treize, un pour chacune des années qu'elle avait vécues, expliqua l'évêque. En premier lieu, elle reçut une centaine de coups de fouet, puis on lui enfonça des crochets dans la peau qui lui déchirèrent la chair du dos et du ventre. Ensuite elle fut obligée de marcher sur un chemin de braises incandescentes, et immédiatement après on lui trancha les seins.

L'évêque s'interrompit et adressa un regard en coin, fugace et concupiscent, sur la poitrine naissante de la novice. Puis il reprit :

— Tout le corps de sainte Eulalie n'était plus qu'une plaie, et ses bourreaux, pour la faire souffrir davantage, lui nettoyèrent les blessures avec de la pierre ponce, on versa de l'huile bouillante sur son corps, on l'arrosa de plomb fondu et on l'enferma une nuit entière dans un puits de chaux. Par la suite, on l'introduisit dans un tonneau de vin rempli de bouts de verre et de tuiles qu'on fit rouler dans une grande descente. Encore après, elle fut enfermée toute une nuit dans une cellule pleine de puces et de punaises afin que ses pustules s'infectent et elle fut brièvement conduite sur un bûcher, mais en évitant de la tuer, car on lui avait réservé la mort des chrétiens, qui consistait en une crucifixion à l'aube. Sainte Eulalie, qui n'était plus qu'une boule de chair et d'os, résista encore quatorze heures clouée sur la croix avant d'expirer et de livrer son âme à Dieu. Treize tourments, insista l'évêque en montrant les cinq doigts de chacune de ses mains et, immédiatement après, le pouce, l'index et l'annulaire droits.

Une vague nausée, mais fort désagréable, s'était installée au fond de l'estomac de sœur Concepció. Son Excellence continuait sa dissertation avec enthousiasme, sous le regard vigilant de la mère supérieure.

— Les chrétiens dignes de ce nom doivent s'enorgueillir, ma fille, car nous sommes à nouveau en train de vivre une époque de tourments et cela nous donne l'occasion de prouver la pureté de notre engagement et de notre espérance envers Dieu. Nous vivons une époque qui exige une certaine force d'esprit, y compris pour les jeunes filles de treize ans comme sainte Eulalie, qui avait sans doute reçu en elle la visite de l'Esprit saint, dit-il en lui pinçant à nouveau le menton. Dis-moi, ma chère enfant : le moment venu, te sentirais-tu le courage de supporter le calvaire, pour la grâce et l'amour de Dieu ?

— Oui, Votre Excellence, mentit la jeune fille, en tentant de feindre un certain aplomb et en contenant un début de nausée.

L'évêque pencha la tête en arrière, leva les yeux au ciel et soupira profondément :

— Excellent. Excellent.

Puis il lâcha le menton de sœur Concepció, lui tourna le dos, se dirigea vers le fauteuil et se laissa lourdement tomber sur le siège. Il donnait l'impression d'être extrêmement fatigué, comme s'il venait de fournir un effort titanesque. Ses joues et son double menton ne cessaient de trembler et il ouvrait grande la bouche comme un poisson à peine tiré de l'eau. La mère supérieure prit la parole :

— Malgré tout, nous ne sommes pas tous forcés de suivre à tout prix le chemin du martyre, ne crois-tu pas, ma fille ? Elle avait abandonné son ton autoritaire et tentait de sembler cordiale, maternelle même, mais elle ne parvenait qu'à se montrer dubitative. Il faut bien que quelqu'un vive pour chanter les louanges des martyrs et des saints. Et toi, comme l'a si bien dit Son Excellence, tu as le privilège, dont t'a dotée le Seigneur, de t'exprimer à travers la musique.

Sœur Concepció répondit par un hochement de tête qui se voulait être de gratitude, mais qui lui remplit la bouche d'une giclée de bile qu'elle eut bien du mal à ravaler.

— Son Excellence, poursuivit mélancoliquement la mère supérieure, pense, et inutile de dire que moi aussi je crois humblement la même chose, qu'il existe de nombreuses façons d'affronter les vicissitudes de ces jours difficiles, où le Seigneur, ainsi que te l'a parfaitement expliqué Mgr l'évêque, nous envoie des épreuves extrêmement dures. Et l'une d'elles est de transmettre au monde, dans la mesure de nos moyens, un peu de beauté.

La mère supérieure s'interrompit à nouveau pour chercher les mots qui ne lui venaient pas. Finalement, elle lâcha tout d'un seul coup :

— En résumé, ma fille, Son Excellence désire que tu te mettes à travailler une composition musicale. Mais pas une variation sur une pièce déjà existante, plutôt une composition personnelle. Après la splendeur que nous avons entendue hier, il est raisonnable de penser que tu es en pleine possession de…

Sœur Concepció comprit que cette commande insensée n'était autre qu'un caprice de l'évêque Perugorría et que la mère supérieure avait été forcée d'y adhérer, contre sa volonté. Elle s'aperçut également qu'elle ne pouvait rien dire ni faire pour contourner cette ineptie, alors elle décida d'adresser un sourire forcé et résigné à la mère supérieure. Puis elle lança un regard à l'évêque, qui demeurait tassé sur lui-même.

La mère supérieure ouvrit la petite porte de la vitrine, saisit une des urnes d'argile noire et la posa sur la table – longue, sombre et austère – de la salle capitulaire. Ensuite elle fouilla dans son habit et en tira une fève et une amande qu'elle montra à sœur Concepció en ouvrant la paume de sa main :

— Tu vois cette amande et cette fève, ma chère enfant ?

La novice fit oui de la tête, sans rien comprendre. La mère supérieure reprit :

— Nous allons les introduire dans une urne, puis tu y plongeras ta main et, sans regarder, tu en tireras une des deux, d'accord ?

Il s'agissait donc d'un tirage au sort, qui devait avoir quelque rapport avec le travail qu'on lui avait commandé. Elle observa la façon dont la mère supérieure laissait tomber la fève et l'amande au fond du récipient puis l'agitait énergiquement. Lorsqu'elle fut fatiguée de mélanger, la bonne sœur tendit les bras et, soutenant l'urne à deux mains devant le visage de la jeune fille, lui dit :

— Vas-y, ma fille.

Sœur Concepció avança la main, mais s'arrêta en chemin. Il lui vint soudain l'idée que l'urne pouvait contenir un scorpion ou une araignée venimeuse susceptibles de la piquer et d'entraîner une mort par convulsions, accompagnée de fièvres et de délires. Le tourment, ou plutôt l'idée du tourment, s'était soudain emparé de son imagination et avait bourré son crâne d'images terribles où elle se voyait fouettée, torturée, mutilée et brûlée vive en l'honneur de l'immense gloire de Dieu. Des images qui lui produisaient une nausée déprimante, on ne peut plus angoissante, se manifestant non seulement physiquement, mais filtrant également à travers les parois de son corps, pour finir par envelopper totalement son âme.

— Ma chère enfant… insista la mère supérieure, de plus en plus attendrie.

La jeune fille s'arma de courage, ferma les yeux et tendit son bras au maximum jusqu'à ce que sa main touchât le fond de l'urne. Elle saisit la première graine qu'elle trouva du bout des doigts et, d'un geste rapide, retira son bras du récipient.

— La fève, annonça la mère supérieure, d'un air sérieux.

— Magnifique ! s'écria l'évêque qui avait soudain repris des forces. Ce sera donc un *Stabat Mater*.

Si la fève signifiait un *Stabat Mater*, quelle autre excentricité pouvait bien représenter l'amande ? Sœur Concepció ne le saurait jamais, mais cela lui était tout à fait égal. Elle écoutait à nouveau l'évêque, qui se montrait imprévisiblement joyeux et même pléthorique.

— Je possède une véritable prédilection pour les *Stabat Mater*, déclara-t-il tout rouge. C'est un genre qui a donné les morceaux les plus remarquables de l'histoire de la musique. La plainte de la Mère de Dieu devant les souffrances de son fils… Le moment culminant du tourment, puis la purification qui en découle.

— Les pleurs de Marie, insista la mère supérieure, sont la somme des pleurs de toutes les mères qui ont vu leurs enfants subir douleur et misère, et qui ont malgré tout eu confiance en l'infinie miséricorde de Notre-Seigneur Dieu.

L'évêque inspira une grande bouffée d'air par le nez, puis ajouta :

— Tu composeras ton *Stabat Mater* en l'honneur de Mme María Maeztu qui est ma pauvre mère. Elle doit se trouver à présent dans ce qui a été ma maison, là-bas, en Navarre, en train de souffrir à cause de l'annonce de la mort de son fils, qu'elle a dû prendre pour argent comptant.

Les pupilles de Son Excellence devinrent encore plus humides que d'habitude et il porta une main à ses yeux, pour se les frotter, puis il poursuivit :

— Lorsque nous nous retrouverons et que nous pourrons à nouveau nous embrasser tendrement, que ce soit dans ce monde ou bien dans la vie que la providence divine nous réserve dans l'au-delà de la mort, ma mère et moi nous verrons largement dédommagés de notre souffrance ici-bas. Mais pour l'instant, dit-il en apostrophant sœur Concepció, ta musique deviendra un baume permettant de cautériser les plaies d'une multitude d'âmes humiliées par cette guerre et de mères subjuguées par l'infamie…

Sa voix se cassa et, plongé dans son délire, il se mit à sangloter. Sœur Concepció trouva le courage de formuler une objection :

— Mais, c'est que… je me crois… incapable de… se plaignit-elle.

En une fraction de seconde, l'évêque Perugorría se reprit et posa cette fois ses mains sur les deux épaules de la jeune fille. Il lui faisait vraiment mal. La pénombre de la salle capitulaire contrastait avec l'éclat glacé des yeux encore larmoyants du prélat.

— Ma douce enfant, siffla-t-il, si tu affirmes que tu es suffisamment forte pour résister au calvaire de sainte Eulalie, alors l'Esprit saint te permettra d'être assez courageuse pour accomplir la tâche que nous t'avons commandée.

— La nature exceptionnelle de cette commande, ajouta la mère supérieure, sans parvenir à présent à dissimuler une grande tristesse, te dispensera des travaux que tu devais jusqu'à présent exécuter dans notre communauté. Néanmoins, nous te serions particulièrement reconnaissantes pour les efforts que tu pourrais fournir en ne les délaissant pas tout à fait…

Elle s'aperçut qu'elle était en train de se contredire et se tut, avant d'ajouter plus de confusion au trouble de la novice.

— Tu peux aller en paix, ma chère enfant, conclut la mère supérieure.

La porte de la salle capitulaire résonna en se refermant derrière elle. Sœur Concepció fit plusieurs pas, complètement étourdie. Ensuite, elle s'arrêta pour vomir dans un coin du cloître, devant les chats qui l'observèrent d'un air curieux.

Sa conversation avec Miquel Carbonissa avait inquiété et complètement déconcerté frère Pau Darder. Le juge s'était révélé être un véritable puits de science concernant les histoires de morts qui, d'une façon ou d'une autre, étaient revenus à la vie, sous forme de vampires ou sous n'importe quelle autre forme. Ce genre de récits n'aidait certainement pas frère Darder à recouvrer le réconfort spirituel dont il avait tant besoin, mais il n'avait eu d'autre solution que de se recommander au patient Job et de faire semblant d'écouter les récits du juriste avec intérêt.

D'après Miquel Carbonissa, ce sujet remontait très loin dans le temps, à tel point qu'Hérodote avait déjà recueilli dans ses *Histoires* le cas d'un revenant, à l'époque de l'Antiquité. Il s'agissait d'Aristéas, fils d'une des familles les plus puissantes de la ville de Proconnèse, qui composait des poèmes épiques et raconte dans l'un d'eux qu'Apollon l'avait inspiré pour atteindre le territoire des Issédons, et qu'au-dessus des Issédons habitent les Arimaspes, hommes qui n'auraient qu'un œil, au-dessus des Arimaspes les Griffons gardiens de l'or, et toujours au-dessus des Griffons, déjà tout près de la mer, les Hyperboréens.

Ainsi donc, un jour qu'Aristéas, encore jeune, entra dans un atelier de foulon afin de demander qu'on filât une balle de coton pour tisser de la toile, il s'affaissa au milieu du local, subitement mort. Le patron, consterné et connaissant la famille à laquelle appartenait le jeune homme, s'empressa de fermer l'atelier à double tour et courut, aussi vite qu'il le put, prévenir les parents du mort. La nouvelle se répandit rapidement à travers la ville, mais tout d'un coup un homme de Cysique se présenta, qui venait d'arriver à Proconnèse, en disant qu'il était impossible qu'Aristéas fût mort dans l'atelier de foulon, car il l'avait croisé en train de sortir de la ville et qu'il lui avait parlé, il y avait juste un instant. Et il soutint dur comme fer cette histoire devant tout le monde, au milieu de l'agora.

Et en effet, lorsque les parents d'Aristéas arrivèrent en sanglotant à l'atelier de foulon, avec la voiture funéraire et le linceul, ils ne trouvèrent leur fils nulle part, ni mort ni vif. On n'eut à nouveau des nouvelles d'Aristéas que sept ans plus tard, lorsqu'il revint à Proconnèse, aussi mystérieusement qu'il avait disparu, et dans une forme apparemment splendide. Il fit une brève étape, pendant laquelle il se consacra à l'écriture de son poème des Arimaspes, puis il disparut à nouveau comme si la terre l'avait avalé.

Le juge Carbonissa connaissait également d'autres cas extraordinaires de morts qui étaient momentanément revenus à la vie, à la demande d'honnêtes hommes qui le leur avaient demandé. Il citait en exemple une œuvre de saint Augustin qui rapportait l'histoire d'un jeune poursuivi par la justice parce qu'un particulier lui réclamait une dette que son père avait déjà honorée. Cependant, il ne parvenait pas à mettre la main sur le reçu qui démontrait sa bonne foi. L'âme du père, expliquait saint Augustin, apparut alors avec pitié devant son fils pour lui indiquer où se trouvait le reçu qui lui valait d'aussi violents maux de tête.

Le juge expliquait de la même façon que saint Macarius d'Égypte avait ressuscité un mort afin que ce dernier pût témoigner de l'innocence d'un homme qu'on accusait de l'avoir assassiné : le défunt disculpa l'accusé, mais refusa de dire le nom du véritable auteur du crime. À Chypre, il y avait le cas notoire de saint Spyridon, qui se trouva dans une certaine détresse après la mort de sa fille Irène, car un homme lui affirmait qu'il avait remis à celle-ci une somme d'argent en dépôt sans qu'elle en parlât à son père. Étant donné qu'ils n'avaient découvert cet argent nulle part dans la maison, saint Spyridon décida finalement de se rendre sur la tombe de sa fille. Il l'appela par son nom et lui demanda où se trouvait ce fameux dépôt d'argent ; et, depuis le fond de sa tombe, elle le lui indiqua. Ainsi saint Spyridon put rendre la somme d'argent à son propriétaire. Dans un autre de ses prodiges, il advint que saint Macarius demanda l'intervention d'un défunt dans un différend qu'il entretenait avec un hérétique. Voyant que ce dernier ne voulait pas entendre raison, saint Macarius lui dit : "Retrouvons-nous sur la tombe d'un mort et demandons-lui de nous instruire sur la vérité que vous refusez d'admettre." L'hérétique n'osa pas l'y suivre, et saint Macarius s'y rendit accompagné d'une foule de gens. Il interrogea le mort qui lui répondit depuis le fond de la tombe que si l'hérétique avait assisté à cette réunion, il se serait levé pour le convaincre et lui prouver la vérité. Saint Macarius lui demanda ensuite de s'endormir à nouveau dans la paix du Seigneur, jusqu'au jour du Jugement dernier.

Ceci dit, la plupart des histoires de revenants n'étaient pas saintes, mais plutôt macabres et morbides, et lorsque le juge Carbonissa se mettait à les raconter, on avait l'impression qu'il n'en finirait jamais. Frère Darder fut très impressionné par celle du comte Estruch, ou Estruga, un vampire qui, d'après la légende, habitait le château de Llers, dans le Haut Empourdan, où l'on suppose qu'étaient également basées des sorcières, récemment évoquées par un poète du pays nommé Carles Fages de Climent, insista le juge. Ainsi donc, le fameux comte Estruch était un Catalan noble, trépassé au début du XIIIe siècle (certains auteurs faisaient remarquer que cela avait eu lieu à une date qui pouvait tout à fait coïncider avec celle de la naissance de Jacques Ier d'Aragon), qui avait regagné le monde des vivants sous la forme d'un vampire. Il mordait des animaux et des hommes pour s'abreuver de leur sang, mais le détail le plus terrible était qu'il se consacrait à séduire des jeunes filles et à les mettre enceintes : au bout de neuf mois, elles accouchaient de petits monstres difformes et aberrants, qui mouraient rapidement après leur naissance. Cette horreur aurait duré, dit-on, jusqu'au jour où le comte Estruch fut aperçu en train de dormir par un ermite à moitié juif, qui le força à reposer en paix moyennant un sortilège ancestral, lié aux rituels de la cabale.

D'après le juge Carbonissa, ces fantaisies scabreuses appartenaient au monde des croyants, une opinion étayée par des preuves extrêmement solides. Comme la polémique qui fit s'affronter les philosophes Celse et Origène, lorsque le premier publia ses premiers écrits contre les chrétiens, dans lesquels il soutenait que l'apparition de Jésus-Christ aux apôtres était fausse, qu'il s'agissait d'une vulgaire ombre mouvante que d'aucuns voulurent bien prendre pour ce qu'elle n'était certainement pas. Mais Origène retourna contre Celse le propre raisonnement de celui-ci, en lui rappelant que les païens avaient également produit plusieurs récits rapportant les apparitions d'Apollon et d'Esculape : et si l'on prenait pour argent comptant, comme le faisait Celse, les récits de ces apparitions, il n'y avait aucune raison de ne pas reconnaître celle de Jésus-Christ qui, de plus, était confirmée par des témoignages oculaires et acceptée par une multitude de personnes de par le monde. Au bout du compte, une longue liste d'esprits illustres – et parmi eux, rien moins que saint Augustin et saint Thomas – avaient parfaitement prouvé que ce que racontent les récits chrétiens à propos de Jésus-Christ fait partie de la confirmation de la doctrine salvatrice de l'espèce humaine.

Voilà ce qu'avait écrit Origène et le juge Miquel Carbonissa l'avait fait sien tel quel, en le comparant, immédiatement après, à la figure singulière du bénédictin Augustin Calmet, auteur d'admirables *Commentaires sur l'Ancien et le Nouveau Testament* qui lui octroyèrent la réputation d'être un des hommes les plus instruits et pieux de la France du XVIIIe siècle. Bref, cet auteur lui aussi avait écrit, en plein apogée des Lumières, un volume vraiment obscur et perturbant intitulé *Traité sur les apparitions des esprits et sur les vampires ou les revenants de Hongrie, de Moravie, etc.*, dans lequel il recueillait toutes les histoires dont il avait entendu parler à propos des morts (ou des non-morts) qui étaient revenus de l'autre monde et qui s'étaient nourris du sang des vivants. La conclusion de Calmet était naturellement que ce genre d'histoires était inacceptable du point de vue de la morale et de la raison chrétienne. Mais alors pourquoi un homme tel que lui, un homme de foi et un penseur, avait-il fourni tant d'efforts pour les recueillir, les classer, les transcrire et les publier ? Pourquoi avait-il déployé tant de zèle et de rigueur dans ce traité d'imaginations obscènes que pour ses prestigieuses œuvres d'érudition biblique ? Le juge Carbonissa se souvenait, avec des frissons dans le dos, de certaines caractéristiques ou des attitudes que le père Calmet attribuait aux revenants ou aux apparitions, comme il les appelait également.

Il expliquait par exemple qu'ils continuaient à mastiquer à l'intérieur de leur tombe et qu'ils dévoraient tout ce qui se trouvait à leur portée, y compris leur propre chair, et que plusieurs témoins affirmaient avoir entendu un bruit de mastication, à l'intérieur de certaines tombes, semblable à celui que pourrait émettre un porc. Les histoires à propos des vampires de Moravie, comme celles évoquant un serrurier d'un village de Bohême qui était apparu après sa mort dans les rues de la ville en hurlant avec une voix d'outre-tombe les noms de certaines personnes, qui devaient infailliblement mourir au bout de quelques jours, n'étaient pas moins effrayantes. Cette situation dura jusqu'à ce que les habitants de la cité voisine se fussent mis d'accord pour exhumer le corps du serrurier et le remettre au bourreau, qui le chargea sur une charrette, le transporta hors de la ville et le jeta dans un bûcher. Tout en brûlant, le cadavre du serrurier hurlait furieusement et se débattait des pieds et des mains comme s'il avait été vivant ; et lorsque le bourreau lui perça la poitrine et le ventre avec deux pieux, il proféra une plainte assourdissante et libéra une grande quantité de sang extrêmement rouge. Il fut finalement réduit en cendres, et l'on mit ainsi fin aux méfaits du spectre. C'est ainsi que naquit la croyance selon laquelle le seul remède efficace contre ces apparitions consiste à décapiter le corps du revenant, à lui planter des pieux affûtés dans le corps et à l'incinérer.

Frère Darder commençait à en avoir déjà par-dessus la tête de la prolixité du juge Carbonissa, quand celui-ci se posa à nouveau la question qui semblait l'obséder : pourquoi un homme d'Église aussi éminent que le père Calmet s'occupait-il de ces sous-produits de la raison que constituaient les histoires de vampires ? Le juge ne trouvait qu'une seule réponse à cela : pour la simple raison que cela valait la peine de le faire. Et si l'illustre bénédictin en était arrivé à cette conclusion, cela signifiait que ces histoires n'étaient pas pour lui simplement bourrées de choses insensées qui se transmettaient de père en fils pendant les longues veillées hivernales devant le feu, mais qu'il devait en tirer toutes sortes d'informations intéressantes. Des choses auxquelles les hommes ne prêtaient aucune attention mais qui n'avaient pas échappé à la sagacité exceptionnelle du père Augustin Calmet.

Au bout du compte, pensait le juge, les histoires de vampires traitent de monstruosités, autrement dit d'une vérité sur laquelle nous préférons d'ordinaire jeter un voile d'incompréhension et de mépris. Et cependant, la monstruosité constitue une potentialité inhérente à tout être vivant. La merveille de la Création qui avait été capable de féconder le néant et de le transformer en univers était à ce point immense qu'elle devait inévitablement renfermer quelque imperfection, comme une partition parfaite constellée de minuscules taches d'encre : des taches insignifiantes bien entendu, mais suffisamment perceptibles pour entraîner quelques erreurs et méprises chez le lecteur de cette musique. À l'échelle de l'ensemble des choses créées, ces erreurs de lecture, ajoutées les unes aux autres, formaient ce que, par convention, on s'accorde à appeler le mal, dont la monstruosité est tout simplement l'un des moyens d'expression privilégiés.

Bref, poursuivait-il, la conscience du mal est l'instrument dont Dieu nous a dotés pour précisément pouvoir nous défendre contre lui. Comme nous sommes doués de raison, nous sommes capables de comprendre l'existence du mal et la signification des choses monstrueuses. Et même d'agir pour corriger les défauts, pour devenir d'une certaine façon des collaborateurs de l'œuvre divine et nous rendre utiles dans la tâche de rééquilibrer la Création. Et ainsi que le notait le bon Augustin Calmet, il était tout à fait possible que des personnes enterrées vivantes par erreur ou par méchanceté s'offusquent en se réveillant dans leur tombe, au point de mordre leur propre chair ou celle des morts d'à côté, bien qu'il fût terrible d'imaginer une telle infamie. Ceci dit, que les morts fassent vraiment bouger leurs mâchoires et s'amusent à ronger tout ce qui leur tombe sous la main devait être considéré comme le fait d'une imagination puérile, du même genre sans doute que celle du Manducus des Romains de l'Antiquité. Le Manducus était un pantin articulé possédant un visage anthropomorphique, avec une bouche immense pourvue de dents : le jeu, qui amusait aussi bien les enfants que les adultes, consistait à lui faire bouger les mâchoires, grâce à un ressort installé de telle façon que la dentition du Manducus se mît à grincer et donnât l'impression que, complètement affamée, la marionnette suppliait qu'on lui tendît quelque chose à manger.

Parvenu à ce point de la conversation, frère Darder se sentit encore plus confus qu'au début, si bien qu'il pria le juge Carbonissa d'avoir l'amabilité de lui dire où il voulait exactement en venir avec cette histoire. "Les machines", murmura le juge, sans que le mariste pût comprendre si c'était une réponse ou s'il était en train de réfléchir dans sa barbe. Ensuite, le juge ajouta que le Manducus était, à n'en pas douter, une machine, un artefact créé par l'intelligence humaine : concrètement, un automate qui avait la prétention d'imiter le comportement des êtres humains. Mais le Manducus, en plus de procurer quelque divertissement à l'époque de la Rome impériale, avait servi des siècles plus tard au père Calmet pour situer la légende des morts masticateurs dans le contexte qui leur convenait, et qui était tout simplement celui de la monstruosité. La faculté de raison dont nous avons le privilège d'avoir été dotés, contrairement aux autres créatures de ce monde, nous permettait d'écrire des textes et de construire des machines qui non seulement pouvaient décrire le mal, et ainsi nous aider à le comprendre, mais aussi à le combattre, pensait le père Calmet. "Les automates", bougonna à nouveau le juge Carbonissa accablé, en se tenant le front avec l'extrémité des doigts de ses deux mains. Définitivement las de ne rien comprendre, frère Darder lui demanda à nouveau, à présent de façon plus péremptoire, de lui expliquer, “s’il vous plaît”, ce que signifiait un discours aussi écervelé. Mais le juge consulta sa montre de gousset, s’exclama qu’il était déjà fort tard, remercia frère Darder pour sa patience et lui demanda de l’excuser car il devait se retirer sur-le-champ. Avant que frère Darder n’ait pu le prier, après bien des difficultés, de ne pas s’excuser, le juge s’était déjà engouffré dans le couloir de la pension Capell en direction de la sortie, où il s’évapora aussi brusquement qu’il était venu.

Frère Darder demeura on ne peut plus perplexe et immobile, tristement assis sur une chaise de sa chambre. Caressé par la lumière de l’été qui filtrait à travers une petite fenêtre, il recomposait la visite du juge Carbonissa : il était évident que cet homme était un excentrique, mais n’y avait-il vraiment rien dans tout ce bric-à-brac qui fût digne d’attention ? Quel rapport pouvaient bien avoir toutes ces âneries sur les vampires et les automates avec la mort de don Pere Gendrau ? Et avec celle du gamin découvert dans la ruelle voisine ?

La fragilité et l’horreur se dégageant de ces deux événements aussi terrifiants tourmentaient la cervelle de frère Darder, qui ne pouvait s’empêcher de se poser encore la même question : mais quelle sorte de Dieu était-ce, qui contemplait, impassible et sans intervenir, comment sa création s’enfonçait dans l’horreur et la barbarie ? Était-ce là l’infinie miséricorde divine que lui-même avait louée tant de fois dans ses petites polémiques de séminariste ?

— Frère Pau ? Vous êtes là ? demanda une voix ridicule, derrière la porte.

Frère Darder soupira. Ce ne pouvait être que lui.

— Je suis là, frère Plana, répondit-il en se levant de sa chaise pour ouvrir la porte. Vous voulez sans doute vous confesser ?

Frère Darder se dandina sur lui-même avec un mouvement de reptile.

— Non, non. Je vous remercie, frère Darder, il s'agit d'autre chose, dit-il en s'éclaircissant la voix. C'est frère Lacunza qui m'envoie pour vous annoncer que don Émile Aragou, l'émissaire envoyé par l'ordre des Maristes de France, est déjà arrivé à Barcelone. Cet après-midi, frère Lacunza et moi-même irons lui rendre visite pour lui souhaiter la bienvenue et préparer l'entrevue de demain avec les négociateurs de la FAI. Frère Lacunza m'a demandé de vous prévenir et de vous demander si vous désirez nous accompagner…

Ah, l'infatigable frère Lacunza et ses démarches qui ne menaient jamais nulle part ! Il y a juste deux jours, il aurait exprimé son scepticisme sans prendre de gants. Mais à présent, la mémoire de don Pere l'obligeait.

— À quelle heure est le rendez-vous ? demanda-t-il.

Se prélassant sur la chaise de son bureau de la via Laietana, enveloppé par la nébuleuse lueur du carbure, le commissaire Gregori Muñoz respirait profondément pour tenter de surmonter son dégoût et de se nettoyer l'esprit des souvenirs de la puanteur de la morgue. Il en ressortait toujours avec l'impression d'en avoir été imprégné, comme si lui aussi avait été plongé dans le formol en compagnie de ces cadavres, entiers ou en morceaux, que le Dr Pellicer s'amusait à baptiser et à étiqueter. Du sang, de la lymphe, des sécrétions corporelles. La mort, pensait le commissaire Muñoz, est une chose poisseuse, collante, et une fois qu'on s'est approché d'elle, on a bien du mal à s'en débarrasser.

Le commissaire tripotait machinalement un objet entre ses mains, puis il arrêta brusquement et l'observa avec une grande attention, presque avec ravissement. Il s'agissait de la toupie : en accord avec ses propres conjectures, un *memento mori*. Le criminel pouvait être une brute épaisse, mais il n'était certainement pas stupide : le commissaire était forcé d'admettre qu'il n'avait jamais vu une scène de crime aussi scrupuleusement rangée et propre, aussi désespérément nettoyée de tout indice. Ni empreinte digitale, ni cheveu, ni fil de vêtement, aucun de ces résidus qu'on découvre habituellement par terre ou sur les murs. Rien qui puisse indiquer la plus infime piste sur l'origine ou les mobiles de l'assassin, et encore moins sur son identité. Les traces de pas sur les gravillons de la ruelle avaient été soigneusement effacées et, comme seul témoignage, il n'était plus resté que la toupie tachée de sang. *Memento mori*, souviens-toi que tu mourras. Que nous devons tous mourir un jour. Une redondance macabre et insolente, par ces jours où la mort circulait de façon échevelée à travers les rues de la ville, emportant des vies par paquets. Des femmes, des enfants, des vieux. De jeunes couples d'amoureux qui étaient sur le point de se marier et de fonder une famille. Des mères s'occupant de leurs enfants, et des enfants prenant soin de leurs vieux parents. Des hommes forts et costauds travaillant dans des fonderies, dans des usines aux machines imposantes, quinze et seize heures par jour, sans faiblir. D'excellents chefs d'entreprise, et de prospères commerçants ayant mené une carrière exemplaire dans leur domaine et ayant eu des enfants qui se préparaient à prendre les rênes de l'affaire familiale, ou bien qui étaient devenus médecins, ingénieurs ou procureurs. C'était égal : tous s'en allaient pareillement au diable, éventrés par une bombe ou déchiquetés par les tirs d'un franc-tireur, criblés de balles par un tueur à gages ou par un pistolero de la FAI, définissant l'orthodoxie révolutionnaire à coups d'exécutions sur la route de l'Arrabassada. Il fit un sourire résigné en se rappelant les questions que lui avait posées le Dr Pellicer : non, il ne portait pas les curés dans son cœur ni les moines, ni tous ces rats de sacristie, mais ils ne suscitaient chez lui-même pas le dixième de l'écœurement qu'il éprouvait pour ces sales bêtes de la FAI, cette bande de poules mouillées prétentieuses qui faisaient à présent la pluie et le beau temps et qui se sentaient on ne peut plus virils avec un revolver chargé entre les mains. Il en était malade. Il ne supportait plus, en particulier, le fameux Aureli Fernández, du Département d'enquêtes, et le lèche-cul qui le suivait partout, un connard qui s'appelait Ordaz. Ils étaient toute la journée en train de l'emmerder : et des rapports par-ci, et des assignations par-là, et encore et toujours des rapports. Ils ne lui faisaient pas confiance, et en vérité ils avaient bien raison : le commissaire Muñoz aurait aimé qu'on plantât un pistolet dans le cul de Fernández, puisqu'il aimait tellement les armes, et qu'on y vidât le chargeur. Et même chose pour ce putain d'Ordaz de merde. Mais il n'aurait pas cette chance et, de plus, il n'y pouvait rien : il n'était finalement qu'un fonctionnaire aux ordres de la Generalitat de Catalogne. Et l'on traversait une époque où il convenait d'obéir sans poser de questions. Il avait de la chance de ne pas avoir affaire à la grosse légume du Département, un dénommé Escorza, dont on lui avait dit qu'il avait le corps malade, mais cependant bien moins que la cervelle.

Le Dr Pellicer avait raison : si le Département d'enquêtes venait à s'apercevoir qu'il avait laissé s'envoler une bande de tourterelles bigotes, il allait passer un sale quart d'heure. Fernández et Ordaz en seraient enchantés. Mais il avait cependant décidé de ne pas se rendre complice de la folie contre les gens d'Église qui avait saisi Barcelone : il ne pouvait rien faire pour l'empêcher, mais il tentait au moins de s'en sortir sans avoir de sang sur les mains. Il posa la pointe de la toupie sur la table, pinça le haut de son axe entre le pouce et l'index, puis fit brusquement tourner son poignet droit. Le jouet se mit à pivoter de façon aérienne, mordante, et la vitesse estompa immédiatement les liserés rouges et verts qui le décoraient, jusqu'à les faire se confondre en une seule bande d'une couleur indéfinissable. Ce jouet était une pièce à conviction, mais le commissaire se l'était tout d'un coup approprié. Ça n'a pas d'importance, pensa-t-il. Ce n'est pas pour une toupie de plus ou de moins que nous réussirons à arrêter ou pas l'assassin. De son côté, lui non plus n'avait rien à faire d'une toupie : il n'avait pas d'enfants, ni de neveux, ni de gamins proches de lui à qui l'offrir. De fait, pour toutes les choses de la vie, le commissaire Muñoz tendait plutôt à la solitude et même à la stérilité. Mais lorsque rien ne signifie pas exactement rien, méditait-il, le propos des choses perd toute importance. Par exemple, voilà de nombreuses années qu'il soutenait que la fonction de la police était de garantir qu'aucun crime ne restât impuni. Mais la réalité, ou plutôt la réalité telle qu'elle apparaissait dernièrement parmi les circonvolutions du cerveau du commissaire Muñoz, lui prouvait que, en période où pullulent les assassins, le surgissement d'un assassin supplémentaire était tout à fait banal. Le mobile, pas de problème : il souriait lorsque lui revenait en mémoire ce jeune et enthousiaste mariste qui prétendait échafauder des théories sur les raisons de ces assassinats. Au séminaire, on avait dû omettre de lui enseigner que dans un très fort pourcentage de cas il n'y a tout simplement pas de mobile, ou alors il est tellement dérisoire qu'il devient impossible de l'identifier. Un assassin n'a pas besoin d'avoir une bonne raison pour tuer quelqu'un ; il lui suffit d'avoir un environnement propice au crime. Et en ce moment, il ne devait pas y avoir beaucoup de villes au monde où il était aussi confortable de tuer qu'à Barcelone.

Lorsque la toupie perdit de sa vigueur et se coucha sur la table, le commissaire fit claquer sa langue contre ses dents, comme pour exprimer un sentiment de fatalité. Il la ramassa, la rangea dans une de ses poches et soupira à nouveau. Il devait bien admettre que les explications du Dr Pellicer à propos du vampirisme l'avaient fortement surpris mais, tout bien considéré, ce n'était pas très exceptionnel. Il y avait toujours eu des gens dérangés et de toutes sortes ; et depuis que la guerre avait éclaté encore plus. Il y avait à peine un mois, ils avaient arrêté un ivrogne qui s'excitait en exhibant son sexe devant les petites filles. Ça aussi, ce devait être une de ces paraphilies dont parlait le Dr Pellicer. Quoi qu'il en soit, les théories psychiatriques ne se sont pas révélées d'un grand secours pour cet individu lorsqu'il fut conduit avec perte et fracas jusqu'au souterrain où on lui appliqua le traitement habituel pour ce genre d'insanités. Une fois terminé, ni lui ni personne ne risquait plus que son engin redevienne dur.

Il avala sa salive : l'arrière-goût de formol et de pourriture persistait. Mais un ingrédient supplémentaire s'y était à présent ajouté.

— Nom de Dieu, Sirga, grommela le commissaire Muñoz, sans se retourner. Vous sentez la savonnette qu'on utilise dans les bordels.

— Que dites-vous, monsieur ? demanda le policier roux, planté dans l'encadrement de la porte du bureau.

Le commissaire fit brusquement pivoter son fauteuil et le fixa dans les yeux.

— Que vous êtes allé aux putes, voilà ce que je dis !

Il se leva pour s'approcher de son subordonné et donner une chiquenaude à la visière de sa casquette qui se plaça de travers. Ce n'était qu'une intuition, mais le commissaire aimait bien se fier à ses intuitions.

— Ah, ah, ah, se mit à rire Sirga, en appréciant la camaraderie de son supérieur.

— Ne riez pas, imbécile, cracha le commissaire, et le rire de Sirga se glaça instantanément. Je n'aime pas les gens qui vont aux putes. Ils me rappellent trop mon père. Vous savez ce que disait mon père, Sirga ?

Le jeune se tut. Il était tout raide, comme si on l'avait amidonné. Il n'osait même pas bouger les paupières.

— Il disait : un homme doit absolument se vider les bourses de temps en temps ! Et immédiatement après, il flanquait une paire de gifles à ma mère, puis il allait aux putes. Au Xino, tout le monde l'appelait le Maure. Le Maure du Xino. Qu'en pensez-vous, Sirga ?

Le policier avala sa salive.

— Réprouvable, monsieur.

— Réprouvable, c'est le mot, grogna le commissaire. Et savez-vous pourquoi on appelait mon père le Maure, Sirga ?

— Non, monsieur.

— Eh bien parce qu'il en avait une très grosse, voilà pourquoi on l'appelait comme ça ! tonna le commissaire en écartant ses deux mains grandes ouvertes. Vous n'avez jamais entendu dire que les Maures sont très bien montés ? Eh bien mon père en avait une très longue, poilue, grosse et pleine de veines, avec des couilles toutes noires, suspendues à son cul, comme les tigres ! Vous voyez à quoi ressemblent les couilles d'un tigre, Sirga ?

Le policier ne put éviter de laisser échapper un sourire, et pour une fois le commissaire Muñoz ne le traita pas d'imbécile, il lui adressa également un sourire salace et poursuivit :

— Lorsque mon père se rendait au Xino, les putes fuyaient comme des possédées, pour ne pas avoir à se mettre tout ce don de Dieu entre les jambes ! Vous imaginez ça ? Elles prétendaient qu'il les crevait, qu'après avoir couché avec mon père, elles étaient complètement HS pour plus d'une semaine. Mais il réussissait toujours à en trouver une qui, pour quelques réaux de plus, se laissait faire. Car, comme disait mon père, un homme a besoin de se vider les bourses de temps en temps… Mais pas celles où l'on range le fric ! se mit-il à rire de bon cœur en ouvrant à nouveau grandes les mains, comme s'il voulait attraper quelque chose de très volumineux. Vous comprenez la blague, Sirga ? Les bourses, les bourses !

Sirga ne put résister davantage et s'esclaffa lui aussi. Ils riaient depuis un bon moment quand le commissaire Muñoz tapa sur l'épaule du policier et lui balança d'un ton badin :

— À propos, Sirga, puisque nous parlons de ça, je vois que vous n'y allez pas avec le dos de la cuillère… Vous n'êtes pas du tout comme ma brute de père, qui se contentait des putes qu'il trouvait au coin des rues… Non, non, vous êtes un bec fin et préférez un bon meublé avec de belles femmes au petit cul tout doux qui vous nettoient l'engin avec une savonnette de luxe, hein ? Mais dites-moi, sans indiscrétion, avec votre salaire de misère, d'où sortez-vous le fric pour vous payer un traitement aussi sélect ?

Sirga arrêta net de rire et demeura bouche bée, sans pouvoir articuler le moindre mot, chose qui le faisait paraître aussi imbécile que le commissaire Muñoz pensait qu'il était. En accord avec son intuition, celui-ci tenta de rompre son mutisme.

— Peut-être avez-vous gagné un peu d'argent ailleurs qu'ici, Sirga ? demanda-t-il en posant ses mains à plat sur le bureau et en le fixant dans les yeux, d'un air inquisiteur. Vous avez un autre travail, en dehors du commissariat, n'est-ce pas ?

Sirga se passa les doigts dans sa chevelure rousse et se gratta la tête. On aurait dit que les ombres projetées par la lampe à carbure sur le mur chaulé l'avaient complètement avalé et il est fort possible que le policier ait préféré cela. Au bout d'un long moment, il balbutia :

— Je vais… je vais travailler quelques heures dans un magasin, monsieur.

— Ah, caramba ! s'exclama le commissaire Muñoz dégoûté. Et où se trouve donc ce magasin, Sirga ?

Un épais silence s'installa à nouveau, de telle façon que le supérieur dut répéter sa question :

— Ce ne serait pas un magasin qui se trouve à Poblenou, par hasard ?

— Oui… oui, monsieur, bredouilla Sirga, dont le malaise transparaissait sur sa face de rat. C'est à Poblenou, oui.

— Et c'est un magasin de céréales, hein, Sirga ?

— Et… et de farine. De farine et de céréales, monsieur.

— Et vous y allez pour charger et décharger des sacs, n'est-ce pas ?

— J'y vais pour charger et décharger des sacs, oui… oui monsieur.

Le commissaire Muñoz acquiesça de la tête à plusieurs reprises, comme s'il réfléchissait à une question un peu plus délicate.

— Fort bien, Sirga, un homme doit travailler pour bien gagner sa vie, dit le commissaire en souriant à nouveau. Vous m'indiquerez l'adresse de ce meublé si raffiné, n'est-ce pas ?

— Avez-vous parlé avec le commissaire Muñoz, ainsi que je vous l'ai recommandé ? demanda le juge Miquel Carbonissa.

— Oui, et plus que vous ne pensez, répondit le Dr Pellicer. Comme je vous l'avais dit, je lui ai expliqué ce que j'avais trouvé de plus évident. Malgré cela, il me semble qu'il ne me prend pas vraiment au sérieux… soupira-t-il. Et vous, monsieur le juge ? Avez-vous déjà fait peur à ce pauvre jeune mariste avec vos histoires de revenants qui boivent le sang des vivants ?

Le juge esquissa un sourire ironique.

— C'est incroyable que vous vous montriez aussi indifférent étant donné l'affaire qui nous réunit ici.

Le médecin hocha la tête pour acquiescer.

— Vous avez raison. En vérité, j'ai vraiment hâte de voir la chose, déclara-t-il en souriant avec un regard de curiosité.

— Eh bien allons-y, ne nous retardons pas davantage ! s'exclama le juge Carbonissa, tout en posant une main sur chaque accoudoir du fauteuil en gutta-percha et en s'appuyant dessus pour se lever.

Les deux hommes avaient pris rendez-vous chez le juge, au rez-de-chaussée d'un immeuble qui possédait une longue histoire à l'une des extrémités de la rue Aribau, tout près de la Gran Via. Ils se trouvaient dans la bibliothèque : le juge Carbonissa avait tiré les lourds rideaux de velours pour empêcher que la lumière aveuglante de cet après-midi de septembre ne pénétrât à l'intérieur, puis avait posé sur une petite table d'ébène, autour de laquelle se trouvaient deux fauteuils à oreilles, une bouteille de cognac et deux verres à liqueur guillochés, vraiment minuscules, qu'il s'employa à remplir d'alcool. La pièce était vaste et trois bibliothèques remplies de volumes de toutes tailles et de toutes épaisseurs occupaient les trois murs dans leur totalité et montaient jusqu'au plafond : coincée entre deux meubles pour ne pas gêner, on pouvait voir une échelle à roulettes permettant d'atteindre les volumes rangés tout en haut. Une impression accueillante, d'ordre et de propreté, émanait de l'ensemble. Les deux hommes saisirent chacun son petit verre et le Dr Pellicer proposa de trinquer :

— À Hadaly, dit-il.

— À Hadaly, accepta le magistrat, avant de vider son verre cul sec.

À cet instant précis, on entendit le hurlement d'une sirène, à l'extérieur, qui annonçait une attaque aérienne imminente. Le son de l'alerte parvenait amorti jusqu'à la bibliothèque du juge Carbonissa, comme s'il venait de très loin. Puis ils entendirent bientôt le vacarme des déflagrations dans la rue et dans les immeubles et le lieu fut même légèrement secoué. Le juge remplit à nouveau son verre de cognac, non sans avoir auparavant servi son hôte. L'un et l'autre se mirent à boire, cette fois en sirotant tranquillement la liqueur et en écoutant, sans parler, la rumeur du bombardement. Le Dr Pellicer se roula une cigarette et s'amusa à produire des volutes de fumée restant quelques secondes en suspension dans l'air, jusqu'à ce qu'elles s'évanouissent sans histoire et sans mystère. Ils demeurèrent ainsi pendant un bon moment. Ensuite, ils échangèrent un regard de complicité et se levèrent de leur fauteuil, tous les deux en même temps, dans un mouvement qui sembla parfaitement synchronisé.

Ils abandonnèrent la bibliothèque et, après avoir traversé une salle à manger extrêmement solennelle et une entrée diaphane, ils arrivèrent devant une porte donnant sur la cour intérieure de ce bâtiment aussi étendue qu'un champ de melons (c'est la comparaison qui vint instantanément à l'esprit du Dr Pellicer). Depuis cet endroit, on percevait parfaitement le fracas du bombardement, le hurlement assourdissant des sirènes, le sifflement sinistre des bombes qui pleuvaient. Mais ce n'était pas vraiment cela qui attisait l'intérêt des deux hommes ni les rendait téméraires au point de n'avoir pas hésité à s'exposer à découvert en un moment aussi funeste. Sans perdre une seconde, le juge s'était approché d'une sorte de réservoir rectangulaire en ciment qui se trouvait sur un côté de la cour et devait mesurer deux mètres de long sur à peine un de haut. Il tira une clé de la poche de son pantalon et l'introduisit dans le trou de la serrure de la porte qui fermait le rectangle sur sa partie supérieure, puis ouvrit les deux battants qui découvrirent un grand espace vide : une espèce d'entrée.

— Je vous en prie, fit le juge en tendant sa main vers la porte ouverte.

Le Dr Pellicer regarda et aperçut une échelle métallique accrochée contre le mur par laquelle il comprit qu'il fallait descendre. C'est ce qu'il fit malgré son âge et surtout sa corpulence qui, une fois de plus, lui rendirent la manœuvre plus compliquée. Finalement, aidé par le juge, il parvint à s'accrocher en toute sécurité aux barreaux et commença à les descendre comme une araignée lente et grasse. Tout en effectuant sa descente, il entendait au-dessus de sa tête le son des pas du juge, qui avait refermé derrière lui la porte d'entrée, de telle façon qu'ils durent progresser dans l'obscurité. Ils entendaient à nouveau de temps en temps, et de plus en plus loin, le vacarme de l'attaque aérienne qui suivait son cours. Le Dr Pellicer se souvint alors d'une expression qu'il avait souvent entendue pendant son enfance rurale, dans un village du Ponent, lorsque l'homme à la charrette passait par la ferme où il avait grandi. Le travail de l'homme à la charrette était particulier et bien spécifique : il s'agissait de ramasser les cadavres des animaux morts – un mouton, un chien, un porc, une chèvre, parfois une vache ou un cheval – après une maladie ou un accident. On l'appelait chair de misère. L'homme à la charrette, qui dans sa mémoire apparaissait comme quelqu'un de jovial et de travailleur, visitait les différentes fermes de la contrée et empilait dans la charrette, grâce à laquelle on le reconnaissait, la chair de misère qu'on lui remettait, puis il allait la jeter dans un puits de chaux vive, où la putréfaction la transformait en engrais pour les cultures. On l'appelait chair de misère, cependant que cet homme, gai et toujours de bonne humeur, s'occupait de ramasser tous les animaux morts et les soumettait à un processus qui les transformait en aliment servant à nourrir une nouvelle vie. Ainsi, la nature démontrait que la vie s'impose toujours, que la vie et ce qui la rend possible peuvent être le produit de la mort et de la pourriture. Il n'existe pas un début et une fin expliquait le médecin, mais plutôt une boucle, un cycle qui recommence une fois et une autre, avec le temps.

À mesure qu'ils descendaient, l'air devenait plus froid et humide et transmettait une impression de fraîcheur à la peau, comme si elle se trouvait tout près d'une citerne. Finalement, au bout d'un long moment, le pied du Dr Humbert Pellicer toucha le sol.

— Je suis arrivé en bas ! annonça-t-il, en fixant l'obscurité, les mains en porte-voix autour de la bouche.

La réponse arriva jusqu'au médecin, déformée par la réverbération de l'écho :

— Ne bougez pas, j'arrive tout de suite !

Assise sur le lit de sa cellule, sœur Concepció s'efforçait de retrouver le rythme de sa respiration et de dépasser le malaise qui, telle une bande de petites souris, rongeait son ventre de l'intérieur et la faisait énormément souffrir depuis que, ce matin, elle avait vomi. Elle s'était alarmée car elle n'avait jamais vomi à ce point ni aussi violemment, jusqu'à ne plus régurgiter qu'une espèce de bave verdâtre dans laquelle elle avait vu la manifestation de ses mauvaises pensées. À présent, le soir tombait et sœur Encarnació, qui lui avait fait remarquer qu'elle était envoyée par la mère supérieure, l'avait finalement laissée toute seule dans sa cellule après avoir réussi à lui faire avaler un verre de lait d'amande. Une seule bougie éclairait la blanche nudité de la cellule : il y avait juste un coffre pour ranger le linge et les habits des jours de fête, un pot de chambre pour les besoins corporels qui pourraient se présenter pendant la nuit, un lit étroit, avec un matelas de paille sur lequel elle était étendue, et au-dessus du lit, ne possédant même pas d'oreiller mais juste un coussin, un crucifix accroché au mur, avec un Christ cloué dessus. Rien d'autre. Parfois sœur Concepció passait son temps à observer le Christ du crucifix, sculpté dans un matériau ressemblant à de l'ivoire sans en être, et qui par sa minceur lui rappelait le petit pantin représentant un marin avec lequel elle avait l'habitude de jouer lorsqu'elle était petite – elle devait toujours se confesser de pensées telles que celle-ci.

Ce ne seraient pas des souris, par hasard ? L'autre jour, elle en avait aperçu dans le bûcher, lorsqu'elle y était entrée afin de prendre du bois pour les fourneaux de la cuisine : comme elle était la plus jeune, on l'envoyait toujours faire les travaux les plus rébarbatifs. Évidemment cela ne la dérangeait pas, mais personne, même pas Dieu, n'avait l'air de s'apercevoir que toute la communauté avait pris l'habitude de charger systématiquement la gamine – c'est ainsi que l'appelaient la plupart des bonnes sœurs – des tâches les plus pénibles. Bref, elle avait surpris deux souris dans le bûcher qui, lorsqu'elles se rendirent compte de sa présence, allèrent se réfugier derrière le tas des plus grosses bûches, où elles avaient certainement fait leur nid. Les chats qui rôdaient dans le cloître étaient très fainéants, car les bonnes sœurs les nourrissaient trop bien, particulièrement sœur Encarnació, qui leur donnait toujours les restes des repas. Ils étaient si gras et avaient un pelage si luisant que cela faisait plaisir à voir (surtout l'un d'eux qui était tigré et qu'elle aimait énormément ; chaque fois qu'elle le croisait elle s'arrêtait un instant pour le caresser), mais ils n'étaient pas du tout intéressés par les souris, et celles-ci menaient une existence des plus heureuses dans le couvent.

Il lui sembla entendre un petit bruit venant de la porte et elle se redressa à moitié pour vérifier de quoi il s'agissait : ne seraient-ce pas par hasard des souris qui seraient entrées ? Dieu fasse que non : elle en avait tellement peur que si c'était le cas, il lui faudrait quitter la cellule et aller demander de l'aide à une des bonnes sœurs. Comme sœur Anunciació, par exemple, qui était un paquet de nerfs – c'est pour cette raison qu'elle était si maigre – et n'arrêtait pas de tuer des araignées et des cafards, et aussi, comme il faisait chaud et que c'était l'époque, des punaises venues du potager, et des sauterelles et des mantes religieuses : curieuses bestioles qui mettaient leurs pattes comme si elles étaient en train de prier Dieu, et possédaient un air très sympathique, mais qu'on lui avait décrites comme venimeuses, raison pour laquelle elle devait absolument s'en méfier. Bref, s'il y avait des souris dans sa cellule, elle avait décidé d'aller chercher sœur Anunciació pour qu'elle leur règle leur compte et qu'elle les tue, car elle ne voulait pas les sentir à côté d'elle pendant qu'elle dormait. Mais elle força un peu mieux sa vue et s'aperçut qu'il n'y avait rien près de la porte, seulement les petites ombres mouvantes que projetait la flamme vacillante de la bougie sur le sol.

Elle reposa sa tête sur le mince coussin du lit et se mit à pleurer. Doucement, simplement. Une gamine apeurée qui avait l'impression de voir des souris partout.

Comment pourrait-elle donc composer un *Stabat Mater* ? Comment Son Excellence Mgr l'évêque avait-il eu l'idée de lui passer une commande à ce point irréalisable ? Et pour quelle raison la mère supérieure se montrait-elle aussi sévère et aussi découragée à la fois ? Et l'évêque Perugorría, Dieu du ciel, pourquoi l'avait-elle trouvé si répugnant ? Voici encore de mauvaises pensées qu'elle devrait bientôt confesser, des pensées aussi visqueuses et vertes que la bile qu'elle avait vomie quelques heures auparavant. Mais comment allait-elle faire pour affronter la composition de tout un *Stabat Mater* ? Ses modestes relectures de chansons célèbres n'avaient rien à voir avec un défi tel que celui-ci. Elle ne savait même pas par quel bout commencer : quelques intuitions, aussi faibles qu'elle-même, éparses, permettant sans doute de faire un arrangement, lui venaient bien de temps en temps, quelques pressentiments qui n'étaient pas encore des notes, ni même des idées, mais plutôt de simples sensations – d'amplitude, d'écart – que la novice pouvait inscrire sur une portée, même si elle n'en avait vraiment pas le cœur. Elle refusait ces intuitions mais, capricieuses, celles-ci lui revenaient immédiatement en tête. Elle avait besoin de dormir longtemps, sans se réveiller, pour venir à bout des frissons, du mal aux os et au ventre qui gouvernaient son corps. Mais elle ne parvenait pas à s'endormir.

Machinalement, elle pencha à nouveau la tête sur le livre des hymnes que lui avait apporté sœur Encarnació à sa demande, en même temps que le lait d'amande. Puis elle se mit à lire :

Stabat Mater dolorosa
iuxta crucem lacrimosa
dum pendebat Filius
Cuius animam gementem
contristatam et dolentem
pertransivit gladius
O quam tristis et afflicta
fuit illa benedicta
Mater Unigeniti
Quae maerebat et dolebat
Pia Mater dum videbat
nati poenas incliti
Quis est homo qui non fleret
Matrem Christi si videret
in tanto supplicio ?
Quis non posset contristari
Christi Matrem contemplari
dolentem cum Filio ?

Le poème du *Stabat Mater* était l'œuvre de Jacopone da Todi, qui l'avait composé avec des vers dont les pieds sont des trochées, et tout au long des siècles il avait été mis en musique par une multitude de compositeurs, dont les meilleurs. D'après le livre, on pouvait compter au moins cinq cents versions musicales du *Stabat Mater*, ou bien pour soliste, ou bien pour chœur, ou encore pour soliste et chœur. Au bout du compte, il s'agissait de relectures : le fait de devoir utiliser ces paroles la soulageait quelque peu de l'angoisse qui s'était emparée d'elle. Elle avait écouté avec beaucoup de plaisir certaines de ces versions : celle de Rossini, majestueuse ; celle de Pergolèse, qui donnait des frissons dans le dos et même la chair de poule ; celle de Dvořák, si précise. Et la sienne ? Comment seraitelle ? À quoi ressemblerait la relecture du *Stabat Mater* qu'allait proposer sœur Concepció, cette humble et encore jeune servante de Dieu, Notre-Seigneur, fille d'une mère qui s'était occupée de l'éduquer, avant tout, dans l'allégresse de la foi ?

Inutile de connaître le latin pour comprendre que le poème évoquait la douleur effrayante de la Mère de Dieu devant la mort de son Fils sur la croix. La jeune fille comprenait également qu'elle ne pouvait prendre en charge cette douleur suprême, car elle n'était encore qu'une enfant qui, de plus, n'était pas vouée à devenir mère. Cependant elle tentait de le faire, sa tête tourneboulée s'acharnait à trouver une façon de représenter ce que pouvait ressentir une mère devant son fils immolé : Jésus de Nazareth, Dieu fait homme, qui avait pris sur ses épaules la cruauté, le mépris et l'infamie des hommes de son temps, pour libérer du péché originel l'homme futur, les âmes des vivants et celles des fidèles défunts.

C'est cet effort d'imagination qui la poussa à se rappeler les tourments de sainte Eulalie, qui l'avaient tant impressionnée et qui étaient probablement à l'origine de ses maux de ventre. Elle l'imaginait vêtue d'une longue robe blanche amidonnée, en train de surveiller treize oies, blanches également : non pas treize oies laides, tristes et violentes comme treize tourments, mais treize oies magnifiques et rieuses comme les treize ans de sainte Eulalie qui, dans sa tête, ressemblait énormément à une jeune fille avec qui elle assistait aux cours de chant et de solfège, à la section enfantine de l'Orfeó. Elle s'appelait Emília et était également très jolie. Qu'était donc devenue Emília ? Depuis que sœur Concepció était entrée au couvent, son amie lui manquait, et parfois elle priait pour que la guerre ne détruisît pas sa maison ni ne dérobât sa vie, ni celle de son frère et de ses parents. Et à présent, lorsqu'elle lisait le poème du *Stabat Mater* et qu'elle tentait d'imaginer le déchirement de l'esprit de la Mère de Dieu agenouillée devant la croix, le nom, le visage et la voix de sa mère lui revenaient en mémoire, elle lui manquait à nouveau et elle désirait de toutes ses forces qu'elle fût auprès d'elle, pour s'occuper d'elle à présent qu'elle était malade, pour la soigner et la câliner avec ses mains si fortes et si douces à la fois, et qui sentaient toujours le jasmin. Elle se mit alors à réciter un Notre Père pour demander que surtout personne ne fît de mal à sa mère et à son père, et qu'ils parvinssent un jour à se retrouver à nouveau tous ensemble, chez eux : elle, suspendue au bras de sa chère mère, loin du couvent, loin de la cellule, du *Stabat Mater* et des vers de Jacopone da Todi. Elle s'aperçut alors qu'il lui faudrait à nouveau se confesser et demander pardon pour toutes ces pensées qui se bousculaient dans sa tête et qui allaient à l'encontre de ce que Mgr l'évêque et la mère supérieure attendaient d'elle, s'il était vrai qu'ils attendaient tous les deux la même chose. Y avait-il par hasard, dans la commande absurde de l'évêque, une épreuve qu'elle devait surmonter pour le salut de son âme ? Dans ce cas, quelle faute avait-elle commise pour avoir à affronter une tâche aussi considérable ?

De tous les tourments que la justice de Dioclétien avait ordonnés contre sainte Eulalie, celui qui l'avait sans doute le plus impressionné était la mutilation des seins. Les siens avaient tout juste commencé à pousser, et cela aussi la plongeait dans des doutes profonds, car d'un côté elle en était heureuse, et de l'autre elle avait honte de ce bonheur, et elle se disait qu'elle devait commettre un péché lorsque parfois, après avoir retiré son habit de novice pour aller se coucher, elle les observait quelques secondes. Résisterait-elle, ainsi que le lui avait demandé Son Excellence, à l'amputation de ses propres seins comme preuve d'amour et de confiance en Dieu ? Elle n'en était pas du tout sûre et cela la faisait se sentir doublement coupable : d'un côté du fait d'avoir menti à Son Excellence Mgr l'évêque, en lui répondant que oui, seulement dans le but de lui faire plaisir, et de l'autre côté parce que toutes ces histoires de souffrance et de douleur, comme celle de sainte Eulalie ou comme celle que racontait le poème du *Stabat Mater*, ne l'encourageaient pas à prendre la ferme résolution de devenir elle-même martyre si l'occasion s'en présentait. Cela ne faisait que lui donner ces fameuses envies de pleurer qu'elle ne parvenait absolument pas à contenir, tout comme ces maux de ventre qu'il n'y avait pas moyen d'apaiser.

Elle eut à nouveau l'impression d'entendre du bruit près de la porte et redressa à nouveau la tête en se frottant les yeux. Mais ce fut en vain, car la flamme de la bougie commençait à faiblir et à diffuser une lueur incertaine qui ne parvenait qu'à illuminer le chandelier et juste un peu elle-même : à un pas tout autour du lit, on ne pouvait rien apercevoir dans le noir qui enveloppait la chambre. Elle sentait également un froid de plus en plus intense, comme lorsqu'elle descendait l'escalier de la cave pour aller chercher le beurre ou les tranches de lard que les bonnes sœurs conservaient, un froid qui augmentait à chaque marche descendue, et qui l'avait parfois obligée à placer ses mains sous ses aisselles, parce qu'elles s'engourdissaient totalement. En plus du froid, la novice ne parvenait pas à s'ôter de la tête le pressentiment qu'il y avait une présence intruse dans la cellule, tout près d'elle, peut-être même tout à côté, et qui n'avait rien à voir avec celle des souris qui l'inquiétaient tant tout à l'heure.

Puis elle s'aperçut brusquement qu'un liquide chaud et poisseux, comme les mauvaises pensées ou les baves évacuées par les gens après avoir beaucoup vomi, dégoulinait entre ses cuisses. Effrayée, elle le toucha avec sa main qui devint immédiatement humide. Elle l'approcha de la lueur déclinante de la bougie pour vérifier de quoi il s'agissait. Le liquide gluant qui recouvrait la pulpe de ses doigts n'était pas vert comme la bile, mais rouge foncé comme le sang. Les élancements de son ventre devinrent encore plus intenses et une chaleur brusque et désagréable lui parcourut le dos, la poitrine et remonta jusqu'à son visage, devenu tout rouge, sentit-elle.

Elle cacha sa tête dans son coussin et se mit à pleurer encore plus fort : une énorme tristesse venait de l'envahir.

DEUXIÈME PARTIE

SURGE ET AMBULA

Il écrivait :

Cette extravagante idée selon laquelle la clarté du soleil est mortelle pour un vampire n'est pas exacte non plus. Il s'agit cependant d'une croyance qu'il convient de préserver, car elle me permet de circuler en pleine lumière, sans éveiller le moindre soupçon, pas même chez les rares personnes qui concèdent le bénéfice du doute à la possibilité de mon existence. Mais, tout comme la superstition qui fait référence à la croix et aux autres icônes chrétiennes, celle-ci est également sans fondement ni ancrage dans la réalité.

Tout autant que je sache, l'origine de cette erreur remonte aux Chinois anciens. Dans les écrits de Chi Wu Lhi, on peut lire qu'il faut attendre que les morts commencent à se décomposer avant de leur donner une sépulture : de cette façon, on évite que le diable nommé Chiang-Shih n'habite leur corps et ne prenne possession du *po*, qui est la façon dont Chi Wu Lhi nomme l'âme humaine. Donc, la putréfaction serait une mesure de prévention contre l'infestation. Cette opinion est insensée et on ne peut plus grossière, mais elle a connu une considérable influence, pendant plusieurs siècles, dans de nombreux pays des différents continents.

Afin de la mettre en pratique, on exposait les cadavres au soleil, pour accélérer leur décomposition. Mais parfois le corps se momifiait et il fallait alors l'incinérer, chose qu'on aurait dû en réalité faire dès le début. Certains auteurs récents, comme Faivre, ajoutent qu'il faut aussi bien détruire le corps que le cercueil par le feu, en même temps, et le même jour. D'autres, comme Willoughby-Meade, prétendent qu'on ne doit pas laisser rôder de chat dans la pièce où se trouve le cadavre, car si l'animal lui sautait dessus, il pourrait transmettre la nature du tigre au *po* qui demeure dans le corps et la transformer ainsi en Hyperboréen. Tout cela n'est qu'enfantillage sans queue ni tête.

En revanche le vieux Chi Wu Lhi avait raison lorsqu'il faisait remarquer qu'il fallait éviter à tout prix que le moindre rayon de soleil ou de lune ne frappât directement un cadavre possédé par Chiang-Shih, car cela peut redonner vie au mort et lui insuffler une force suffisante pour se lever de sa tombe. C'est pour cette raison qu'on scellait les cercueils et qu'on prenait toutes sortes de précautions pour empêcher qu'aucune lueur du soleil ou de la lune ne s'y infiltrât. J'insiste sur le fait qu'ils avaient tout à fait raison car, contrairement à ce que prétend la superstition, non seulement la lumière ne détruit pas l'Hyperboréen, mais elle lui transmet un surcroît de force, d'énergie et d'appétit. Les anciennes chroniques chinoises racontent également – et j'y crois tout à fait – qu'on a connu des cas où un seul Hyperboréen pouvait boire le sang de plus de deux douzaines de personnes en une seule journée.

Certains poètes se sont discrètement occupés du problème de l'exposition des vampires à la lumière du soleil. Parmi eux, j'ai toujours eu une prédilection pour William Blake et son splendide poème du ramoneur.

Je n'étais qu'un gamin lorsque ma mère est morte,
Mon père m'a vendu, et pourtant c'est à peine
Si ma langue pouvait crier 'minée*, 'minée*!*
Donc pour vous je ramone, et je dors dans la suie.

Quand au petit Tom Dacre on a tondu la tête
Frisée comme un mouton, il pleura, je lui dis :
"Tais-toi, Tom, t'en fais pas, avec la tête nue,
Sûr que la suie ne peut tacher tes cheveux clairs."

Cela le rassura, et cette même nuit,
Pendant que Tom dormait, en rêve qu'est-ce qu'il voit –
Des ramoneurs, Dick, Joe, Ned et Jack, des milliers,
Et tous emprisonnés dans des cercueils en noir ;

Un ange alors passa, qui d'une clé brillante,
Ouvrit tous les cercueils, et tous les délivra ;
Et eux, sautant, riant, dévalant un pré vert,
*Vont se laver au fleuve et reluire au soleil***.

Ils vont se laver au fleuve et reluire au soleil. C'est magnifique. À la fin, obligé de dissimuler, Blake ajoute un dernier quatrain comportant une morale plutôt bâclée à propos de la volonté d'accomplir leur devoir. Mais il n'est pas bien difficile de comprendre la véritable histoire de ce pauvre Tom qui, comme tous ses amis ramoneurs, dormait enfermé dans un cercueil jusqu'à ce

* Le mot anglais ainsi traduit est *'weep*, c'est ce qu'on entend du cri du ramoneur : *sweep*, je ramone, mais qui veut dire : *weep*, je pleure. Ici, 'minée doit donc être entendu comme le raccourci de *cheminée*. Note du traducteur Bernard Pautrat, in William Blake, *Chants d'innocence, Le Mariage du Ciel et de l'Enfer, Chants d'expérience*, Éditions Payot & Rivages, coll. Rivages Poche/Petite bibliothèque, 2010, p. 79.
**Poème *Le Ramoneur*, *op. cit.*, © Éditions Payot & Rivages.

qu'un ange se présentât et libérât tout le monde. Inutile de dire que cet ange n'est rien d'autre qu'un monstre prenant pitié d'autres monstres. Et Dieu, l'énorme monstre larvé dans les plis de l'univers, observe complaisamment les créatures qui abandonnent leur cercueil pour se disperser parmi les hommes. Et il sourit.

Le sourire de Dieu devant l'atrocité imminente est phosphorescent, et cette étrange lueur est exactement la même qui parcourt les rues de Barcelone lorsque le soleil se couche. D'aucuns s'entêtent encore à confondre cet éclat avec la lumière de l'espérance, et s'en approchent uniquement pour y trouver leur propre mort. Je suis toujours surpris par la façon qu'ont les hommes de se comporter comme ces pauvres éphémères qui ne peuvent résister à la tentation de tourner autour de la lumière, fascinées et aveuglées, sans s'apercevoir que derrière la clarté se cache un lézard qui les attend pour les dévorer. Moi, je fais comme le lézard : je cherche les endroits où prolifèrent le plus d'éphémères, et je me transforme en ce qu'elles ne voient pas, ou qu'elles font semblant de ne pas voir, jusqu'à ce qu'il soit trop tard pour elles.

La confusion et le désordre facilitent le passage de vie à trépas, ils transforment les refuges antiaériens en des lieux de choix pour la chasse. C'est pour cette raison qu'il est extrêmement stimulant de sortir dans les rues, poussé par la soif, au moment où les sirènes d'alarme hurlent, emplissant l'air de leur mauvais augure. C'est le moment que je choisis pour me mêler à la foule, et commencer à courir en direction du refuge le plus proche, facile à identifier grâce à la multitude d'individus qui s'en disputent l'accès, comme ces rats craintifs qui se bagarrent sauvagement pour pénétrer les premiers dans leur repaire.

Tout le sous-sol de cette ville est pourri par la peur de ses habitants. La peur est un oxyde qui se répand comme le sel de la mer et s'accroche aux pavés des places, aux murs des immeubles, à la peau des individus, et transforme tout ce qu'elle touche en une masse amorphe et informe, en une espèce de pelote imprégnée de venin qui roule le long de la vertigineuse pente de l'extinction finale. La peur vide les orbites des yeux, arrache les langues à l'intérieur des bouches, dépèce la chair des cadavres, fait bouillir leurs os jusqu'à les rendre parfaitement propres et luisants. La peur est tout simplement l'acide de l'âme, elle ronge de la même façon le sommeil des enfants et le désir des hommes.

— Je veux que tu me débarrasses de lui, Manuel.

La mère supérieure avait dit cela puis elle avait baissé les yeux. C'était une attitude qu'elle adoptait souvent en présence de son frère, surtout quand ils se disputaient. Lorsqu'ils étaient petits, ils s'étaient déjà beaucoup disputés, même si on le lui avait formellement interdit à elle. Les ravages de la poliomyélite avaient poussé leur mère à surprotéger le petit Manuel, qui avait cinq ans de moins que sa sœur Isabel, prénom avec lequel on la baptisa avant qu'elle ne devînt sœur Micaela du Saint Sacrement, mère supérieure des capucines de Sarrià. On lui avait toujours expressément recommandé de ne pas ennuyer son petit frère, car il était malade et qu'on ne pouvait pas admettre qu'une gentille jeune fille qui aimait le petit Jésus profitât de la situation : oui, le petit Jésus pouvait tout à fait se fâcher. Et Isabel obéissait, ou plutôt elle tentait d'obéir, mais son petit frère était une vraie teigne et s'arrangeait toujours pour la mettre dans des situations équivoques, à grand renfort de mensonges ou de traquenards. Quelquefois, il en était même venu à s'automutiler dans le but de dénoncer sa pauvre sœur, qui essuyait gifles et réprimandes sans broncher, même si elle s'en prenait ensuite à Manuelet, comme l'appelait sa mère. Mais la discussion se finissait pratiquement toujours par une nouvelle punition pour elle. C'était un cercle vicieux que Manuelet savait tout à fait bien gérer, avec une perspicacité insolite pour un enfant de cinq ou six ans.

À présent, Manuel Escorza, devenu le plus haut responsable du Département d'enquêtes de la FAI, se trouvait en tête à tête avec sa sœur, la mère supérieure, à l'autre extrémité de la sombre table brûlée de la salle capitulaire du couvent de Sarrià. Vue de profil lorsqu'il était assis, la silhouette de Manuel Escorza rappelait un peu celle d'un bœuf, avec une grosse tête, un front bombé et une bouche pendante. Il eut un petit sourire moqueur :

— Tu veux vraiment que je t'en débarrasse tout de suite ? dit-il en posant les mains jointes sur la table. Je pensais que c'était un honneur pour vous de recevoir cet homme, petite sœur.

La mère supérieure leva fugacement les yeux, puis les baissa immédiatement.

— La communauté est ravie de l'avoir parmi elle, oui. Cependant si elle pense que c'est un privilège et un signe d'espoir, c'est uniquement parce que c'est moi qui l'ai dit à toutes les bonnes sœurs du couvent. Mais à présent, c'est aussi moi, et moi seule, qui veux me débarrasser de lui. Je te le demande comme une faveur, Manuel.

— Tu me demandes une faveur ? soupira Manuel Escorza. Combien de faveurs as-tu l'intention de me demander ainsi, petite sœur ? Tu trouves que ce n'est pas suffisant de vous avoir réunies ici, de vous protéger et de vous nourrir, toi et cette bande de fanatiques à la tête de laquelle tu te trouves, dans l'enceinte rassurante de ces murs ? Que veux-tu que je fasse de plus ?

— Ce n'est pas moi qui t'ai demandé de nous protéger, répondit la mère supérieure. Tu l'as fait parce que tu l'as bien voulu. Ou parce que cela t'arrangeait de trouver un endroit où pouvoir enfermer Son Excellence l'évêque, tout en sachant qu'elle serait bien soignée et cachée à la vue de chacun. Dans ta vie, tu n'as jamais rien fait pour rien.

Manuel Escorza tapa si fort du plat de la main sur la table que ses béquilles, appuyées sur le bord, glissèrent et tombèrent par terre, avec un bruit de roseau fêlé. Le vacarme, dont l'écho résonna dans toute la salle capitulaire, effraya la mère supérieure, qui fixa un moment les cannes comme s'il s'agissait de deux oiseaux morts.

— Mais comment peux-tu être aussi peu reconnaissante ? hurla Manuel Escorza, avec un filet de voix qui semblait ne pas pouvoir sortir de son cou trop étroit. Tu sais ce qu'ils sont en train de faire, là, dehors, aux gens comme vous ? demanda-t-il en pointant son doigt sur la porte. Tu sais ce qu'ils sont en train de leur faire ?

— Je sais parfaitement que vous êtes en train de les tuer, Manuel. Toi et tous les tiens.

Le calme de sa sœur ne suffit pas à tempérer le ton de Manuel Escorza, qui continuait à fulminer :

— Sais-tu à qui tu parles, petite sœur ?

— Je le sais mieux que personne, Manuel.

Elle leva les yeux et, cette fois, soutint fermement son regard.

— Et malgré ça, fit-il sur un ton ironique, tu as des exigences envers moi. Je dois admettre qu'il faut un certain courage pour…

— Ce ne sont pas des exigences, corrigea-t-elle. Je t'ai déjà dit qu'il s'agissait d'une faveur. Une faveur que je sollicite auprès de toi.

Une minute s'écoula dans un silence des plus déplaisants. La mère supérieure observait le portrait de la fondatrice de l'ordre, sainte Edwige Ponce de León, suspendu au mur blanc, dans le dos de son frère. Sans descendre de sa chaise, celui-ci se pencha pour ramasser ses béquilles, adoptant une position totalement ridicule, les semelles de ses chaussures tournées vers le haut. Selon le recueil des vies de saints, sainte Edwige Ponce de León avait reçu plusieurs visites du diable, mais elle avait su ne jamais succomber à ses tentations. On insistait également, à plusieurs reprises, sur le fait que, en proie à des débordements mystiques, elle était parvenue à léviter.

Manuel Escorza réussit à se redresser en proférant une kyrielle de jurons de toutes sortes. Il appuya à nouveau ses béquilles contre la table et demanda :

— Dis-moi, pour quelle raison devrais-je te débarrasser de cet évêque ?

La mère supérieure mit quelques secondes à se dégager de ses pensées.

— Il ne me plaît pas du tout, répondit-elle simplement.

— Il ne te plaît pas ?

— C'est ça, oui.

Manuel Escorza poussa un soupir d'exaspération et sa bouche se remplit d'une salive bouillonnante.

— Pourrais-tu être un peu plus précise, s'il te plaît ? demanda-t-il à nouveau, intrigué.

La mère supérieure soupira également. Elle savait qu'elle ne pouvait pas faire autrement que de lui donner quelques explications.

— Je ne sais pas ce qui est arrivé à cet homme pendant les jours où il était en fuite, commença-t-elle, ni ce que vous lui avez fait lorsqu'il a été arrêté…

Ce début déplut profondément à Manuel Escorza.

— Ce n'est pas ça que je t'ai demandé, petite sœur.

— … mais il a un comportement anormal. Nous avons accueilli une novice au couvent, une petite réfugiée de treize ans. Elle possède un don vraiment exceptionnel pour la musique. Alors Son Excellence l'évêque l'a chargée de composer un *Stabat Mater*.

— Un quoi ?

— Une sorte de musique sacrée, répondit la mère supérieure. Peu importe. Ce que je veux dire, c'est que la gamine n'est pas en mesure de composer ce genre de partition. Mais évidemment, je n'ai pas le pouvoir de m'opposer aux désirs de Son Excellence. De plus, que Dieu me pardonne, je trouve extrêmement étrange l'intérêt que porte l'évêque à cette novice.

— Étrange ? répéta Manuel Escorza d'un air malicieux.

La mère supérieure se signa le front pour conjurer ses mauvaises pensées, puis la bouche pour purifier ses mots.

— La gamine est tellement préoccupée à cause de la commande que l'évêque lui a faite qu'elle est tombée malade et qu'elle a dû garder le lit dans sa cellule. Voilà deux nuits que j'entends des pas et lorsque j'ai regardé ce qui se passait dans le couloir, je me suis aperçue que l'évêque avait l'air de monter la garde devant la porte de la cellule de la gamine. Que Dieu me pardonne, mais je crois que cet homme a été complètement perturbé par la guerre et qu'il peut se révéler dangereux pour une communauté telle que la nôtre, dit-elle en se signant à nouveau et en regardant son frère dans les yeux avec un air tendu. Voilà pour quelle raison je te demande, s'il te plaît, de me faire la faveur de l'emmener hors de ce couvent.

Manuel Escorza se fendit d'un éclat de rire visqueux.

— Elle est bien bonne, celle-là ! Son Excellence l'évêque de Barcelone a succombé aux charmes d'une gamine savante ! Que prévoient pour cela tes Écritures sacrées, petite sœur ?

La mère supérieure demeurait immobile sur sa chaise. Elle observait le portrait de sainte Edwige Ponce de León et, dans son for intérieur, elle la priait de lui donner la force d'insister :

— Je savais parfaitement que tu allais te moquer, Manuel. Mais dis-moi si tu vas accéder à ma demande. Une fois de plus, je t'en conjure, dit-elle en avalant bruyamment sa salive. Je te supplie, si c'est cela que tu veux.

Il riait tellement qu'il avait fini par s'étrangler et qu'il n'aurait pas pu lui répondre même s'il l'avait voulu. Ses quintes de toux alternaient avec ses accès d'hilarité, et il riait d'un rire que la mère supérieure, Isabel Escorza, détestait par-dessus tout. C'était le même rire, stupide et blessant, que crachait Manuelet chaque fois que sa sœur prenait une paire de gifles à cause de lui, qui lui rendaient les joues toutes rouges, ou qu'on lui interdisait de sortir pour jouer pendant une bonne semaine parce qu'elle avait fait mal à son petit frère qui était si malade. Et le petit frère riait et riait de façon obscène, après avoir pleuré, en jouant la comédie seulement pour faire punir sa stupide grande sœur. Elle avait ce rire en horreur, elle le haïssait au point qu'elle avait des pensées aussi aigres et violentes que le rire lui-même. Des pensées dont elle devait ensuite se repentir devant l'Enfant Jésus, la Sainte Vierge et tous les saints, car c'était des idées tellement noires qu'elles requéraient le pardon de toute la cour céleste au grand complet. Et voilà qu'il était à nouveau là, devant elle, son petit frère, Manuelet, comme à l'époque, se tordant de rire avec son air démoniaque, le visage plein de morve et de bave, jouissant de sa supériorité à ce jeu où ils s'étaient toujours affrontés, un jeu à la vie à la mort.

On entendit soudain frapper à la porte de la salle capitulaire.

— Puis-je entrer, camarade Escorza? demanda du dehors une voix masculine.

L'infirme cessa de rire et reprit son attitude autoritaire.

— Entre, Sirga, commanda-t-il.

La lourde porte en bois de noyer s'ouvrit lentement et la silhouette de Sirga – les cheveux roux coiffés d'une casquette – apparut dans l'embrasure. En s'apercevant que la mère supérieure était là, il se découvrit.

— Camarade Escorza. Ma mère, salua-t-il en hochant la tête.

— Tu peux l'appeler Isabel, c'est son prénom. Et remets ta casquette, grogna Manuel Escorza. Tu as fini le déchargement des vivres ?

— Oui, camarade Escorza.

— Tu n'as pas oublié l'huile, n'est-ce pas ?

— Six jarres d'huile. Je les ai entreposées à l'office, camarade Escorza.

— Et les conserves ?

— Un baril de harengs et deux douzaines de morues salées, camarade Escorza.

— Et la farine ?

— Un sac d'orge et trois sacs de blé, camarade Escorza.

Manuel Escorza tourna la tête en direction de sa sœur, qui était restée de marbre, en train d'attendre une réponse à sa requête.

— Tout est là, petite sœur. Tout ce dont tu as besoin pour ton ravitaillement et celui de tes fanatiques. Sirga a obtenu tout ça au marché noir. C'est moi qui lui en ai donné l'ordre. Et tu sais ce que cela signifie, petite sœur ? Tu sais ce que cela signifie ?

La mère supérieure fit non de la tête.

— Non, je ne le sais pas, Manuel. Dis-le-moi, s'il te plaît.

Il étira son corps sur la table jusqu'à ce que son visage cabossé se retrouvât face à celui de la bonne sœur.

— Cela signifie que c'est un butin de guerre, petite sœur. C'est le produit de vols et de saccages. Des hommes sont morts pour que vous-mêmes et l'évêque croquemitaine puissiez allègrement avaler tout ça. C'est la multiplication des pains et des poissons, petite sœur. Qu'en penses-tu ? Voilà que ton petit frère fait aussi des miracles. Penses-tu que tu pourras me réserver un chapitre dans tes saintes Écritures ?

Il éclata à nouveau d'un rire particulièrement agressif et, alors que la mère supérieure s'était promis de ne pas lui donner la satisfaction de la voir pleurer, elle ne put éviter que deux larmes aussi grosses que les veines du poignet dégringolent sur ses joues. À nouveau, Manuel Escorza s'arrêta brusquement de rire, comme s'il avait eu une crampe, puis il s'adressa à Sirga :

— Tu as donc fini le travail ?

— Je l'ai fini, camarade Escorza, répondit le rouquin qui tenait encore sa casquette entre ses mains.

— Très bien, alors on peut y aller, dit-il en jetant un coup d'œil à sa montre de gousset. Il nous faut aller passer le nez à la réunion du Tostadero, et nous sommes déjà en retard.

— Oui, camarade Escorza.

Sirga saisit Manuel Escorza sous les aisselles, afin de l'aider à descendre de sa chaise et à se mettre en marche avec ses béquilles. Ensuite, il le précéda pour lui ouvrir la porte et lui faciliter le passage. Manuel Escorza sortit de la salle capitulaire, accompagné du grincement qu'émettaient ses semelles en traînant par terre, et des sanglots de sa grande sœur.

— Aïe ! fit le Dr Pellicer contrarié.

— Attention à la tête, docteur, lança le juge Carbonissa. Le plafond est extrêmement bas, à cet endroit.

— Merci. Si vous ne me l'aviez pas dit, je ne m'en serais pas aperçu, ironisa le médecin, en se frottant le crâne avec la paume de sa main gauche.

Il serra plus fort la droite, dans laquelle il empoignait une torche allumée, s'efforçant d'habituer sa vue à la lueur tremblante, vacillante et peu fiable de la flamme. Le juge ouvrait le chemin à trois pas devant lui et le Dr Pellicer le suivait à grand-peine. Au bas de l'échelle, ils étaient arrivés dans une sorte de crypte (avec un plafond voûté, des murs de roche vive et un sol plus ou moins pavé), où le juge avait préparé les torches, qu'il avait allumées avec une allumette et une mèche imprégnée de pétrole. Ensuite, et sans perdre un instant, ils s'étaient accroupis pour enfiler le passage qui s'ouvrait sur un mur latéral de la crypte à l'intérieur duquel, au bout de quelques secondes, le retentissement déjà lointain des explosions des bombes devint progressivement inaudible.

Le passage offrait une largeur suffisante pour qu'un homme aussi corpulent que le Dr Pellicer pût s'y enfiler sans problème. Mais le plafond, lui, était effectivement plutôt bas, au point que par endroits les deux complices étaient forcés de s'agenouiller pour continuer à progresser. La terre était couverte de mousse et de petits cailloux et il fallait se méfier de ne pas se tordre le pied si l'on n'y prenait vraiment garde. Bien que le trajet ne durât pas plus de trois minutes, le Dr Pellicer le trouva extrêmement long. Lorsqu'il était sur le point de s'abaisser à demander si c'était encore loin, la voix du juge Carbonissa le réconforta :

— Nous sommes arrivés. Attendez-moi ici un instant et rejoignez-moi lorsque je vous appellerai, s'il vous plaît.

Le médecin obéit et vit le juge Carbonissa disparaître après un coude. Il patienta, illuminé par la torche et plié dans une posture choquante. Un instant plus tard, il perçut une vague lueur de plus en plus intense venant du fond du coude. Bientôt, celle-ci se transforma en un grand éclat de lumière qui inonda tout le passage et rendit la torche superflue. Le Dr Pellicer entendit la voix du juge lui crier :

— Laissez-vous guider par la lumière, docteur !...

Il obéit à nouveau. Il passa le coude et s'aperçut que, quelques mètres plus loin, le passage débouchait sur une galerie naturelle très lumineuse. En y pénétrant, il s'immobilisa brusquement, bouche bée, totalement effrayé.

Il y avait de quoi et plus encore ! La courte galerie débouchait sur une grotte aux dimensions considérables. Le plafond s'élevait si haut qu'il se perdait dans la pénombre. Au niveau du sol, en revanche, l'ensemble des lieux – de la galerie jusqu'au fond de la grotte – était illuminé par des lanternes savamment disposées, à bonne distance l'une de l'autre et ne dépassant jamais plus de deux pas. Pas un seul endroit ne restait dans le noir.

Le médecin promena le regard autour de lui et fut ravi de découvrir une sorte de réplique de la morgue du Quartier gothique, combinée à un exceptionnel atelier d'artisan. On pouvait voir les civières parfaitement alignées et étiquetées, et également deux tables couvertes d'un drap de velours rouge, sur lesquelles étaient exposés les instruments chirurgicaux – ciseaux, scie égoïne, bistouris, aiguilles, trépans, de toutes tailles et de toutes les formes imaginables – prêts à être utilisés. Le juge avait également profité d'un bout de mur plus lisse et régulier que le reste pour y suspendre trois panneaux de bois, auquel il avait accroché, respectivement, tout l'outillage nécessaire pour un ébéniste, un forgeron et un sculpteur : maillets, marteaux, tenailles, burins, poinçons, râpes, gouges, vis, scies, boulons et écrous, clous… Il y avait également une forge et une enclume pour modeler les métaux, et une collection de gabarits avec la forme des pièces à fabriquer en bois de chêne, de jacaranda, de noyer, de cèdre et de cerisier qui s'amoncelait en plusieurs piles, dans un renfoncement servant d'immense bûcher. Mais ce qui impressionna le plus le Dr Pellicer ce fut la présence de deux baignoires de grande taille remplies de formol, dont il se demandait comment on avait pu les transporter depuis le monde extérieur jusqu'à ces catacombes secrètes. Il lança :

— Je m'aperçois que vous ne vous moquiez pas de moi lorsque vous avez prétendu ne rien improviser.

Un léger hochement de tête et une question :

— Nous procédons ?

— S'il vous plaît, répondit le médecin tout en se frottant énergiquement les mains.

Le juge tira brusquement sur les draps qui glissèrent par terre en laissant un grand cheval tout noir à découvert. C'était un magnifique spécimen : encolure et dos extrêmement puissants, ventre parfait, longues jambes semblant ciselées par le burin d'un sculpteur, crinière et queue d'un noir mat qui contrastait magnifiquement avec le luisant noir de jais de sa robe. En revanche, tout son corps présentait une absolue immobilité, une totale rigidité, ses yeux possédaient un regard vitreux et lointain, pareil aux pupilles d'un cheval mort. Chair de malheur, pensa à nouveau le médecin. Mais il ne parvenait pas à contenir cette émotion irrésistible, ce mélange d'orgueil, d'admiration et de gratitude qui submergeait son esprit et sa pensée.

— Cher docteur Pellicer, je vous présente Hadaly, annonça le juge sur un ton solennel.

Lentement, le médecin fit un tour complet autour du magnifique animal, s'arrêtant fréquemment pour admirer certains détails (le modelage parfait de ses cuisses et de ses jambes, la facture si raffinée de sa bouche et de ses naseaux) et s'extasier devant cette perfection, avec de petites exclamations hachées et indéchiffrables.

— Alors ? demanda le juge Carbonissa avec une grande curiosité.

— Il est… balbutia le Dr Pellicer sans détourner ses yeux du cheval. Il est encore plus parfait que dans mes rêves… je…

Le juge saisit le médecin par le bras et le tira à lui d'un air aimable. Il choisit un scalpel sur une des tables où se trouvaient les instruments chirurgicaux et le posa à hauteur des côtes du cheval, qui continuait à scruter le vide avec ses yeux glacials.

— Sur notre automate, mon cher docteur, on peut distinguer quatre parties différentes. La première, à l'intérieur, est ce que j'appelle le système vivant, qui comprend l'équilibre, la capacité d'accomplir des mouvements, la voix, la flexion des extrémités, les différentes réponses à des stimuli de base, *et cetera*. En un mot ce qu'on pourrait appeler (si tant est qu'un cheval puisse en posséder une) l'âme.

Le Dr Pellicer suivait les explications du juge avec une extrême attention.

— La deuxième partie, poursuivit-il, est l'isolant plastique, une enveloppe posée à la façon d'une armure, séparée de la chair et de l'épiderme. Il s'agit d'une structure possédant des articulations souples et assurant le maintien en place du système vivant.

— Comme qui dirait, interrompit le médecin, un châssis pour le squelette.

— C'est exactement ça, corrobora le juge Carbonissa. Passons donc à la troisième partie, qui est celle de la chair et de tout ce qui l'accompagne : le relief des os, le réseau veineux, la musculature, les organes digestifs et sexuels, en résumé toutes les fonctions corporelles. C'est ici que tous les restes humains que vous avez eu l'amabilité de me procurer, après les avoir convenablement sélectionnés et classés, mon cher docteur, m'ont été d'une utilité capitale. J'y ai également combiné des dépouilles d'animaux d'équarrissage ou de ferme, même si depuis que la guerre a commencé, les restes humains sont plus abondants et faciles à obtenir que ceux des animaux, dit-il en haussant les épaules avec résignation. La chair, donc, recouvre l'isolant, et y adhère afin d'imiter les formes du corps qui m'a servi de modèle, c'est-à-dire un triple champion de trot de l'hippodrome d'Ascot…

— Un organisme cybernétique parfait, murmura le Dr Pellicer, en hochant la tête d'un air admiratif.

— En effet, sourit le juge Carbonissa en se raclant la gorge. Et enfin, voilà la quatrième et dernière partie de l'automate, qui n'est autre que l'épiderme. Il permet de résoudre l'imitation du pelage, du système buccodentaire, des grimaces du visage et de la reproduction du mouvement des naseaux, et de tout ce qui a trait aux yeux et au regard…

— Justement, interrompit le médecin, la seule réserve que je pensais émettre concernait ce regard qui semble si inanimé, si…

— … si mort, peut-être ? se risqua le juge. Bien, votre appréciation est en effet fort pertinente, mais elle est due au fait que vous n'avez pas encore vu notre créature en action.

— Chose que j'attends avec on ne peut plus d'impatience.

— Tout de suite, docteur. Auparavant, je voudrais juste vous faire remarquer, dit-il en modifiant de quelques centimètres la position du scalpel, les poumons de Hadaly qui sont composés d'un alliage d'or et d'aluminium. Il s'agit de deux phonographes inclinés et formant un angle convexe, de façon à correspondre au centre du thorax de l'animal. Ils fonctionnent de la même façon que les cylindres d'une imprimerie, qui se passent l'un à l'autre les rouleaux de papier ; dans ce cas, ce qui se transmet alternativement, c'est la totalité des sons caractéristiques d'un cheval adulte, enregistrés sur un ruban en étain : Hadaly hennit, piaffe et s'ébroue de façon synchrone avec les mouvements qu'il exécute pour chaque situation, dit le juge Carbonissa en se mettant sur la pointe des pieds. Excusez mon orgueil, mais je me sens particulièrement fier de ce mécanisme.

— Je suis vraiment impressionné, déclara le Dr Pellicer.

— Je vous prie de patienter encore un instant. Le plus impressionnant, c'est ce que vous allez voir à présent.

Il passa la main sur le dos du cheval, s'arrêta à un endroit précis et actionna un interrupteur. Le docteur entendit nettement le petit clic dans le silence de la grotte. L'automate sortit immédiatement de sa léthargie et commença à secouer la tête et à agiter ses jambes comme pour les désengourdir avec l'élégance et la grâce d'un spécimen de haute compétition. Il se mit également à piaffer et à pousser un bref hennissement, qui pouvait passer pour une manifestation d'impatience. Le Dr Pellicer, qui ne perdait pas un détail de son comportement, fut surtout fasciné par le brusque changement de ses yeux : ils étaient passés de cette mort glaciale qui l'avait saisi, il y avait quelques instants, à une indiscutable vivacité. À tel point que celui-ci se planta devant le cheval, car il lui avait semblé apercevoir un reflet sur les pupilles de Hadaly et il voulait le vérifier. Hadaly baissa majestueusement la tête avec une docilité toute domestique, et lança un regard au médecin qui le laissa sans voix, qui n'était pas tout à fait animal, mais pas précisément humain non plus. Puis le mot qu'il avait cherché s'était soudain éclairé dans son cerveau, un mot indésirable qui tournait autour de lui depuis qu'il s'était retrouvé en présence de l'automate : monstrueux.

— Hadaly! Allez hue, Hadaly! cria le juge Carbonissa.

Comme s'il s'agissait de la mieux dressée et de la plus docile des montures, Hadaly démarra d'un trot léger et gracile, en faisant le tour du périmètre de la grotte. Le grand espace vide résonnait de l'écho des fers frappant le sol et Hadaly redressait son encolure avec une distinction qui, de temps à autre, dénotait une certaine pétulance chez l'animal. L'éclat des lanternes illuminait le trot de l'automate et décuplait son ombre au sol et sur les parois de la grotte. Personne au monde, pensait le docteur, n'aurait été capable de distinguer Hadaly d'un véritable cheval. À y regarder de plus près, d'ailleurs, qu'appelle-t-on exactement un véritable cheval? Pourquoi seules les formes et les états que les hommes découvrent déjà tout créés devraient-ils être vrais et non pas également ceux qu'il parvient à créer lui-même? Qu'avait donc à envier ce magnifique animal, dont les évolutions le rendaient on ne peut plus fier, à n'importe quel autre des chevaux qui se trouvaient en ce moment dans toutes les écuries du monde ? Pourquoi la Création ne pourrait-elle pas être simplement une esquisse, un brouillon ? Et pourquoi l'intervention de l'espèce humaine ne serait-elle pas à son tour autre chose que le peaufinage de l'ébauche divine ? Croissez, multipliez-vous et dominez donc la terre.

Hadaly avait reculé jusqu'à la galerie de l'entrée pour prendre de l'élan et se lancer dans une course, au grand galop, jusqu'au fond de la grotte, de laquelle il revint ensuite à nouveau au trot, avec une allure distante et seigneuriale.

Oui, certaines personnes prendraient plaisir à taxer Hadaly de monstre. Un grand nombre d'entre elles traiteraient également le juge Carbonissa de monstre et même le Dr Pellicer, pour avoir utilisé des dépouilles humaines dans la confection de Hadaly. Elles ne comprendraient pas qu'il s'agissait justement là de toute la gloire de ce projet, que son charme venait du fait de recueillir des restes perdus, de les préserver du pourrissement et de les transformer en matière première servant à la création d'une nouvelle vie. Le médecin alluma une cigarette et, comme si la fumée de la première bouffée était allée dans ses yeux, deux larmes roulèrent le long de ses joues rouges pour se répandre ensuite sur son double menton. Il les essuya avec un mouchoir en fil qu'il tira d'une de ses poches et dit d'une voix ferme :

— Nous avons accompli le mandat de l'espèce, mon cher juge. Ce n'est pas à cela que Darwin faisait référence ? À une époque où tout le monde s'obstine à donner la mort, nous, nous avons convoqué la vie…

— … et la résurrection de la chair, ajouta le juge avec un sourire ironique.

— Et voilà ! s'exclama le Dr Pellicer en expulsant la fumée par la bouche. Nous y voilà à nouveau, mon cher juge.

— Nous sommes en présence d'un être vivant créé à partir d'autres êtres trépassés, docteur. C'est nous-mêmes qui l'avons conçu et engendré. Et vous vous permettez de mettre toujours en doute l'existence de phénomènes qui se posent juste à la frontière entre la vie et la mort ?

— Pas du tout. Je me contente de respecter une autre frontière : celle qui sépare la science de la pensée magique. Hadaly est un fruit de la science, pas de quelque obscurantisme que ce soit. Vous et moi le savons parfaitement.

L'automate s'approcha des deux hommes et se mit à trotter autour d'eux.

— Justement, précisa le juge Carbonissa en souriant toujours. Je voulais dire que je pense être en condition d'affirmer que le succès de Hadaly ne s'explique pas seulement à partir d'études scientifiques.

— Vraiment ? demanda le médecin qui souriait également patiemment. Et quelles autres sortes d'études entrent en jeu ? Avez-vous consulté une boule de cristal ? Vous êtes-vous fait lire les lignes de la main ou tirer les cartes, peut-être ?

Le juge fit un mouvement du bras laissant entendre qu'il préférait se taire devant une telle incompréhension. Il s'approcha de l'automate, lui caressa une nouvelle fois le dos et l'on réentendit le clic après lequel le corps de Hadaly s'immobilisa immédiatement. Après l'avoir vu en plein mouvement, la rigidité des membres de l'automate et la glaciale inexpressivité de ses yeux avaient l'air encore plus inquiétantes pour le Dr Pellicer. Mais cela ne l'empêcha pas d'insister :

— Vous voyez bien ! Vous activez et désactivez Hadaly avec un interrupteur. Pas avec une prière, ni une formule rituelle !

Le juge fit claquer sa langue contre son palais.

— Vous vous évertuez à vous moquer de moi, docteur. Je ne peux pas dire le contraire, mais je ne peux être tout à fait d'accord avec vous non plus.

Il pointa son scalpel vers le médecin puis, sans attendre, ajouta :

— Je me contente de tenir compte de cette loi selon laquelle il ne faut jamais négliger la moindre opportunité, docteur. Par exemple, dans le cas du crime de l'autre jour, celui de la pension Capell…

Le médecin écarquilla les yeux puis arqua les sourcils :

— Oui, je sais de quoi vous allez me parler, l'interrompit-il. Et vous connaissez également mon opinion à ce sujet.

— Ce n'est pas exactement une question d'opinions subjectives, docteur. Les témoignages sur l'existence des vampires se répètent dans absolument toutes les cultures connues, depuis les temps les plus lointains.

— D'accord, d'accord, grommela le médecin en finissant sa cigarette. Mais moi, je prétends tout de même que ce vampire dont vous parlez, celui qui a assassiné le gamin et le frère Gendrau et a bu leur sang n'est pas un être d'outre-tombe, mais un dépravé en chair et en os, appartenant à notre monde. Comme dans n'importe quel autre cas de vampirisme connu jusqu'ici. Le reste n'est que sornettes tout juste bonnes à effrayer les gamins. Vous pariez quelque chose, mon cher juge ?

— Il ne manquerait plus que je parie avec vous, docteur ! s'exclama le juge en éclatant de rire. De plus, c'est une affaire que doivent élucider le commissaire Muñoz et frère Darder, n'est-ce pas ?

— Vous avez raison, concéda expressément le médecin. Par ailleurs…

Il dirigea son regard en direction de l'automate et dut réprimer un frisson :

— … à présent, nous avons Hadaly. Nous devons donc nous occuper de lui.

— C'est extrêmement dommage, fit le juge attristé, que cette guerre stupide soit venue mettre des bâtons dans les roues de notre sympathique Hadaly.

— Vous avez une nouvelle fois raison, mon cher juge. Pensez-vous que les bombardements ont enfin cessé ?

— Camarade ! Dites au garçon de venir prendre la commande. Si l'on est affamés, on ne va rien faire de bon.

Le milicien renifla bruyamment, se leva de la table et quitta l'arrière-salle à la recherche de l'aubergiste.

— Et qu'il vienne en vitesse, car les frères n'ont pas toute la journée à perdre non plus ! N'est-ce pas messieurs ?

L'homme qui donnait les ordres était Antoni Ordaz, il adorait jouer ce rôle de chef. C'est lui qui menait la réunion au Tostadero et tout son être n'était que satisfaction. Ordaz était accompagné du milicien qui venait juste de se lever (un jeune volontaire des Patrouilles de surveillance que tout le monde appelait El Cremat car, tout petit, il était tombé dans un brasier et la moitié de la peau de son visage avait brûlé) et du camarade Gil Portela, du Comité des laissez-passer. Tous trois représentaient Aureli Fernández.

— Bien, en réalité nous ne sommes pas pressés, osa répondre frère Lacunza avec un sourire qui se voulait cordial.

Le silence envahit à nouveau l'arrière-salle. Ils étaient assis de part et d'autre d'une longue table rectangulaire et on aurait dit qu'ils ne savaient par où commencer. Brusquement, Gil Portela intervint :

— Je pensais que vous ne deviez être que trois, grommela-t-il sans s'adresser à quelqu'un en particulier.

Il faisait allusion à la présence de frère Darder, qui avait finalement décidé d'accompagner les frères Plana et Lacunza et l'émissaire Émile Aragou, à la rencontre avec les représentants de la FAI. En réalité, frère Plana s'était déjà chargé, la veille, de prévenir les anarchistes de la présence de frère Darder et en avait profité pour les informer de la parenté du religieux avec le maire républicain de Palma. Gil Portela était donc au courant de tout et ne faisait que mettre plus de pression à ses interlocuteurs. Il y était parfaitement parvenu.

— Si ma présence est un problème, il suffit… commença à s'excuser frère Darder d'une voix rauque.

— Frère Darder… intervint frère Lacunza en l'interrompant.

Mais tous les deux furent coupés à leur tour par Antoni Ordaz, qui leur demanda de se taire d'un geste de la main indiquant que tout cela n'avait aucune importance. Frère Plana était, comme à son habitude, intimidé, son regard perdu dans le vide. L'émissaire Aragou, pâle et renfrogné, méditait, hiératique.

El Cremat retourna dans l'arrière-salle, accompagné du garçon et tout le monde commanda boissons et cafés. Ordaz attendit que le serveur fût parti pour reprendre la parole, le visage crispé.

— Messieurs, commença-t-il de façon solennelle, je considère comme acquis que les personnes ici présentes sont bien qui elles disent être, et que cette réunion se déroule en l'absence de tout observateur ou espion.

Antoni Ordaz n'avait pas fini sa phrase que Gil Portela enfonça sa main dans l'enfer de sa veste et en tira un pistolet qu'il posa sur la table. Puis, à ses côtés, El Cremat dégaina également l'arme qui se trouvait à sa ceinture et la plaça à côté de celle de Gil Portela. Les pistolets étaient identiques, deux Astra 400 de 9 mm, et leur apparition galvanisa l'attention de tout le monde. L'émissaire Aragou se racla la gorge. Frère Lacunza prit la parole :

— Il me semble que ceci n'est pas nécessaire, dit-il en indiquant les armes d'un mouvement de menton.

Antoni Ordaz se raidit sur sa chaise.

— On se moque de ce qui vous semble nécessaire ou pas, mon frère. Je veux simplement que vous compreniez que nous ne sommes pas là pour nous amuser. Bon nombre de nos camarades paient avec de la prison et des tortures les injustices des fascistes, que votre Église n'hésite pas à bénir. Bien d'autres l'ont également déjà payé de leur vie. Nous avons un grand désir de revanche, bien entendu. Mais cela reste juste un désir.

Un nouveau silence, à présent aussi épais que du goudron, envahit l'arrière-salle. Le garçon fit son apparition, les consommations sur un plateau. En apercevant les pistolets, il demeura de marbre, comme s'il avait été saisi d'une crampe.

— Toi, aboya Gil Portela, sers les consommations et dépêche-toi de foutre le camp.

Le front et les tempes couverts de gouttes de sueur, le serveur plaça chaque verre et chaque tasse devant les consommateurs, sans se tromper, puis il se retourna et disparut immédiatement. Les deux pistolets disposés sur la table au milieu des consommations formaient une sinistre nature morte. Le silence continuait à dominer la réunion, comme si chacun des assistants était enfermé sous une cloche de verre.

— Très bien, donc ! vociféra immédiatement Antoni Ordaz, en frappant de la paume de la main sur la table, ce qui fit tinter les tasses. Les présentations faites, qu'avez-vous à nous annoncer, messieurs ?

Frère Lacunza souffla de l'air par le nez et déplia une feuille de papier qu'il avait préparée. Circonspect, il donna lecture du communiqué de la congrégation des maristes de Barcelone qui l'avaient rédigé l'après-midi de la veille :

— Nous nous rendons au rendez-vous sollicité par la FAI avec le désir de parvenir à un accord. Nous avons appris l'arrestation de trente-six maristes jetés ces derniers jours en prison, en différents endroits de la ville. Notre communauté craint pour leur vie et prie actuellement pour eux. Avant toute négociation, nous posons comme condition préalable que les Patrouilles de surveillance suspendent ces incarcérations et libèrent les prisonniers se trouvant actuellement dans les centres de détention de la Generalitat. Nous demandons également la sécurité pour ceux qui logent en ce moment dans des pensions ou chez l'habitant, car nous soupçonnons le Département d'enquêtes d'en avoir dressé une liste exhaustive afin de leur faire tôt ou tard subir le même sort. Si vous acceptez ces conditions, nous sommes prêts à parvenir à un accord financier permettant de conduire les frères maristes à l'étranger, ainsi que les séminaristes et les étudiants qui le désireraient.

Il lut à toute vitesse et sans s'arrêter, comme un enfant qui réciterait une poésie, mais d'une voix ferme. Antoni Ordaz croisait ses pouces et tentait de digérer avec une certaine complaisance les mots qu'il venait d'entendre. Comme personne ne répondait, frère Lacunza considéra qu'il était à présent nécessaire d'exposer l'argument principal :

— Je voudrais réitérer l'assurance de la loyauté de notre congrégation envers les institutions du gouvernement catalan. L'émissaire Émile Aragou et moi-même, au nom de notre supérieur hiérarchique, garantissons la livraison en argent comptant de la somme dont nous conviendrons autour de cette table, avec un maximum de deux cent mille francs français.

El Cremat laissa échapper un sifflet d'admiration entre ses dents ; Gil Portela ne put éviter l'esquisse d'un sourire. Antoni Ordaz respira profondément et ses yeux rapetissèrent, comme s'il était en train de regarder le soleil. Il tenta de plaisanter :

— Très bien, mes frères. Vous achetez votre peau, et on ne peut pas dire que vous tentiez de l'acheter au rabais.

Aucun mariste ne broncha. La délégation était consciente de ne pouvoir se payer le luxe de répondre à la moindre provocation. Gil Portela sortit un cigare d'on ne sait où et l'alluma de façon ostentatoire : en quelques secondes, l'arrière-salle fut totalement emplie de fumée. Frère Lacunza planta ses coudes sur la table et reprit la parole :

— C'est tout ce que nous pouvons vous offrir, messieurs.

À moitié englouti dans la fumée du cigare de Gil Portela, Ordaz décida :

— C'est suffisant.

Les frères Lacunza et Darder se jetèrent un regard de soulagement. Frère Plana leva les yeux au ciel comme pour remercier Dieu, et cela dégagea la peau de son cou fragile et court, qui ressemblait à celui d'un furet ou d'une genette. Comme s'il venait d'entendre le mot de passe qu'il attendait, l'émissaire Émile Aragou rompit le silence en s'adressant aux anarchistes :

— Il faudra que la FAI, ou directement la Generalitat, se charge de résoudre les difficultés inhérentes aux formalités bancaires.

— Ce n'est absolument pas un problème, dit Gil Portela sur un ton de mépris. Le moment venu, nous vous permettrons de regagner La Jonquière. Sous étroite surveillance, bien entendu.

— Attends, attends ! Pas si vite ! grogna Antoni Ordaz furieux que Gil Portela ait pris l'initiative. Je suppose, mes frères, que vous avez pensé à l'opération d'évacuation.

Frère Lacunza acquiesça :

— Avant tout, nous devons protéger les élèves et les séminaristes. Ceux de la Casa de les Avellanes, à Balaguer, devraient partir en premier, en raison des conditions précaires qu'ils subissent. Ensuite, nous pourrions effectuer un deuxième départ avec les religieux que nous parviendrons à prévenir et qui désireront être accueillis.

— Nous sommes en train de parler de combien de personnes ? demanda Gil Portela d'un air résolu.

— Avant le commencement de la guerre, la communauté de la province comptait sept cent dix-sept personnes. À présent, nous ne pouvons pas le dire de façon précise.

— Putain de merde ! lança El Cremat en colère. Il va falloir faire sortir tous ces corbeaux d'Espagne ? Allons, allons !... On prend le fric et ils n'ont qu'à aller se faire foutre !

Cet accès de stupidité irrita frère Lacunza.

— Ce n'est pas nous qui avons l'argent, dit-il. Ce n'est que si nous parvenons à un accord que l'émissaire Aragou retournera à Lyon pour aller se procurer les fonds auprès des maristes et nous rejoindra ici afin d'effectuer le paiement. Par ailleurs, si ce n'est trop vous demander, ajouta-t-il rapidement et à mi-voix comme s'il récitait son chapelet, je vous saurais gré de vous abstenir d'utiliser un langage injurieux envers nous.

Tout d'un coup, comme si cela se passait en rêve, El Cremat émergea de l'intérieur des effluves de son cigare, saisit un des deux pistolets qui se trouvaient sur la table, s'approcha de frère Lacunza, pointa le canon de son arme sur la tête du religieux et chuchota :

— Tu peux répéter ce que tu viens de dire, espèce de fils de pute ? Je ne suis pas certain d'avoir bien entendu. Par ailleurs, il me semble que tu ne vaux pas davantage que la balle que j'ai bien envie de te loger dans la cervelle.

— Ça suffit, camarade, ordonna Antoni Ordaz. Baisse ton arme et retourne immédiatement à ta place.

Mais au lieu de cela, Gil Portela saisit également son pistolet à la volée et le pointa entre les deux sourcils de frère Plana, qui balbutia :

— Mais Portela, que fais-tu… Non, non, pas moi…

Gil Portela cracha une bouffée de fumée et éclata en même temps d'un rire corrosif. Exécuter deux de ces loqueteux et laisser partir les deux autres pour qu'ils aillent transmettre au supérieur de la province les conditions qu'on lui fixerait lui semblait à présent la meilleure façon de conclure cette réunion ridicule. Par ailleurs, Gil Portela ignorait que frère Plana était en réalité un informateur de la FAI, si bien qu'il lui était égal de tirer sur lui ou sur n'importe quel autre mariste. Ordaz venait de prendre conscience qu'il perdait par moments le contrôle de la situation :

— Nom de Dieu ! Vous n'avez pas entendu ce que je vous ai dit, bande de connards ? Posez les armes sur la table et que chacun retourne à sa place !

— Faites ce qu'on vous ordonne, baissez vos armes : exécution, camarades.

Personne n'avait remarqué l'arrivée de Manuel Escorza, qui était debout sur le seuil de la porte de l'arrière-salle, appuyé sur ses béquilles, ni la présence de Sirga qui l'escortait comme un chien fidèle. Docilement, El Cremat rengaina le pistolet, tandis que Gil Portela posa à nouveau le sien sur la table. De son côté, Antoni Ordaz maudissait mentalement cette espèce de don d'ubiquité dont se targuait l'infirme Escorza, tout en ayant encore du mal à accepter la nouvelle tournure que venait de prendre la situation :

— Camarade Escorza ! À quoi devons-nous ce plaisir inespéré ? demanda-t-il avec une grossière ironie.

— Tu ne m'invites donc pas à m'asseoir, Ordaz ? fit Escorza imperturbable.

Antoni Ordaz dut lui offrir sa chaise et se coller au mur pour faciliter l'installation de Manuel Escorza, qui finit par s'asseoir laborieusement. Ordaz demeura debout, tout comme Sirga et El Cremat, et comprit qu'il était inutile d'espérer que Gil Portela – qui avait finalement éteint son cigare, au cas où celui-ci eût pu gêner Escorza – lui cédât son siège. Il venait d'être relevé de son commandement, et cela s'était fait de façon si naturelle qu'il mit plusieurs secondes à en prendre conscience. Malgré tout, il eut encore le courage de s'aventurer à poser une question :

— Je suppose que le camarade Fernández est au courant de ta présence ici…

La grimace qui contracta le visage cabossé de Manuel Escorza aurait pu devenir un sourire moqueur chez n'importe quelle autre personne normale mais, chez lui, cela ressembla à un rictus de douleur qui intimida encore davantage Antoni Ordaz. Frère Darder observait, fasciné, la laideur de cet homme puni par la nature, tandis que frère Plana et frère Lacunza avaient choisi de ne pas attarder leur regard sur sa physionomie. L'émissaire Aragou continuait à se taire. Concernant l'incorrection d'Ordaz, Manuel Escorza jugea inutile d'y répondre en lui donnant son sentiment à propos d'Aureli Fernández et de la façon dont il dirigeait le Département d'enquêtes. Il se contenta d'émettre un rot long et sonore.

— Ces messieurs doivent être les frères maristes avec qui nous avions ouvert des négociations, n'est-ce pas ? demanda-t-il ensuite.

— En effet, camarade, confirma Antoni Ordaz sur le ton d'un élève que le maître vient de punir.

Devinant qu'il se trouvait devant un supérieur, frère Lacunza tenta immédiatement d'établir une communication directe.

— Monsieur, mon nom est Trifón Lacunza, dit-il embarrassé. Je suis ici en tant que porte-parole de la congrégation des maristes de Barcelone. Nous voudrions…

— Je me moque de qui tu es et de ce que tu fais, et je n'ai pas envie de savoir ce que vous voulez, toi et les tiens, cracha Manuel Escorza. Toi, ajouta-t-il en faisant signe à Gil Portela et en ignorant expressément Antoni Ordaz, dis-moi quelles sont les conditions.

— Deux vagues d'évacuation, d'abord les gamins de Balaguer et ensuite les soutanes, résuma l'homme interpellé. Ils paient deux cent mille francs, mais il faut que cette tête de cul, expliqua-t-il en pointant son doigt sur l'émissaire Aragou, aille jusqu'à Lyon pour récupérer l'argent.

Manuel Escorza hocha légèrement la tête pour faire comprendre qu'il prenait l'affaire en main. Puis il s'adressa à El Cremat :

— Des problèmes ? demanda-t-il en observant l'arme que le milicien avait à sa ceinture.

— Rien d'important, répondit l'autre en tendant son visage grené. C'est juste que les frères ont tenté de passer les bornes, ajouta-t-il en donnant une claque à frère Plana, et il a fallu leur rappeler qui est-ce qui commandait, ici.

Escorza hocha à nouveau la tête tout en sifflant de façon désagréable, comme s'il aspirait sa salive. Il observa attentivement les quatre religieux assis devant lui de l'autre côté de la table.

— Toi, murmura-t-il à nouveau.

— C'est à moi que vous parlez ? fit frère Darder.

Escorza alla droit au but.

— Je suppose que c'est toi le neveu du maire de Palma de Majorque, le militant de la gauche républicaine, n'est-ce pas ?

Frère Darder comprit que son âge le trahissait.

— C'est cela, confirma-t-il.

— Hier, lorsqu'on m'a parlé de toi, bredouilla Escorza, j'ai fini par décider de m'occuper de cette réunion. Je dois admettre que tu as éveillé une certaine curiosité chez moi. Dis-moi, avec un parrain tel que le tien, comment en arrive-t-on à décider de devenir frère ?

Tous les yeux se fixèrent sur frère Darder en attendant sa réponse. Celui-ci se dandina sur sa chaise comme si chaque regard était une piqûre d'aiguille, puis il répondit :

— Monsieur, sincèrement, je ne vois pas de contradiction entre les deux choses…

— Ah bon ? fit Escorza contrarié. Et ton oncle, que pense-t-il de tout ça ?

— C'est lui qui a financé mes études au séminaire, monsieur. Mon père est mort et son frère, qui est aussi mon parrain, s'est occupé de mon éducation.

— Comment t'appelles-tu ?

— Pau Darder.

— Pau Darder, et puis ?

— Pau Darder i Serra d'Orfila, monsieur.

— Pau Darder i Serra d'Orfila, tu es la honte de ta famille…

S'adressant à lui, frère Darder trouva cette formule ironique et il ne put réprimer un sourire moqueur.

— … la honte de ta famille et la scorie de la terre, compléta Manuel Escorza. Ça te fait rire ? Tu ne devrais pas rire, Pau Darder i Serra d'Orfila. Notre révolution passera par-dessus votre Église pourrie et bientôt les frères prolétaires de ce pays s'amuseront à cracher sur vos tombes. Tu vas pisser du sang, frère Darder i Serra d'Orfila. Tiens, tiens, tu ne ris plus à présent ?

Frère Darder était resté muet, comme tout le monde à l'intérieur de cette arrière-salle, aussi bien ceux d'un camp que ceux de l'autre. Même Gil Portela était mort de peur. Manuel Escorza laissa passer plusieurs secondes de silence pour donner plus d'emphase à ses mots, puis il ajouta :

— Nous allons accepter vos conditions, mais nous garderons monsieur le neveu du maire en otage. Nous vous le rendrons sain et sauf lorsque vous aurez payé les deux cent mille francs. Si pour une raison ou pour une autre l'argent ne devait jamais arriver jusqu'ici, nous nous verrions dans l'obligation de l'éliminer. Toi et toi, dit-il à Sirga et à El Cremat, conduisez-le en lieu sûr et établissez des tours de garde pour le surveiller.

Frère Darder ouvrit la bouche, mais fut incapable d'articuler le moindre mot. Frère Lacunza voulut protester mais El Cremat le fit taire d'une gifle sur la bouche. L'émissaire Aragou ne disait rien et frère Plana avait des sueurs froides.

— Toi, dit Manuel Escorza à Gil Portela, tu t'arrangeras pour que le Français puisse se rendre à Lyon sans difficulté, puis revenir ici avec l'argent. Organise-toi avec celui-là, ajouta-t-il en parlant d'Antoni Ordaz oublié dans un coin, et avec Aureli Fernández. Mais dorénavant, je veux être au courant de tous les détails de l'opération.

Manuel Escorza n'avait pas encore achevé de donner des ordres que sa voix fut couverte par la sirène de l'alarme antiaérienne qui se mit à retentir dans les rues de la ville. La réunion était définitivement achevée. Maintenant, le bombardement commençait.

Il écrivait :

Je l'ai senti venir petit à petit.

J'étais sorti de ma cachette tenaillé par la soif. J'avais besoin de l'étancher, et cette urgence m'avait poussé à m'aventurer dans les rues de la ville.

Les avions passaient à basse altitude au-dessus du centre de Barcelone et lâchaient leurs bombes semblables à d'énormes animaux morts sur le passeig de Gràcia et la Gran Via, sur la place de Catalunya et la place d'Urquinaona, sur la Rambla et les rues Pelai et Bergara, Bonsuccés et Tallers. La foule courait de tous les côtés, dans une débandade furieuse et dénuée de sens. Des pierres et des briques dégringolaient des façades des immeubles éventrés, des gravats, des balcons entiers, des vitres brisées, qui écrasaient et coupaient les malheureux qui se trouvaient en dessous. Les plus chanceux s'en sortaient avec de simples blessures, les autres se tordaient par terre, gémissant et tentant en vain de contenir l'hémorragie. Ils étaient ensuite engloutis par le nuage de poussière que produisait une nouvelle déflagration, et des milliers de fragments de pavés fusaient de toutes parts, assassins, mêlés au ciment et à la mitraille. L'odeur de chair brûlée se mélangeait à celle des eaux usées qui s'échappaient des égouts crevés et produisait une puanteur absolument insupportable.

Je m'étais abrité sous le porche de l'église de Betlem, à l'angle de la rue Carme, moins pour me protéger des balles que pour observer une surveillance discrète.

Et c'est alors que je l'ai entendu s'approcher.

Plus audible à chaque instant, par-dessus les sifflements des bombes.

Par-dessus le bruit des flammes en train de crépiter.

Par-dessus les plaintes des moribonds.

Le son d'un cheval lancé au galop.

(Tant que je ne l'ai pas eu devant mes yeux, je n'ai pas pu le croire, mais il s'agissait réellement d'un cheval au galop.)

Un cheval sans cavalier qui traversait à fond de train les rues détruites, esquivant les cadavres éparpillés un peu partout ou leurs membres arrachés, sautant par-dessus les cratères fumants que les explosions avaient ouverts.

Un animal puissant et rapide qui galopait comme si le bombardement et la destruction de la ville lui étaient complètement étrangers.

Un animal magnifique, grand et noir avec une encolure et un dos robustes, un ventre parfait, de longues jambes comme modelées par le ciseau d'un sculpteur idéal, crinière et queue noir mat contrastant superbement avec le noir luisant de la robe qui lui couvrait le corps.

On aurait dit que les choses restaient en suspension un millième de seconde sur son passage, comme si, malgré la fureur de l'attaque aérienne, elles s'arrêtaient un instant devant le spectacle de cet animal improbable, qui offrait une dernière image magnifique aux moribonds jonchant les trottoirs, juste avant qu'ils n'expirent leur dernier souffle.

Ensuite, il vint dans ma direction.

Il passa du galop au trot, et commença à tourner en rond, comme s'il cherchait quelque chose.

Il me regarda fixement et s'ébroua. Puis il s'approcha.

Il gravit les marches du parvis avec noblesse et pencha légèrement sa tête majestueuse en s'arrêtant devant moi.

Alors, il planta ses yeux dans les miens.

Intensément et un long moment.

Son regard n'était pas tout à fait celui d'un animal.

Je le soutins et nous restâmes ainsi longtemps, chacun fixant la pupille de l'autre.

Le vacarme de la guerre arrivait à présent étouffé, lointain, comme si le vrombissement des moteurs des avions et les gémissements des victimes venaient d'un autre monde.

De fait, il en était ainsi.

Nous, les monstres, ne sommes jamais dans le monde, car nous ne sommes nulle part.

Et cependant, nous étions là, sous le porche de l'église de Betlem, à l'angle de la rue Carme, à la vue de tous ceux qui voulaient bien prendre la peine de nous observer.

Mais personne ne cherchait à nous voir.

Nous, les monstres, ne sommes jamais là, mais nous existons, nous intervenons sur le monde, nous nous exprimons parmi les hommes, nous participons à travers eux.

À l'intérieur d'eux.

L'immense regard lascif du cheval noir me parlait de tout cela.

Il m'avait reconnu, de la même façon que moi je le reconnaissais également.

Pauvre animal entre les mains de quelque ange moqueur ; pauvre âme triste et égarée.

Son corps artificiel était aussi imposant que la tragédie qu'il contenait.

Quelle sorte d'esprit avait donc jugé nécessaire d'insuffler la vie à un monstre ?

Quel destin funeste, quelle tristesse inépuisable et quelle colossale nostalgie.

Finalement, le cheval détourna son regard. Il avança de deux pas supplémentaires et poussa la porte d'entrée de l'église avec sa tête.

Dans la rue, les hommes mouraient sur une autre planète.

Je suivis le cheval à l'intérieur du temple froid et humide.

Les ténèbres qui y régnaient étaient abîmées par la lueur qui se répandait dans la nef, déchiquetée à travers les vitraux.

J'aperçus une chapelle dont la grille était ouverte, un grand chandelier dépourvu de bougies et une sorte de tronc en fer pour permettre aux fidèles d'y déposer leurs oboles.

Avant la guerre, on y allumait des bougies pour le repos des âmes des fidèles défunts.

Flu, flu, la petite flamme qui vacille.

Ensuite, j'aperçus trois hommes et deux femmes.

Ils étaient entrés dans l'église pour fuir le bombardement, et à présent ils s'étaient réunis autour de l'autel, apeurés devant mon apparition et celle de l'animal.

Devant l'apparition des monstres que nous étions.

Le cheval noir remonta peu à peu toute la longueur de la nef centrale de l'église en s'arrêtant pour contempler les chapelles latérales, comme si dans quelque recoin ignoré de son être existait un reste de connaissance lui permettant d'identifier les effigies des saints.

De temps à autre, il piaffait ou commençait à hennir ; ensuite, il s'arrêtait.

Le bruit des fers battant les dalles de marbre rompait le silence malveillant qui sourdait de toutes parts.

Dehors, les explosions semblaient avoir cessé.

L'animal arriva tout près de l'autel.

Il s'arrêta quelques secondes devant le caveau d'un religieux, baissa la tête devant la pierre tombale, comme s'il tentait de lire l'inscription en latin.

Ensuite, il fixa son regard sur les trois hommes et les deux femmes qui tremblaient de tous leurs membres autour de l'autel.

On aurait dit que le cours du temps s'immobilisait soudain, puis restait suspendu.

— Eh ! Va-t'en ! Eh ! Eh ! entendit-on immédiatement.

Un des hommes, moins poussé par son courage que par son désespoir, s'était mis à crier et à agiter les bras, pour tenter d'effrayer le cheval.

Comme s'il lui avait obéi, l'animal fit lentement demi-tour et commença à s'éloigner. Mais il n'avait pas fait trois pas qu'il s'arrêtait à nouveau.

Il avait l'air étourdi.

L'homme énervé cria plus fort et crut bon de s'approcher davantage du cheval.

Ce fut une erreur fatale.

Les cris de l'homme furent interrompus par une ruade qui lui fit éclater les côtes en mille morceaux et le projeta à plus d'un mètre.

Il atterrit devant un des bancs de bois d'abricotier alignés dans la nef principale.

Le corps était suspendu au dossier, démantibulé comme une marionnette.

Il était mort.

Les femmes éclatèrent en sanglots ; les deux hommes qui restaient devinrent muets.

Le cheval les regarda avec une tristesse infinie.

Ensuite, il fit demi-tour et parcourut le chemin en sens inverse, en direction du porche.

Tout doucement.

La lumière grumeleuse qui filtrait à travers les vitraux se réfléchissait sur son dos et conférait une note rubis à la noirceur brillante de sa robe.

Son pas était d'une élégance exceptionnelle, ses mouvements d'une grande noblesse !

Avant de sortir, il s'arrêta à nouveau devant moi.

J'aperçus sa bouche pleine de salive et ses yeux inondés du désir de mourir.

Je me suis alors dit que, moi, je voulais vivre pour toujours.

Vivre pour toujours.

Alors j'ai à nouveau ressenti au fond de moi l'ennui qui l'inondait, la fatigue et le dégoût que lui produisait le fait d'exister.

Il ressortit par le porche de l'église, en direction de la rue jonchée de cadavres et de gravats.

Une explosion fit trembler le sol et les vitraux.

Le bombardement n'était pas complètement fini.

Je m'étais tourné vers l'autel.

Les deux hommes et les deux femmes s'y trouvaient toujours, en train de pleurer, vaincus.

Je ressentis enfin une grande soif s'emparer de moi.

Frère Darder regarda à travers la seule fenêtre à barreaux de la cave suffocante où on l'avait enfermé, qui donnait sur un passage où s'amoncelaient décombres et gravats de toutes sortes. Il n'avait pas la moindre idée de l'endroit où il se trouvait, s'il était à Barcelone ou en dehors de la ville. Il n'avait non plus aucun moyen de savoir l'heure qu'il était et commençait donc à perdre la notion du temps. Il se sentait perdu dans un espace d'à peine deux mètres carrés.

À l'intérieur de la cellule il y avait juste une paillasse et un pot de chambre. Lorsque la nuit tombait et que l'obscurité envahissait le lieu, frère Darder ne disposait pour s'éclairer que d'un bout de cierge posé sur le sol de ciment contre un des murs de briques sur lequel la combustion de la mèche laissait une longue langue noire. Le plus déconcertant pour frère Darder était qu'un espace aussi réduit pût contenir autant de désolation.

Dans la journée la lumière du soleil entrait parcimonieusement dans la cellule, à travers la fenêtre à barreaux et sans vitre qui le laissait en plein air. Par chance, l'après-midi s'annonçait agréable et la température convenable, bien que le vent coulis du petit matin l'eût réveillé tout tremblant, tout recroquevillé sur sa paillasse, pelotonné sur lui-même. Il avait des moments de désespoir pendant lesquels il aurait donné n'importe quoi pour que sa mère apparût dans ce lieu infernal et le serrât contre sa poitrine généreuse pour lui chuchoter, avec ce sourire entendu éclairant toujours son visage, la devise qui résumait sa façon de comprendre la vie :

— Si Dieu trouve cela convenable…

Mais sa mère n'apparaîtrait pas et frère Pau Darder n'avait d'autre consolation que de serrer dans son poing, aussi fort qu'il le pouvait, une médaille représentant saint Michel, que ses parents lui avaient fait fondre avec de l'or et de l'argent pour sa première communion, et qu'il portait autour de son cou depuis plus de vingt ans. Il serrait la médaille dans sa main (sur laquelle saint Michel piétinait un serpent transpercé par le glaive de l'archange) et récitait le Notre Père, ou le Je vous salue Marie, encore et encore, jusqu'à parvenir à calmer l'inquiétude qui le taraudait. Ensuite, il quittait sa paillasse et allait se mettre debout au milieu de la cellule. Mais tout cela était-il bien réel ou le rêvait-il ? Lorsqu'il s'endormait, il faisait toujours le même cauchemar, où il se voyait dans une prison identique à celle dans laquelle il se trouvait lorsqu'il était réveillé. Quand donc était-il réveillé, et quand était-il endormi ? Quand était-il plus réveillé et quand était-il plus endormi ? Tout cela ne serait-il pas un rêve, à la fois éveillé et endormi, finalement le songe de la vie ?

Le pire de tout était la faim et la soif. Le premier jour, on lui avait laissé un récipient en fer-blanc rempli de pois chiches à moitié bouillis, et un autre rempli d'eau à ras bord. Ni Sirga ni El Cremat, qui le surveillaient à tour de rôle, ne lui avaient expliqué qu'il devait s'arranger pour les faire durer le plus longtemps possible. À force d'avoir soif, il lui restait encore un peu d'eau saumâtre, ayant un goût de fer-blanc, au fond du récipient ; mais il avait fini tous les pois chiches, et les intestins et l'estomac se tordaient de plus en plus douloureusement, comme s'il avait contracté des parasites. Parfois, il se sentait coupable d'avoir mangé trop rapidement les pois chiches, mais ensuite il se consolait en se disant qu'il n'aurait pas pu faire différemment, car à la fin il avait dû disputer la nourriture à des vers minuscules et luisants qui avaient commencé à apparaître à l'intérieur du récipient avec une insolence insupportable.

Par ailleurs, les rats s'étaient rendus maîtres du passage que le jeune mariste apercevait depuis la fenêtre : ils couraient parmi les gravats et de gros sacs qui traînaient un peu partout. Ils étaient énormes et bien dodus, ces rats, et il y en avait tellement que frère Darder avait l'impression qu'ils se multipliaient continuellement, peut-être même par bipartition, comme s'il s'agissait d'une grande famille d'amibes phénoménales.

Il entendit un coup de sifflet qui venait de l'extérieur et courut voir par la fenêtre. Un instant, il avait nourri l'espoir d'apercevoir quelqu'un dans le passage à qui il aurait pu demander de l'aide. Mais il comprit immédiatement qu'il venait d'entendre la plainte d'un rat qui venait de se faire mordre par un de ses congénères, au cours d'une dispute pour un bout de nourriture pourrie. Il aperçut le rat blessé qui tentait de se retourner contre son agresseur, mais ne parvenait qu'à se faire mordre à nouveau au cou qui se retrouva bientôt à vif. Cela ne le dissuada cependant pas de contre-attaquer : clopinant et enragé, le rat se jetait contre son adversaire, qui esquivait habilement ses assauts, tout en attendant le bon moment pour lui donner le coup de grâce.

Puis une foule d'autres rats apparurent, qui entourèrent les deux combattants en formant un rond presque parfait autour d'eux. Il y avait là au moins – calculait frère Darder, tout en observant la scène d'un air fasciné – trente, cinquante, soixante, peut-être même une centaine de rats rassemblés. Ils étaient très calmes autour de l'animal blessé, qui se déplaçait en rond et flairait l'air, comme pour tenter de quantifier le danger qui l'encerclait.

Finalement, on entendit un nouveau coup de sifflet émis par le vainqueur du combat. C'était le signal qu'attendaient tous les autres pour se jeter sur celui qui venait d'être condamné. Ce dernier tenta encore de se défendre quelques secondes : il lançait des coups de mâchoires à l'aveuglette, arrachait un œil par-ci, une oreille par-là. Mais tous ses efforts se révélèrent vains. En moins d'une minute, le rat gisait sur le dos, complètement éventré. La voracité de ses congénères était d'une efficacité effrayante, mais le rat n'était pas encore tout à fait mort et poussait une espèce de râle agonisant que frère Darder pouvait entendre depuis la fenêtre. Finalement, l'animal fut réduit à un lambeau de peau sanguinolent que saisit dans sa bouche (sûrement afin de le réserver pour plus tard) un petit rat nonchalant et galeux.

— Vous avez mauvaise mine, commissaire.

— C'est à cause de ce truc que vous êtes en train de fumer. Ça me donne la nausée.

Le commissaire Muñoz approcha une chaise, s'assit et étira ses jambes. La morgue était faiblement éclairée par une lampe à huile suspendue à un crochet, diffusant une lueur aussi laiteuse que la peau des cadavres. Le Dr Pellicer tira encore une bouffée sur sa cigarette.

— Vous n'avez pas encore retrouvé la trace du vampire, commissaire? demanda-t-il sur un ton dont il était difficile de déterminer s'il se voulait moqueur ou, au contraire, sincèrement intéressé.

— Ce n'est pas la cigarette.

— Pardon ?

Le commissaire respira profondément.

— Ce n'est pas la cigarette qui me donne la nausée. C'est parce que je ne dors pas la nuit.

Le médecin hocha la tête en signe d'assentiment. Sans éteindre sa cigarette, il saisit une autre chaise et prit place en face du policier. Des pieds, dépassant de l'une des civières, pendaient tout près de son visage.

— Des insomnies, à nouveau, hein ? Vous vous sentez fatigué, n'est-ce pas ?

On entendit un brin de tabac mal haché se mettre à crépiter. Le commissaire Muñoz s'essuya le front avec ses mains et ferma les yeux.

— Ce ne sont pas des insomnies, docteur. C'est moi qui me force à ne pas dormir.

Le Dr Humbert Pellicer écarquilla les yeux.

— Que voulez-vous dire ?

— Je ne veux pas dormir. Lorsque je le fais, le cauchemar revient.

Le médecin se tut, en attendant des éclaircissements de son interlocuteur. Comme ceux-ci ne venaient pas, il lui demanda :

— De quel cauchemar parlez-vous ?

Le policier retira une main de son front et l'agita devant son visage comme s'il chassait les mouches.

— Vous voulez bien éteindre cette cigarette, s'il vous plaît ?

Le Dr Pellicer poussa un soupir de résignation et jeta le bout de cigarette qui lui restait par terre. Il l'écrasa avec la chaussure, comme s'il se débarrassait d'un insecte venimeux.

— Alors, commissaire…

— Je me promène la nuit dans la campagne, commença à expliquer le commissaire Muñoz, en se prenant toujours la tête dans les mains, les yeux fixés sur ses genoux, d'une voix monotone. Ce ne sont pas des prés cultivés, mais tout simplement des champs en friche, laissés à l'abandon. Je trébuche sur les pierres et les trous qui se trouvent à chaque pas, sur mon chemin. Il fait extrêmement froid : un froid mordant, humide, qui trempe les os.

“Il fait nuit noire, une nuit sans lune et sans étoile, et je continue à progresser à l’aveuglette. De temps en temps, je bute sur quelque chose et je tombe. Je mets les mains en avant pour me protéger le visage et elles se couvrent de boue. Mais je me relève et continue à avancer.

“J’entends des bruits autour de moi : je parviens à en identifier quelques-uns, d’autres pas du tout. Il me semble entrevoir une oliveraie, une effraie, une chouette, je ne suis certain de rien. Je perçois également une sorte de rumeur de voix humaines, mais il pourrait aussi tout à fait s’agir du vent. Et un clapotis, comme une marmite d’eau bouillante posée sur le feu. Et d’autres choses également, mais qui ne m’inquiètent pas : au contraire, c’est comme si, d’une certaine façon, elles me tenaient compagnie. Puis je suis effrayé par le seul son que je reconnais clairement : le hurlement d’un chien. Parfois, je l’entends très loin, et d’autres fois tout près : c’est toujours un hurlement long et plaintif, comme un fantôme qui se lamenterait. Cependant, il ne s’agit absolument pas d’un spectre, c’est bien un chien en chair et en os, et c’est justement cela qui m’effraie le plus. Je me mets à trembler de peur et de froid, puis je continue à marcher.

“Tout d’un coup, je me retrouve devant un mur. Il s’agit de la façade d’une maison, ou plutôt de l’extérieur d’une baraque faite de boue, de pierres et de paille. Je la touche à tâtons, jusqu’à trouver une porte en bois. Les bruits et les hurlements du chien ont cessé ; l’obscurité est totale, le silence complet. Je pousse la porte avec les mains, mais elle refuse de s’ouvrir. Je la pousse encore plus fort, et la porte ne cède toujours pas. Je me décourage et m’assois par terre, le dos contre la porte. Je désire de toutes mes forces pénétrer dans cette baraque pour me reposer et me protéger de ce chien, qui se tait cependant qu'il me surveille et rôde autour de moi.

"Et lorsque je m'y attends le moins, la porte s'ouvre brusquement et je tombe sur le dos. L'intérieur de la baraque est éclairé par une lueur toute blanche qui m'aveugle. On entend également un vacarme de mille diables : des cris et des rires, comme si l'on était en train de faire la fête. Je me relève et lorsque mes yeux commencent à s'habituer à la lumière aveuglante, je m'aperçois qu'il y a une foule de gens. Ils rient de façon débridée, grossière ; il y en a même qui se roulent par terre tellement ils rient et tous pointent leur doigt sur moi. C'est alors que je m'aperçois que je suis tout nu et que ces gens sont en train de se moquer. Je mets les mains sur mon sexe, je me sens humilié, sans défense. Bon nombre de ces visages me sont inconnus, mais il y en a également que je connais ; parmi eux, certains sont encore vivants et d'autres morts. J'aperçois l'enfant égorgé de la pension Capell, riant à gorge déployée, au propre comme au figuré. J'aperçois un chef de la FAI qui me soupçonne de haute trahison. On l'appelle le Boiteux de Sant Elies et il rit sous cape, et cela lui fait secouer tout le corps, comme s'il sanglotait. Vous aussi, je vous aperçois, docteur, qui vous moquez de moi tout comme les autres et qui, de plus, me criez des mots que je ne parviens pas à comprendre, à cause du tohu-bohu ambiant. Je ne peux plus résister à cette torture.

"Je sors de la baraque et je ferme la porte à toute volée derrière moi. La rumeur s'éteint à l'instant même et la lumière aveuglante également. Je me retrouve à nouveau tout seul, enveloppé de mille chuchotements, dans cette nuit pleine de murmures. À présent, tout va mieux car, malgré l'absence de la lune, une luminosité extrêmement ténue se répand autour de moi et me permet d'y voir comme dans une claire nuit d'hiver. Comme si elle n'avait jamais existé, la baraque s'est volatilisée avec tous les êtres infâmes qui l'habitaient. Je suis toujours tout nu, de la taille vers le bas, mais le torse couvert d'une veste sortie du néant. Elle est épaisse comme une vareuse de soldat, cependant que le tissu possède un toucher agréable. Je m'y enroule confortablement, car l'air est pénétrant ; malgré le froid qui me saisit les jambes, je me sens plutôt mieux qu'avant de pénétrer dans la baraque. Je ferme les yeux et je respire profondément.

"Je les rouvre au moment où j'entends un grognement qui me signale à nouveau la présence du chien. Il s'est arrêté devant moi : il possède une tête aussi grosse que celle d'un taureau et le pelage blanc, comme couvert de neige. Il me regarde fixement dans les yeux et continue à émettre cette espèce de grognement menaçant et ininterrompu, indiquant qu'il est sur le point de bondir sur moi pour m'attaquer. Il montre ses dents, toutes jaunes et dangereusement aiguisées, entre lesquelles filtre la bave écumante de sa colère.

"J'ai envie de fuir en courant, mais je m'aperçois immédiatement que je n'ai aucune chance d'y parvenir. Au lieu de cela, je m'efforce de soutenir son regard et, très lentement, je commence à retirer ma veste. Le chien m'observe sans cesser de grogner. La manœuvre devient interminable.

"Finalement, il bondit. Il ne bondit pas, non : il vole. Je le vois venir sur moi, immensément, comme si j'étais en train de nager au milieu de la mer et qu'une vague assassine venait m'ensevelir. En cinq sec, je m'enveloppe le bras gauche dans la veste et l'offre à la gueule du chien. Celui-ci l'accepte, plante ses crocs dans le tissu et le déchiquette, le traverse jusqu'à atteindre ma chair. Il serre les mâchoires et mord de plus en plus fort, furieusement, en bavant et en glapissant. Je maintiens mon bras aussi fermement que je le peux, mais les secousses du chien sont sur le point de me l'arracher. Je lève mon autre bras, le poing fermé, et lui décharge un grand coup sec sur la tête. J'entends les grincements de sa boîte crânienne qui se fracture et je vois ses yeux sortir de leur orbite.

“Il desserre les dents, me laisse partir et fait quatre pas de ses pattes à présent flageolantes. Puis il tombe par terre. Lourdement, inerte.

“Je retire la veste, autour de mon bras, et observe le sang qui coule de la morsure. Des blessures superficielles, pensé-je. Je m'approche du chien, qui gît dans mon dos et m'accroupis pour vérifier qu'il est bien mort.

“D'un geste rapide, je retourne le cadavre. Et là, je m'aperçois qu'il a le visage de ma mère.

Iuxta crucem tecum stare
et me tibi sociare
in planctu desidero
Virgo virginum praeclara
mihi iam non sis amara
fac me tecum plangere
Fac ut portem Christi mortem
passionis fac consortem
et plagis recolere
Fac me plagis vulnerari
fac me cruce inebriari
et cruore Filii
Flaminis ne urar succensus,
per te, Virgo, sim defensus
in die judicii

Christe cum sit hinc exire
da per Matrem me venire
ad palmam victoriae.

Sœur Concepció lut et relut les paroles de Jacopone da Todi jusqu'à ce que l'ensemble des lettres commençât à trembler devant ses yeux. Ces dernières se transformaient en petits insectes voletant sur les pages du livre de prières, s'échappaient ensuite à tire-d'aile, comme une bande de petits papillons s'éparpillant dans l'air vicié de la cellule, où leur trajectoire dessinait des volutes imaginaires. Cette transformation la ramenait au pressentiment ou à la sensation qu'elle n'était pas seule dans cette cellule, mais qu'une sorte de présence, qu'elle ne parvenait ni à détecter ni à définir, l'accompagnait et se manifestait à travers un son pratiquement imperceptible, mais bien réel : elle la sentait de temps à autre, au sein de l'énorme solitude de sa petite cellule.

Était-elle en train de devenir folle ? Perdait-elle la tête ou était-on réellement en train de l'obliger à expier quelque faute ? Tout cela était-il un tourment comparable à celui qu'avait souffert sainte Eulalie ? Sainte Eulalie avec ses treize oies, qui paissaient dans le Désert de Sarrià... Ce qui l'avait angoissée le plus, c'était le sang, cette hémorragie entre les jambes qui avait duré tant de jours et qui lui donnait froid, mal au ventre et une tristesse honteuse et diffuse. Avec son amabilité coutumière, sœur Encarnació lui avait expliqué que c'était le prix que devaient payer les femmes pour le péché originel. Elle lui parla d'Ève – la première mère de l'humanité –, de la fourberie qui avait conduit Adam à agir contre les désirs de Dieu. Elle lui parla de la colère du Seigneur, de l'expulsion du Paradis et de la juste nécessité que chaque descendante d'Ève donnât son sang pour laver cette offense. Elle lui expliqua comment il fallait poser et laver les compresses à utiliser les jours de chaque mois où le sang se mettait à couler. Et finalement, elle la prit dans ses bras et voulut la consoler en lui disant que, certainement à cause de leur condition de femme, elles étaient petites, sales et pécheresses de nature, mais qu'elles n'avaient cependant rien à craindre, car leur mari ne se trouvait pas sur terre, mais plutôt au ciel, et que cela les rachetait et leur permettait de prier pour la rédemption du reste de l'humanité.

Mais cette consolation avait semblé très insuffisante à sœur Concepció. Elle imaginait le chemin du Paradis menant au verger dans lequel la Bible affirme que le monde a commencé. À quoi pouvait-il bien ressembler ? Si elle en avait eu l'occasion, si elle avait pu choisir un lieu et une époque pour voyager dans le temps, elle aurait demandé d'aller au Paradis pour prévenir Adam et Ève contre toutes les tentations du serpent. Ainsi, il n'y aurait jamais eu de péché originel et les femmes n'auraient pas eu à saigner pour l'expier. Elle aurait aidé Adam et Ève à nommer les choses et les animaux, comme le lui avait rappelé l'évêque Perugorría, le jour où il lui avait commandé le *Stabat Mater*. Et elle aurait pu par exemple décider de ne pas appeler les oies des oies : si cela avait dépendu d'elle, les oies se seraient appelées des canards, car elles s'accouplaient indifféremment avec les canards et qu'il n'était nul besoin d'utiliser plusieurs mots pour des animaux aussi proches l'un de l'autre. Elle aurait donc réservé le mot "oie" à un autre animal, plus original. Et puis rien ne l'aurait non plus obligée à l'appliquer à un animal : elle aurait pu appeler oie une carotte sauvage, si elle en avait eu envie. Et le mot "carotte" serait resté libre, pour être ainsi attribué à autre chose : les longs doigts de l'évêque auraient pu par exemple être des carottes.

Cette façon de penser l'amusait beaucoup et, tandis qu'elle riait, elle s'aperçut qu'il y avait bien longtemps qu'elle ne le faisait plus, et qu'elle se sentait vraiment mieux lorsqu'elle ne retenait pas son rire. Par ailleurs, celui-ci avait ravivé le souvenir de sa mère qui lui manquait tant, et de son amie Emília dont elle n'avait plus la moindre nouvelle, mais pour qui elle priait souvent, ainsi que pour toute sa famille. Avec Emília, elles riaient beaucoup pendant les cours de l'Orfeó Catalá, lorsque, afin de les amener à maîtriser le sens de la mélodie, le professeur M. Millet leur faisait chanter une comptine dont les paroles étaient :

Plou i fa sol,
les bruixes es pentinen.
Plou i fa sol,
les bruixes fan un ou.*

L'idée que les sorcières puissent pondre des œufs les faisait mourir de rire, elle et son amie Emília. Souvent elles devaient s'arrêter de chanter, car elles ne pouvaient contenir leur hilarité et le professeur M. Millet les grondait. Le cours terminé, les mères les attendaient à la porte du Palau de la Música, et lorsque les deux fillettes sortaient et qu'elles leur chantaient la comptine des sorcières qui pondaient des œufs, elles se mettaient toutes ensemble à rire à gorge déployée. Elle se souvenait d'avoir une fois demandé s'il était exact que les sorcières pondaient des œufs et sa mère lui avait expliqué

* Il pleut et fait soleil, / les sorcières se coiffent. / Il pleut et fait soleil, / les sorcières pondent un œuf.

avec un grand sourire que c'était faux, tout simplement parce que les sorcières n'existaient pas. Que les sorcières, les fantômes, l'*home dels nassos*, les démons qui emmenaient les enfants insupportables plantés sur une fourchette, Maria Engaxa qui les emmenait au bout d'un crochet planté dans le cou, qu'aucune de ces créatures monstrueuses n'existait et que le plus important, dans la vie, était de ne pas avoir peur.

Ne pas avoir peur : ces mots étaient restés gravés dans sa mémoire, comme le sourire de sa mère lorsqu'elle les prononçait. Mais à présent, elle avait précisément très peur. Il était sans doute vrai que les sorcières n'existaient pas, ni l'*home dels nassos* ; en revanche, elle avait personnellement éprouvé l'existence des ténèbres : de fait, le couvent en était rempli. Les ténèbres étaient responsables de la répulsion et de la crainte qu'elle éprouvait à l'idée de devenir folle, de voir sa pensée s'en aller divaguer par-ci par-là sans jamais revenir vers elle. Les ténèbres, les ténèbres envahissaient tout, abolissaient la lumière et dévoraient le monde, faisaient taire la musique et le rire des fillettes. Les ténèbres glissaient sur le visage toujours tendu de la mère supérieure, les ténèbres se blottissaient au fond des yeux toujours plus ou moins larmoyants de Son Excellence l'évêque. Comment n'aurait-elle pas eu peur ? Les ténèbres de la *Mater dolorosa* au pied de la croix ! Sa mère à elle ne devait-elle pas avoir peur également ? Non, sa mère à elle ne pouvait pas avoir peur, justement pas elle. Elle voulait prier, elle avait besoin de prier pour sa mère, qui devait également prier pour elle ; pour Emília, qui se trouvait Dieu sait où ; pour qu'elle-même puisse un jour quitter ce couvent et retrouver sa mère devant la porte, l'embrasser de toutes ses forces et lui chanter la chanson des sorcières et se remettre à rire avec elle, jusqu'à ce que celle-ci lui rappelle que les sorcières n'existent pas, et que ce qui nous attend, lorsque nous mourons, n'est rien d'autre que le Paradis.

Elle se concentra à nouveau sur les paroles du *Stabat Mater*, mais ce fut en vain. Elle était nerveuse et ne parvenait pas à vaincre le sentiment que des animaux fantastiques et des présences étranges la guettaient sans cesse.

On perçut, sur la porte de la cellule, le frôlement des doigts de l'évêque Perugorría, qui retournait en traînant les pieds à ses appartements, après avoir passé plusieurs minutes – une fois de plus – à observer sœur Concepció par le trou de la serrure.

— Votre mère… répéta le médecin, après quelques secondes de silence.

Le commissaire Muñoz promena son regard parmi les clairs-obscurs qui avaient envahi la morgue. Il ne vit que des corps, ou plutôt des morceaux de corps. Ensuite, le visage du Dr Pellicer, qui l'observait comme s'il le voyait pour la première fois.

— Oui, répondit-il. Oui, ma mère… gisant par terre à l'endroit du chien, la tête défoncée d'un seul coup. Mon coup de poing.

Le Dr Pellicer acquiesça.

— Ça, c'est vraiment un mauvais rêve, murmura-t-il, un horrible cauchemar.

— Il se répète chaque fois que je m'endors.

— Toujours de la même façon ?

— Avec de minimes variations.

— Comme, par exemple…

— Parfois, c'est comme si je me réveillais en plein cauchemar. Je veux dire que je suis conscient de rêver, mais je ne peux rien faire pour interrompre le cauchemar et me réveiller enfin. Il se répète dans sa totalité, jusqu'à la fin.

— Jusqu'à ce que vous aperceviez votre mère morte.

— Exactement.

— Y a-t-il quelque chose de particulier que vous pourriez me préciser à propos de votre mère ?

— Oui. Elle s'est suicidée.

Le médecin demeura un instant en silence. Il réfléchit puis demanda :

— Pour une raison connue ?

— Oui, mon père la frappait. Je me souviens des corrections qu'il lui donnait.

— Il la frappait comme un chien ?

— Oui.

— Et elle…

— Un jour, alors que mes sœurs et moi revenions de l'école nous l'avons découverte à la maison, elle était au pied de l'escalier. Elle avait enjambé la rampe et s'était jetée dans le vide. Elle avait réussi à se rompre le cou.

— Et votre père ?

— Il est parti. Il nous a abandonnés. Mais c'est mieux ainsi. Il frappait également mes sœurs. Et moi aussi. Lorsqu'il a pris la poudre d'escampette, cela nous a soulagés. Nous n'avons jamais plus eu de ses nouvelles.

— Et vous et vos sœurs…

— Nous avons atterri dans un orphelinat. Là-bas aussi, nous prenions des coups, mais pas autant. Nous avons plus ou moins veillé les uns sur les autres, et puis nous avons eu l'âge de partir chacun de notre côté. Pour moi, entrer dans la police, c'était satisfaire le seul rêve d'enfance dont je me souvenais. J'avais toujours eu envie de porter un uniforme et un pistolet. Vous voyez bien, docteur, je suis le type même de l'aigri invétéré.

— Ne dites pas ça, commissaire.

— C'est la vérité. Le recteur de la paroisse a refusé d'enterrer ma mère au cimetière, car les suicidés ne peuvent pas recevoir les saints sacrements. Nous avons dû l'abandonner dans un dépôt identique à celui-ci et je suppose qu'un médecin de votre genre l'a découpée en petits morceaux… Au fait : que faites-vous de toute cette boucherie ?… Après avoir établi les causes du décès, je veux dire.

Le médecin pensa à Hadaly. Il avala bruyamment sa salive.

— Bref, je suppose que ça ne me regarde pas, se répondit le commissaire. La science a ses raisons, et la religion, encore davantage. C'est pour cela que je vous ai dit que, moi aussi, j'ai mes raisons de ne pas éprouver grande sympathie pour l'Église. Je vous l'ai déjà dit, je suis un spécimen on ne peut plus classique d'aigri.

Le commissaire Muñoz sourit pour la première fois depuis que la conversation avait commencé. Le Dr Pellicer s'en réjouit en allumant une nouvelle cigarette. Ils demeurèrent un long moment en silence, en présence de l'attention discrète des morts. À la fin, le policier expliqua :

— Je ne peux pas continuer l'enquête du crime de la pension Capell. Je suis surveillé, il y a une taupe au commissariat.

— Vous parlez sérieusement ? fit le médecin sans la moindre ironie.

— C'est Sirga, l'agent qui m'a accompagné le jour où nous nous sommes tous rendus à la pension. C'est une taupe de la FAI.

— Vous en êtes sûr ?

— Il va aux putes, et ce n'est vraiment pas avec son salaire qu'il peut se le permettre. Mais comme il n'est pas malin, il est incapable de dissimuler qu'il gagne du fric ailleurs.

— D'accord, mais cela…

— Vous avez raison, ça ne signifie rien. Mais ça m'a mis la puce à l'oreille.

— Et vos soupçons ?...

— Se sont confirmés. Je l'ai fait suivre et le résultat de la filature s'est révélé très intéressant. Pas seulement à propos de Sirga, mais aussi à propos de nos amis de la pension Capell.

Derrière ses lunettes, le Dr Pellicer écarquilla ses gros yeux de lapin.

— Ce sont des frères maristes, expliqua le commissaire Muñoz. Et ils sont en pourparlers avec la FAI, afin qu'on les laisse fuir l'Espagne pour se rendre en France. L'autre jour, juste avant le bombardement, ils avaient organisé un face-à-face dans un bar du centre-ville. Tous les membres de la pension Capell y ont assisté, y compris le fameux neveu du maire de Palma. Du côté de la FAI, il y avait toute une ribambelle de grosses légumes du Département d'enquêtes. Une authentique bande de fils de pute, tous autant qu'ils sont. Ensuite, Manuel Escorza – on l'appelle le Boiteux de Sant Elies – s'est joint à eux, c'est la plus grosse légume et largement le plus fils de pute de tous.

— Voilà donc l'homme qui hante vos cauchemars.

— L'un d'entre eux, oui. Je dois encore préciser qu'Escorza s'est présenté à la réunion en compagnie de Sirga.

— Je comprends.

— Ce n'est pas fini : en gage de la bonne foi des maristes, ils ont retenu un otage qui n'est autre que le jeune Majorquin. Sirga et un des acolytes l'ont arrêté et séquestré.

— Où ça ?

— Je n'en sais rien. Mon agent les a vus sortir du bar, mais le bombardement a repris de plus belle et il n'a pas réussi à les suivre jusqu'au bout.

Le Dr Pellicer pensa que, pendant que les bombes pleuvaient sur Barcelone, Hadaly trottait avec grâce dans la grotte sous la maison du juge Carbonissa. Ensuite, ils avaient commis le péché d'orgueil de le laisser sortir dans la rue, où avait eu lieu l'incident de l'église de Betlem.

— Quoi qu'il en soit, poursuivit le commissaire, il est évident que Sirga a déjà prévenu Escorza, ou Aureli Fernández, ou n'importe lequel de ces connards, que j'ai fermé les yeux sur les maristes. Et que, par conséquent, mon nom figure à présent sur la liste noire des donneurs d'asile et des traîtres. Je ne peux donc pas continuer mon enquête.

— Et cela vous provoque des cauchemars et vous empêche de dormir ? observa le médecin.

— Non, répondit le commissaire. Ce qui m'empêche de dormir, c'est l'idée que Sirga et trois ou quatre autres individus me poussent dans une voiture, les yeux bandés, et qu'on me retrouve le lendemain sur la route de l'Arrabassada, avec un tir de pistolet dans le dos et une balle dans la tête. Je reconnais que cette idée m'inquiète un peu. Je suis désolé, j'aurais aimé apprendre plus de choses sur votre vampire, mais l'occasion est bien mal choisie.

Le Dr Pellicer esquissa un demi-sourire triste. Il comprenait le trouble du policier, mais il aurait préféré que celui-ci ne se moquât pas de lui.

— Personnellement, reprit le commissaire Muñoz, j'ai tendance à penser que frère Gendrau a été liquidé par la FAI. Juste pour faire comprendre aux maristes que la négociation avait vraiment commencé, vous voyez ce que je veux dire ? La mort du gamin n'était qu'un petit pourboire ; ces gens-là sont très généreux. J'espère qu'au moins ce n'est pas Sirga qui a fait ça.

Le Dr Pellicer écrasa le bout de sa cigarette avec sa chaussure. Il appréciait la franchise dont le commissaire avait fait preuve envers lui et considéra qu'il devait y répondre à son tour.

— Commissaire, commença-t-il, le seul effet positif de la guerre est de faire remonter en surface tout ce qui circulait en cachette par-dessous. Le bien comme le mal.

— Que voulez-vous que je vous dise ?... répondit évasivement le policier.

— J'imagine, poursuivit le médecin, que vous n'avez pas su qu'on a trouvé un homme mort dans l'église de Betlem, après le bombardement. On dit que ce ne sont pas les bombes qui l'ont tué, mais un cheval qui est entré dans le temple, sans que personne ne sache d'où il venait.

Pour toute réponse, le commissaire Muñoz fronça les sourcils.

Sœur Concepció entendit des cris qui arrivaient jusqu'à elle quelque peu étouffés, mais pleins d'un désespoir si évident et si différent qu'ils lui donnèrent la chair de poule. Au début, elle demeura immobile au milieu de sa cellule, bras croisés sur la poitrine ; mais ensuite elle perçut les bruits d'une course dans le couloir et décida, bien que ce fût interdit, d'aller voir ce qui se passait sans demander la permission. Elle entrouvrit la porte et aperçut la silhouette svelte de sœur Anunciació de dos, remontant son habit avec ses deux mains, pour courir de façon plus aisée. Comme possédée, elle montait quatre à quatre les marches menant au réfectoire d'où semblaient venir les cris.

Sans réfléchir, sœur Concepció la suivit. Tandis qu'elle gravissait l'escalier, elle aperçut d'autres bonnes sœurs qui empruntaient le couloir du réfectoire pour se diriger vers la sortie donnant sur le potager : c'est de là que venait en réalité le remue-ménage. La voix qui criait était-elle celle d'une bonne sœur ? Elle ne pouvait pas en être sûre, car elle hurlait de telle façon qu'il était impossible de l'identifier. Que s'était-il donc passé ? Elle sentait que son cœur s'accélérait davantage à chaque instant et curieusement les battements s'étaient un peu calmés au moment où elle était sortie dans le potager et s'était aperçue que c'était déjà le matin et que le soleil commençait à pointer : recluse dans sa cellule, elle en était venue à perdre la notion du temps et à ne plus savoir si c'était le jour ou la nuit. Elle fut satisfaite de constater qu'en fait ce n'était vraiment ni l'un ni l'autre, car la nuit arrivait à son terme et le jour n'avait pas encore fini de se lever. L'air frais – mais pas trop – lui faisait un effet vivifiant. Elle s'arrêta un instant pour inspirer à fond et, en le faisant, sentit également, diluée dans l'air, la fraîcheur de l'eau du puits. Toute la mortification dont elle souffrait devant les vers du *Stabat Mater* fut balayée pendant quelques secondes par cette bouffée d'air bénéfique grâce à laquelle elle avait l'impression de revivre. Mais tout à coup, un autre cri désespéré déchira l'atmosphère de cette matinée :

— Ils sont morts ! Ils sont morts !

Elle comprit enfin ce que disait la voix. En l'entendant, elle fut toute retournée. Qui était mort ? Elle se précipita vers le palmier et, dans la pénombre du petit matin, aperçut un groupe de bonnes sœurs rassemblées en cercle devant la porcherie. Elle s'approcha et remarqua que les cris étaient de plus en plus rauques et irréguliers, comme si la personne qui les proférait était en train de perdre la voix. À quelques pas du cercle, elle reconnut soudain sœur Anunciació, les rondelettes sœurs Benedicció, Dormició et Visitació, les centenaires

Ascensió et Presentació, et encore d'autres bonnes sœurs qui levaient les bras au ciel et faisaient toutes sortes de simagrées et de gestes d'épouvante. Il y avait également la mère supérieure, qui se tenait aussi raide que si elle avait été sculptée dans le marbre, et un peu plus loin l'évêque Perugorría, au visage également impénétrable, plongé dans des pensées extrêmement lointaines. Ils ressemblaient à deux gargouilles et, à la vue de cette ressemblance, le cœur de sœur Concepció se serra davantage.

Mais elle fut surtout étonnée de voir que c'était sœur Encarnació qui poussait de tels cris. Elle était plantée au milieu du cercle, visage défait, mains crispées, yeux démesurément écarquillés, comme si elle s'était littéralement retrouvée devant un monstre. Elle était en transe et faisait des gestes vaguement menaçants, que les sœurs tentaient d'apaiser en brandissant chapelets et crucifix devant le visage de la malheureuse.

— Ils sont morts ! Ils sont morts ! répétait-elle sans arrêt, avec la voix complètement cassée par moments.

— Elle est possédée ! caquetait sœur Benedicció en faisant tressauter les bourrelets de son corps rebondi.

— Le diable s'est emparé de son corps ! glapissait avec une voix de crécelle une nonnette menue qui s'appelait sœur Illuminació.

— Le diable, le diable ! entendait-on crier partout dans le cercle, tandis que les crucifix montaient et descendaient dans une danse démentielle.

— Mooorts ! Moorts ! trompetait sœur Encarnació, complètement folle, pointant ses doigts noueux en direction de la porcherie.

La novice avait reculé de quelques pas et se maintenait à bonne distance de ce vacarme. Elle se dit que ce qui arrivait à sœur Encarnació n'avait rien à voir avec une possession diabolique, mais qu'il s'agissait plutôt d'une crise de nerfs comme celle qu'avait eue une fois sa tante Enriqueta, une des sœurs de son père, un jour qu'ils s'étaient disputés dans le salon à propos de l'héritage de ses grands-parents. Cette fois-là, sa tante en était venue à se griffer le visage avec ses ongles et à jeter une théière en porcelaine par terre, qui s'était brisée en mille morceaux. Comparée au souvenir de sa tante, sœur Encarnació lui semblait moins terrible, ou pas autant que le reste de la communauté, qui était en proie à une hystérie des plus redoutables. Elle tourna à nouveau son regard vers la mère supérieure qui continuait à être toujours aussi hiératique, absente, comme si elle se trouvait à une distance cosmique et que sœur Concepció ne pouvait l'apercevoir qu'à travers un télescope. De son côté, Son Excellence l'évêque observait la novice avec son regard qui semblait toujours être sur le point de précéder une terrible catastrophe. Apeurée et déconcertée, sœur Concepció baissa la tête sans bien savoir où se tourner.

— Le diable, le diable! vociféraient les bonnes sœurs de tous âges et de toutes tailles, dominées par leur frénésie.

— Mooorts! s'obstinait à hurler sœur Encarnació de façon fantasmagorique.

Sœur Concepció prit son courage à deux mains et décida d'aller jeter un coup d'œil dans la porcherie. Elle s'en approcha avec précaution, arriva à pas menus jusque devant la porte et y entra comme s'il s'agissait de la chambre d'un malade. Elle regarda d'abord les mangeoires et vit juste la nourriture que se chargeait d'apporter chaque matin, avant la prière, sœur Encarnació aux deux porcs que Manuel Escorza avait fait livrer au couvent, en vue de les tuer l'hiver suivant. C'est Sirga qui devait se charger d'abattre les animaux. Ensuite, les bonnes sœurs s'occuperaient de débiter la viande et de préparer la charcuterie. Sœur Concepció ne s'était jamais sali les mains lors d'une de ces tueries, mais sœur Encarnació lui avait déjà dit que, le jour venu, elle lui montrerait comment il fallait couper, hacher, mélanger, remplir et coudre.

Elle pénétra dans la porcherie avec précaution, car la lumière ténue du petit matin n'était pas encore assez forte pour illuminer correctement l'endroit, dont le sol était en plus très glissant à cause de la paille et des excréments dont il était recouvert. Elle fut étonnée de ne pas percevoir le moindre bruit ni la moindre agitation : les porcs observaient un silence inhabituel. En revanche, on entendait le tohu-bohu des religieuses, à l'extérieur, qui continuaient à s'agiter autour de sœur Encarnació.

La novice habitua sa vue à la pénombre et découvrit ainsi que la paille et les excréments n'étaient pas les seules matières répandues sur le sol de la porcherie. On pouvait aussi voir, de tous côtés, des flaques plus sombres et visqueuses formées par la crasse et le sang. Les murs également étaient pleins d'éclaboussures qui dégoulinaient, en formant des dessins ressemblant à une espèce de calligraphie macabre.

Lorsqu'elle les aperçut enfin, un grand frisson parcourut tout son corps. Les deux porcs étaient couchés sur leur litière, complètement démembrés et les yeux vitreux. Ils étaient morts, ainsi que sœur Encarnació ne cessait de le répéter avec le filet de voix qui lui restait, et ils avaient tous les deux le cou et le ventre déchiquetés, comme s'ils avaient été victimes de l'attaque de quelque animal sauvage capable de franchir les cinq mètres de hauteur des murs d'enceinte du couvent et de s'introduire à l'intérieur afin d'étancher sa soif et d'assouvir sa faim.

— Eh. Eh.

— Mmm ?

— Réveille-toi. Ouvre les yeux. Eh.

— Mmm ? Où ?…

— Je suis là. Ouvre les yeux.

— Où… suis-je ?…

— En prison. Dépêche-toi, moinillon. J'ai une bonne nouvelle pour toi.

Frère Pau Darder s'essuya les yeux et les ouvrit enfin. La première chose qu'il vit fut le visage de rat de Sirga, qui était assis sur la paillasse, à côté de lui. Il aperçut le pot de chambre dans un angle de la cellule, près du bout de cierge accroché au mur. Ensuite, en face de lui, la fenêtre avec les barreaux. Ensuite, le récipient des pois chiches et celui de l'eau, vides. Il avait dormi sans rêver, et se réveiller dans cette tanière, avec le visage repoussant de Sirga si près du sien, le fit se sentir le plus malheureux des hommes.

— J'ai faim. J'ai soif, dit-il dans un murmure, comme un malade qui revient à lui. Cela fit sourire Sirga.

— Je suis désolé, moinillon, j'ai bien peur d'avoir oublié de t'apporter le goûter. J'espère que tu dors confortablement, au moins. Tu ne peux pas te plaindre de ton lit, n'est-ce pas ?

Frère Darder serra la médaille de saint Michel qu'il tenait dans sa main droite.

— Ainsi, tu es venu juste pour te moquer de moi, soupira-t-il en se redressant sur sa paillasse.

— Non, répondit Sirga. Je t'ai déjà dit que je t'apporte une nouvelle qui va te faire plaisir. Ton oncle, le maire de Palma, est mort.

Il sentit que son corps se raidissait. Il entendit une voix qui disait dans sa tête : “Emili sera la honte de la famille.”

— Il a été fusillé, ajouta Sirga. Ce sont les fascistes, c'est-à-dire les tiens, qui ont fait ça. Mes compliments, moinillon.

Sans un mot de plus, il se leva de la paillasse, marcha jusqu'à la porte de fer, l'ouvrit et la referma derrière lui à toute volée. Le bruit résonna dans le vide de la cellule.

— Attendez, cria frère Darder, mais Sirga ne l'entendait déjà plus. Personne ne l'entendait.

Il se leva et commença à marcher de long en large et de plus en plus vite. Il tentait de se souvenir de son oncle et la seule chose qui lui venait à l'esprit était une étrange silhouette semblant modelée dans du gel, translucide et changeante, incolore, inodore et muette. La silhouette de l'oncle Emili, mort. Assassiné, comme frère Pere Gendrau. Ses deux pères : l'un mort pour un parti, l'autre pour le parti adverse. Et son père légitime, don Gabriel, mort voilà des années non pas à cause de la guerre, mais plutôt de l'existence elle-même. Des pions effacés de l'échiquier, pièces inutiles dans le jeu que Dieu, le Père tout-puissant, tenait entre ses mains.

Et sa mère ? Était-elle encore de ce monde ? Oui, c'était tout à fait possible : finalement, au milieu de la pagaille généralisée, les gens simples ont plus de chances de survivre, car ils s'adaptent mieux aux âneries et aux choses insensées. "Si Dieu trouve cela convenable…", l'entendait-il lui murmurer à l'oreille, par intermittence.

Et frère Darder devait bien admettre qu'il aurait donné n'importe quoi pour entendre à nouveau, de la bouche de sa mère, les mots de résignation presque animale qui jadis lui avaient tant plu. Oui, il aurait donné tout ce qu'il avait pour se retrouver aux côtés de sa mère, pour la prendre dans ses bras et lui dire que lui aussi était vivant, qu'il la protégerait et ne souffrirait pas qu'on lui fît le moindre mal. Que c'était à présent un homme capable de prendre ses responsabilités et qu'il n'était plus nécessaire qu'un quelconque tuteur veillât sur lui et son avenir. Que c'était lui qui était enfin responsable de lui-même et de sa mère, et qu'il se montrerait ferme dans sa détermination, même si le monde continuait à s'effondrer autour de lui jusqu'à ne plus être qu'un paysage aussi indifférent qu'anonyme, composé de décombres et de gravats. "Si Dieu trouve cela convenable…" pépierait sa mère, en faisant le gros dos, avec sa voilette toujours vacillante.

Et frère Darder n'aurait su que lui répondre, car il avait largement compris que l'avis de Dieu n'avait pas plus d'importance que la malheureuse dépouille d'un rat, volée par un autre rat pour ne pas avoir à la partager.

Il regarda par la fenêtre et observa les détritus entassés en bas dans la rue. Il avait faim et soif. Il lui fallait sortir de là.

— Suivez-moi, nous pouvons y aller. Don Aureli vous attend dans son bureau.

La secrétaire, une jeune femme au visage rougeaud, qui devait avoir à peine vingt-cinq ans, sourit à frère Lacunza, puis à frère Plana, ainsi qu'à l'émissaire Émile Aragou, qui portait par-dessus sa soutane une sacoche de cuir brun qu'il protégeait de ses deux mains. Les trois religieux se levèrent de leur chaise et suivirent la secrétaire le long d'un couloir du siège du Département d'enquêtes et des Patrouilles de surveillance de la Generalitat de Catalunya. La jeune femme marchait en trottinant d'un pas léger, comme si elle avait été une danseuse. Ils arrivèrent devant la porte du bureau et la secrétaire diligente frappa et l'ouvrit tout doucement.

— Bonjour et bienvenue, messieurs, s'exclama énergiquement Aureli Fernández, tout en se dirigeant vers les trois maristes pour leur serrer jovialement la main.

— C'est un plaisir de vous revoir, ajouta d'un ton moqueur une autre voix, depuis le fond du bureau.

Tous trois la reconnurent immédiatement : c'était la voix de Gil Portela, qui était en train de fumer un cigare en se prélassant dans un fauteuil de velours beige.

— Je suis désolé de ne pouvoir en dire autant, répondit sur un ton de défi frère Lacunza.

Gil Portela se contenta de le toiser de haut en bas, comme s'il estimait sa taille. Aureli Fernández trouva opportun d'intervenir :

— Ne vous inquiétez pas, dit-il en saisissant frère Lacunza par les épaules, sur un ton conciliateur. Je sais que vous avez eu un… petit différend désagréable à la réunion du Tostadero, mais à présent tout ira bien.

— C'est que nos frères sont très efficaces, coupa Gil Portela avec une certaine indifférence.

— Moi, je n'aurais pas décrit ce qui s'est passé là-bas comme un simple différend, répondit frère Lacunza, sans s'occuper de Gil Portela. Et sans attendre, il lâcha : Vous avez des nouvelles de frère Darder ?

Aureli Fernández et Gil Portela échangèrent un rapide clin d'œil complice.

— Il est en lieu sûr, sain et sauf, répliqua Aureli Fernández, apparemment impassible. Nous allons parler de tout cela, tout de suite… Suivez-moi, je vous prie.

Il indiqua un canapé recouvert du même velours que le fauteuil. Frère Lacunza se dit que les locaux avaient été meublés avec autant de luxe que de mauvais goût ; mais qu'en revanche Aureli Fernández (don Aureli, comme l'appelait sa secrétaire) était un homme d'un naturel agréable, dégageant une cordialité apparemment sincère. Il était bien habillé, il avait le sourire facile et aimable, et chacun de ses gestes montrait un caractère décidé qui rassurait et donnait confiance. Il attendit que les trois frères maristes se fussent installés dans le canapé avant de s'asseoir lui-même dans un fauteuil de cuir, se trouvant derrière une table de travail extrêmement grande. Frère Lacunza observa également les deux drapeaux plantés l'un à côté de l'autre, à gauche de don Aureli : les quatre bandes rouges sur fond jaune de la Catalogne et le drapeau rouge et noir. Aureli Fernández tambourina du bout des doigts sur le plateau de la table et commença :

— Il me semble que nous pourrions nous passer de tout préambule. MM. Escorza et Ordaz m'ont déjà décrit la réunion du Tostadero et tout ce que vous y avez négocié.

Il tentait de minimiser le rôle de Manuel Escorza et d'apparaître comme le plus haut gradé avec qui les maristes pouvaient traiter. Gil Portela lui adressa un regard de réprobation mêlé de compassion. Pendant ce temps, frère Plana se dandinait, inquiet, sur le sofa et l'émissaire Aragou s'accrochait à sa sacoche de cuir marron, comme s'il s'agissait d'une bouée, en pleine mer, après un naufrage. Quant à lui, frère Lacunza s'efforçait de ne pas laisser échapper le moindre détail.

— Je suis heureux de vous annoncer, poursuivit Aureli Fernández, que le Département d'enquêtes de la FAI m'a fait parvenir, il y a deux ou trois jours, l'acceptation de votre proposition.

Il sourit à nouveau et écarta les bras, comme un magicien qui viendrait de sortir un lapin de son chapeau.

— Excellente nouvelle, se contenta de murmurer à son tour frère Lacunza.

— Oh, ne me remerciez pas, répondit Aureli Fernández en penchant légèrement la tête. Cette négociation est très intéressante pour les deux parties, vous comprenez…

— C'est sûr, compléta Gil Portela installé dans son fauteuil et dégageant de la fumée de tous côtés. Elle est surtout intéressante pour vous, mes frères. Le voyage du Français s'est bien passé ? Il vaut mieux qu'il soit revenu avec le fric, ne pensez pas que ça a été facile de le faire passer par La Jonquière sans qu'il se fasse choper…

C'était vrai. Si en règle que fussent tous les papiers, il était difficile pour les Patrouilles de surveillance de comprendre qu'un curé possédât un laissez-passer pour aller en France ; elles se disaient qu'il s'agissait d'un faux. Gil Portela avait dû surveiller les moindres mouvements de l'émissaire Aragou pour éviter qu'on l'exécutât en quelque poste de contrôle.

— Modérons notre ton, s'il vous plaît, fit remarquer Aureli Fernández à Gil Portela qui semblait satisfait de la situation. Si vous le voulez bien, messieurs, tentons d'examiner tous les détails. La somme convenue est de deux cent mille francs français. Êtes-vous en mesure de la verser ?

Tous les yeux se tournèrent vers l'émissaire Aragou, lequel, assis à une extrémité du canapé, se faisait par moments tout petit.

— L'… l'argent est… ici, bredouilla-t-il tout en soulevant la sacoche de cuir marron de ses mains tremblantes. Tout l'argent.

— Vérifions, s'exclama Gil Portela en quittant son siège et en tendant ses bras pour saisir la sacoche.

— Pas encore, intervint frère Lacunza, tandis qu'il saisissait la poignée de la sacoche. Avant, nous aimerions que vous nous remettiez l'otage. Où se trouve frère Darder ?

— Je crois que vous n'avez pas très bien compris comment tout ça fonctionne, mes frères, siffla Gil Portela hors de lui.

— Si vous avez l'intention de nous menacer avec votre pistolet, je vous préviens tout de suite, cela ne nous impressionne plus. Nous y sommes tout à fait habitués, lança avec témérité frère Lacunza.

Gil Portela retira le cigare de sa bouche et pencha son corps en avant :

— Vos histoires commencent à me fatiguer, les gars.

— Ça suffit, demanda Aureli Fernández tandis que Gil Portela était allé se rasseoir à contrecœur. Frère Darder vous rejoindra le jour de l'évacuation. Sain et sauf, comme je l'ai déjà dit. Mais ce sera le jour de votre départ, pas avant. À présent vous devez nous remettre l'argent. S'il vous plaît, monsieur…

— Aragou, compléta l'intéressé.

— C'est cela : monsieur Aragou. S'il vous plaît, faites-moi le plaisir de tendre la sacoche à M. Gil Portela, afin qu'il puisse en vérifier le contenu.

— Ne vous précipitez pas, messieurs, intervint frère Lacunza. La moitié maintenant, et l'autre moitié le jour de l'évacuation. Si l'on ne nous remet pas l'otage, il n'y a aucune raison de payer l'intégralité de la somme tout de suite.

Aureli Fernández se raidit derrière son bureau. Frère Plana était livide. Gil Portela fit un geste de dédain avec la main.

— Deux tiers à présent et le reste le jour du départ, répondit finalement Aureli Fernández, en tentant de maintenir une position ferme.

— Moitié, moitié, insista frère Lacunza.

— Je vous conseillerais de ne pas vous braquer de cette façon, mes frères, indiqua Gil Portela en feignant une certaine indifférence. Sincèrement, vous avez bien plus à y perdre que nous.

L'émissaire Aragou s'accrochait à sa sacoche de cuir marron comme un enfant à son jouet. Frère Plana prit frère Lacunza par le bras, en le suppliant de céder.

— M. Gil Portela a raison, affirma Aureli Fernández. C'est vous qui allez y perdre le plus.

Frère Lacunza regarda ses deux comparses et lut la peur dans les yeux de l'émissaire Aragou et l'angoisse dans ceux de frère Plana.

— D'accord, deux tiers maintenant, lâcha-t-il.

— C'est vraiment préférable, dit Aureli Fernández soulagé. La sacoche, s'il vous plaît.

— Un moment, interrompit à nouveau le mariste. Frère Aragou, ouvrez la sacoche et faites vous-même le partage, s'il vous plaît.

— Mais qu'est-ce que ça veut dire ? s'impatienta Aureli Fernández.

Gil Portela souffla, comme s'il se désintéressait de toutes ces tractations.

— Faites-le, frère Aragou, insista frère Lacunza.

L'émissaire Aragou ouvrit les boucles et la fermeture Éclair. Il enfonça sa main dans la sacoche et commença à en tirer des liasses de billets, attachées avec des élastiques. Il se lécha l'extrémité du pouce et de l'index pour compter les billets avec l'habileté d'un banquier professionnel. Pris par sa tâche, il ne leva pas la tête un seul instant, tandis qu'il comptait. Lorsqu'il eut fini, il réserva une partie des billets et replaça les autres dans la sacoche qu'il tendit à frère Lacunza. Celui-ci se leva et remit la sacoche de cuir marron à Gil Portela qui la saisit des deux mains sans détourner son regard du visage figé du mariste.

— Vérifiez donc que le compte y est, si vous voulez, dit frère Lacunza.

— Ce ne sera pas nécessaire, répondit Aureli Fernández. Et retournez vous asseoir s'il vous plaît.

Frère Lacunza obéit. Une fois assis, il se tourna vers l'émissaire Aragou :

— Quelque chose à rajouter à propos de l'argent, mon frère ?

— Eh bien, fit l'émissaire, absolument affolé, il reste la question des formalités bancaires…

— Ne vous inquiétez pas pour cela, expliqua Aureli Fernández ; puis il s'adressa à Gil Portela : Occupe-toi d'appeler les services du conseiller et qu'ils fassent les démarches le plus rapidement possible, d'accord ?

— Je demande à parler à Tarradellas ?

Aureli Fernández parut embarrassé.

— Non, mon vieux, non. Le conseiller, c'est moi qui m'en occupe, mentit-il car son seul interlocuteur était Escorza. Au contraire, ne mentionne absolument pas son nom, compris ?

— Compris, monsieur le secrétaire général, compris, se moqua Gil Portela tout en attrapant la sacoche et en faisant mine de quitter le bureau ; mais avant, il s'adressa aux maristes : Vous voyez, mes frères, tout va aller comme sur des roulettes.

Il claqua la porte en sortant et laissa flotter derrière lui un reste de fumée tout effilochée. Aureli Fernández ressortit son sourire le plus réconfortant :

— Je vous prie d'excuser ses manières. Le camarade Gil Portela est un peu brusque, mais c'est un bon camarade.

— Nous n'en doutons pas, soupira frère Lacunza qui commençait à prendre de l'assurance. Puis-je vous demander de quelle façon vous pensez organiser l'évacuation ?

Aureli Fernández recommença à tambouriner du bout des doigts sur la table, en suivant un rythme qu'il avait dans la tête.

— Ça, ce n'est pas mon travail, dit-il. C'est le Département d'enquêtes qui prend en charge toute la logistique. Nous avons surtout besoin de savoir combien vous allez définitivement être, afin de calculer le nombre de camions dont nous aurons besoin, les réserves d'eau et de nourriture nécessaires, *et cetera*…

— Nous avons fait circuler une liste afin que nos frères puissent décider s'ils se joignent ou pas à l'évacuation. Ce n'est pas facile, car la communauté est très dispersée et nous n'avons pas les moyens d'atteindre certaines personnes. Mais, de toute façon, d'ici à deux jours, nous arrêterons la liste définitive et nous vous transmettrons le nombre exact.

— Excellent. De notre côté, nous travaillerons à la détermination du chemin le plus rapide et le plus sûr pour traverser La Jonquière, en accord avec les informations que nous recevrons du front.

— À quel moment les élèves et les séminaristes pourront-ils quitter la Casa de les Avellanes ? demanda l'émissaire Aragou qui avait plus ou moins repris ses esprits. Ils sont dans une situation très difficile.

— Dès que nous aurons résolu le problème des formalités bancaires, je pense d'ici trois à quatre jours. En attendant, le camarade Gil Portela s'occupera des permis de sortie par voie urgente.

Un silence morose envahit le bureau, comme si les quatre maristes s'étaient retranchés dans leurs pensées. Le mouvement des pieds de frère Lacunza dénonçait une impatience qu'il ne parvenait pas à contenir et l'émissaire Aragou avait fixé son regard sur le drapeau anarchiste. Frère Plana continuait à ne pas ouvrir la bouche et pâlissait par moments. Finalement, Aureli Fernández frappa dans ses mains pour indiquer que la réunion était terminée :

— Très bien, messieurs, il me semble que nous n'avons plus rien à nous dire, pour l'instant ?… Restons en contact ces prochains jours et nous nous efforcerons de faire le plus rapidement possible, dit-il.

Puis il fit une pause, fixa son regard sur celui de frère Lacunza et ajouta :

— Ne craignez rien. Je vous assure que tout va bien se passer. Vous avez ma parole.

29 septembre 1936

Ordre de Manuel Escorza du Département d'enquêtes CNT-FAI.

La mission était de faire une perquisition et des arrestations au numéro 225 de la rue Valencia, à la suite d'une dénonciation affirmant que quelques carlistes s'y cachaient.

Nous avons arrêté le propriétaire de la maison : l'avocat Joaquín de Bruguera de Sarriera, 52 ans. Nous avons également arrêté les autres personnes qui étaient cachées dans la maison : Roberto Llanza de Bruguera, 17 ans, l'avocat Jose Benito de Alas de Mateo, 52 ans, l'avocat Francisco Javier de Alas, 55 ans, qui était le marquis de Dou. Ce dernier avait déjà été pris en filature par nos patrouilles depuis qu'il s'était échappé de sa maison aux numéros 29 et 31 de la rue Baja de San Pedro, déjà réquisitionnée depuis le mois de juillet dernier.

Je donne l'ordre d'effectuer un voyage au cimetière de Moncada avec sept détenus de la caserne de San Elias, au retour nous conduirons quatre d'entre eux à l'usine de ciment.

Manuel Escorza relut l'ordre d'arrestation et de perquisition, rédigé de sa main, et se disposa à y apposer sa signature. À cet instant, quelqu'un frappa à la porte de son bureau.

— Entrez, dit-il discrètement.

La porte s'ouvrit et Sirga apparut, son visage, qui semblait picoré par les oiseaux, décomposé :

— Je suis désolé, camarade Escorza. Il se mit au garde-à-vous. Nous avons eu un message du couvent. De la part de la mère supérieure.

— Allons, donc! soupira Manuel Escorza en posant son stylo sur le bureau. Quelle mouche a encore piqué ma petite sœur!

— Un événement étrange a eu lieu au couvent. La mère supérieure demande un rendez-vous avec toi, camarade.

— Encore? Mais que s'est-il passé?

— Il s'agit des porcs, camarade Escorza, des deux porcs que tu as fait livrer au couvent. On les a retrouvés morts ce matin. Apparemment, ils auraient été attaqués par une sorte d'animal. Un fauve, semble-t-il.

Les yeux de Manuel Escorza s'assombrirent.

— Tout cela n'a aucun sens, Sirga!

— C'est ce que j'ai également pensé, camarade, mais la mère supérieure prétend qu'ils ont été tués à coups de dents. On les a retrouvés morts à l'intérieur de la porcherie, complètement saignés, avec des blessures au cou et à la tête.

— Et l'évêque?

— J'ai posé la question. Il est sain et sauf, camarade.

Manuel Escorza soupira.

— Il est indispensable de renforcer la vigilance pour assurer la sécurité de l'évêque. Ce sont des ordres qui viennent de tout en haut. Ils veulent l'échanger contre une grosse légume de la République, et s'il lui arrivait quelque chose, je ne donnerais vraiment pas cher de notre peau.

— Oui, camarade. Je n'oublie pas.

Escorza eut l'air soucieux. Son attitude donnait le sentiment que penser représentait un énorme effort, pour lui. Finalement, il lança, comme s'il parlait pour lui-même :

— Il est impossible que quelqu'un soit entré au couvent, c'est une vraie place forte. Ce ne peut être que quelqu'un de l'intérieur. Et j'ai ma petite idée.

— Bravo, camarade Escorza, se réjouit Sirga, toujours aussi lèche-cul.

— Dis à la mère supérieure que j'irai lui rendre visite ce soir. À présent j'ai trop de travail. Tiens, ajouta-t-il en tendant l'ordre d'arrestation à Sirga, remets ça à Aureli Fernández pour qu'il donne suite immédiatement.

Sœur Concepció pensait avoir trouvé une méthode de composition pour au moins lui permettre d'entreprendre le début de son *Stabat Mater*. La commande de l'évêque Perugorría était devenue une obsession chez elle, un poids trop lourd qui finirait par écraser son corps et son esprit et la mortifierait comme un cilice. Et tout avait empiré depuis qu'on avait trouvé les deux porcs morts et que la mère supérieure l'avait punie pour être sortie de sa cellule sans demander la permission. À présent, elle n'avait plus le droit de mettre le nez dehors jusqu'à nouvel ordre et les bonnes sœurs n'avaient pas non plus l'autorisation de lui rendre visite ni même de lui parler. Elles se contentaient de la prévenir en frappant deux coups, lorsqu'elles laissaient sa nourriture devant sa porte, sans plus. Voilà un jour et demi que cela durait et cette réclusion totale, en compagnie des quelques petites rumeurs qui lui parvenaient de temps à autre, ne faisait qu'accroître l'angoisse causée par la commande qu'on lui avait faite. Elle pensait souvent à sainte Eulalie en train de faire paître ses oies parmi les arbres du Désert de Sarrià, qui étaient d'abord des cyprès, mais qu'un ange avait changés en palmiers, pour bien montrer que cette jeune fille avait été l'élue du Ciel. Élue juste pour subir des tourments.

Plus elle tentait de se concentrer ardemment sur son travail et plus elle se sentait perdue. Si bien qu'elle finit par se dire que peut-être le hasard pourrait l'aider à trouver ne serait-ce qu'un commencement à sa composition. Elle étudiait la possibilité d'écrire son *Stabat Mater* en *do* mineur en se basant sur la *Sonate au clair de lune* de Beethoven, mais elle était consciente qu'il s'agissait d'un choix plutôt étrange qui la satisfaisait et la faisait douter en même temps. Elle se disait qu'elle pourrait également travailler en *la* majeur, une tonalité dont Schubert – d'après les explications du professeur Millet dont elle se souvenait encore – avait dit qu'elle était la plus adaptée pour exprimer la joie juvénile et la foi en Dieu : exactement ce qu'elle pensait qu'attendait d'elle Son Excellence. Mais quelle joie juvénile pouvait-elle ressentir ou transmettre depuis ce couvent, où elle était enfermée et isolée comme dans une véritable prison ?

Comme elle se sentait incapable de faire le moindre choix, elle décida de désobéir à nouveau à la mère supérieure. On lui avait interdit de quitter sa cellule, mais curieusement on ne lui avait pas fermé la porte à clé. On aurait dit que la mère supérieure avait voulu la mettre à l'épreuve et elle décida d'en profiter. Elle se rendrait donc dans la salle capitulaire et s'en remettrait tout simplement au système des urnes. Si elle tirait la fève, ce serait *do* mineur ; si elle tirait l'amande, alors ce serait *la* majeur. Après avoir résolu la première alternative, peut-être découvrirait-elle une solution lui permettant de poursuivre et de composer une base sur laquelle poser correctement les paroles de Jacopone da Todi ?

Elle attendit que les bonnes sœurs aient récité les prières du soir et, vers onze heures, alors que tout le couvent était endormi, elle ouvrit la porte et se faufila prudemment le long du couloir. Elle descendit l'escalier dans le noir, traversa le réfectoire, atteignit le potager en traversant la cour et de là se dirigea rapidement vers le cloître. Elle passa tout près de la porcherie et ne put éviter de ressentir un grand frisson qui lui ramena le souvenir de ses nausées. Dans le ciel, la pleine lune éclairait la nuit placide, comme si la guerre avait été finie depuis longtemps. Les chats, qui se promenaient tranquillement dans le cloître, se retournèrent un instant pour observer avec indifférence l'apparition de sœur Concepció.

La grande porte de la salle capitulaire était fermée à double tour, mais il n'était guère difficile de faire passer un bras tout mince et pâle entre les barreaux de la jalousie de la fenêtre qui donnait sur le cloître, puis de faire sauter le verrou avec ses doigts. Elle grimpa sur le rebord de la fenêtre, pénétra à l'intérieur et referma soigneusement derrière elle. Le clair de lune qui filtrait à travers la jalousie lui permit d'accoutumer rapidement ses pupilles à l'obscurité : la grande table à l'intérieur de la pièce ressemblait à un animal endormi. Elle passa à côté et s'approcha de la vitrine contenant les deux urnes d'argile noire, elle l'ouvrit et choisit la même que la mère supérieure avait prise le jour de son entrevue. Elle sentit qu'il y avait quelque chose à l'intérieur et vérifia qu'il s'agissait bien de la fève et de l'amande qui allaient l'aider à choisir la tonalité de son *Stabat Mater*.

Immédiatement, elle entendit le bruit de la serrure de la porte de la salle capitulaire. Ce ne pouvait être que la mère supérieure, car elle était la seule à en posséder la clé. Elle sentit que son cœur bondissait dans sa poitrine tandis qu'elle replaçait rapidement l'urne dans la vitrine – avec l'amande et la fève correctement disposées à l'intérieur –, qu'elle refermait la porte et courait frénétiquement en quête d'un endroit où se cacher. Ne trouvant d'autre lieu, elle se glissa sous la longue, sombre, et austère table du centre.

Elle se coucha, recroquevillée sur elle-même, comme un chien devant un feu de cheminée et, de là, dirigea son regard à ras de terre en direction de la porte, qui s'ouvrit lentement sans le moindre craquement ni le plus léger grincement, de façon on ne peut plus solennelle. C'était effectivement la mère supérieure qui venait d'entrer. Sœur Concepció aperçut le bas de son habit noir avec une frange couleur lilas et ses chaussures caractéristiques, noires également et étonnamment petites pour une femme de sa taille. Cependant, la mère supérieure n'était pas seule. Derrière venait une paire de bottes toutes déformées, sales et rehaussées par d'énormes semelles qui avançaient en se traînant péniblement sur les dalles, sous l'impulsion d'une paire de béquilles. Sœur Concepció qui, morte de peur, se recroquevillait de plus en plus sous la table, pensa que ces pieds pouvaient tout à fait être ceux de sainte Eulalie, après avoir subi son martyre, mais elle tenta de se tranquilliser en se disant que ce ne pouvait être qu'un homme. Un homme qu'elle n'avait jamais vu : peut-être était-ce lui qui avait tué les porcs, l'autre nuit ?

Les petits pieds de la mère supérieure et les jambes inquiétantes de l'étranger s'approchèrent en silence de la table. Sœur Concepció vit comment on tirait une chaise en arrière, puis entendit la voix de la mère supérieure :

— Assieds-toi, s'il te plaît, dit-elle à voix basse.

Elle entendit l'étranger pousser de grands soupirs tout en réalisant une manœuvre pour s'asseoir, qu'elle devina compliquée. Lorsque le corps de l'homme parvint enfin à s'y installer, la chaise craqua, comme une branche qui casse. Puis la mère supérieure fit le tour de la table, tira à elle une autre chaise et y prit place en face de l'étranger. À présent les petits pieds de l'une et les pieds difformes de l'autre piétinaient le sol à quelques centimètres de la tête de sœur Concepció, qui pouvait également voir le bois clair des béquilles de l'étranger reposant contre le rebord de la table. Elle craignit d'être trahie par son souffle rapide et retint sa respiration, en tentant de respirer seulement par le nez. À part un petit frisson qui parcourut tout son corps de haut en bas, la novice n'eut pas à faire de grands efforts pour se maintenir totalement immobile. Elle était paralysée de terreur.

Le silence se prolongea un instant qui sembla une éternité à sœur Concepció. Finalement, on entendit une voix :

— Bien. Que puis-je encore pour toi, petite sœur ?

Mais non, ce n'était pas vraiment une voix : c'était plutôt un grincement – comme si l'étranger parlait en frottant ses dents du haut et du bas les unes contre les autres – accompagné d'un son liquide, comme si l'homme avait sa bouche remplie d'écume. Sœur Concepció n'avait jamais rien entendu de pareil. Cela lui sembla absolument répugnant.

— Tu le sais parfaitement, Manuel. Je veux que tu me débarrasses de lui. Il ne peut pas rester ici, répondit la mère supérieure au bout de quelques secondes, en s'obstinant inutilement à parler bas, car l'étranger, lui, n'hésitait pas à tonitruer.

Plusieurs secondes de silence s'écoulèrent encore. Puis on entendit à nouveau le grincement de la voix de l'étranger.

— Tu as toujours été insupportable, petite sœur, grogna-t-il en causant un petit effet d'écho dans la salle capitulaire. Que t'arrive-t-il, tu ne m'as donc pas bien compris l'autre jour ? Je pensais pourtant avoir été on ne peut plus clair.

— Je t'en supplie, Manuel.

— Je t'en débarrasserai le jour venu, et c'est moi seul qui déciderai quand ce jour sera venu. Inutile d'insister davantage.

— Cet homme ne va pas bien, Manuel. Il va nous attirer de graves ennuis. De fait, il nous en a déjà attiré.

Sœur Concepció entendit soudain une petite détonation, comme si des bulles venaient d'éclater, et elle se dit que ce devait être l'éclat de rire de l'étranger.

— Qu'est-ce qu'il a encore fait ? explosa-t-il avec indifférence. Son Excellence tenterait-elle de coincer les bonnes sœurs derrière le confessionnal ?

Les petits pieds de la mère supérieure s'agitèrent comme s'ils avaient une vie propre et sœur Concepció dut reculer afin qu'ils ne touchent pas son corps. Elle inspira une grande bouffée d'air et tenta de se réciter tout un *Ave Maria* par cœur, pour qu'on ne la découvrît point.

— Je t'ai déjà expliqué par téléphone ce qui est arrivé avec les porcs. C'est pour cette raison que je t'ai demandé de venir. Tu n'ignores pas que je tente au mieux de ne pas te déranger.

— Tu veux dire que Son Excellence l'évêque s'est tapé deux porcs bien gras à coups de dents, petite sœur ? fit l'étranger dont le ton indiquait qu'il s'amusait de plus en plus.

— Tu peux te moquer tant que tu voudras, mais je n'ai pas trouvé d'autre explication. Nous n'avons pas trouvé trace du moindre animal et il est impossible que quelqu'un pénètre dans le couvent depuis l'extérieur.

— Vous jeûnez, en ce moment ? Peut-être qu'une bonne sœur a soudain eu très faim…

— De plus, poursuivit la mère supérieure sans prêter attention aux moqueries de l'étranger, le problème de cette novice, dont je t'ai déjà parlé, persiste. J'ai dû la mettre à l'isolement et lui interdire de quitter sa cellule. Mais j'ai demandé qu'on laisse la clé sur la serrure au cas où elle aurait besoin de fuir. Il n'arrête pas de lui tourner autour et ne prend même pas la peine de le cacher. C'est devenu une obsession.

Sœur Concepció dut se mordre les joues pour ne pas crier. L'homme expulsa un éclat de rire grossier.

— J'ai peur, Manuel. Il va finir par se passer quelque chose, j'en suis certaine. Je te demande… Non !… Je te supplie une nouvelle fois de me débarrasser à jamais de lui. S'il te plaît.

Cette fois, l'étranger parla sur un ton plus grave.

— Il me semble que tu oublies que tu n'es pas en position de demander quoi que ce soit, petite sœur. Ni même de supplier. Toi et toutes tes fanatiques n'existez même pas. N'avez-vous pas désiré une vie de clôture et de sacrifice ? Eh bien vous l'avez.

— Précisément, répliqua la mère supérieure, avec une colère mal contenue, inédite pour sœur Concepció, il serait très facile de faire circuler dans toute la ville la nouvelle que nous sommes enfermées ici. Que le grand Manuel Escorza a trahi ses principes révolutionnaires pour cacher l'évêque de Barcelone dans le couvent de sa sœur, la mère supérieure de l'institution.

Silence.

— Méfie-toi, petite sœur ! siffla l'étranger. Il me serait tout à fait facile de vous envoyer un bataillon de miliciens qui auraient envie de faire la fête. Vous finiriez toutes comme ces momies que vous avez enterrées je ne sais où, mais avant vous passeriez un sale quart d'heure. Et cela vous concerne également, toi, l'évêque et cette gamine que tu as mis aux arrêts dans sa cellule.

Nouveau silence. La novice sentait de grosses larmes chaudes dégouliner le long de ses joues. À présent, elle ne respirait presque pas, et elle commençait à avoir l'impression que sa poitrine brûlait de l'intérieur.

— Nous allons faire autre chose, reprit l'homme avec sa voix qui grinçait à présent comme des ongles sur une ardoise. Je t'ai déjà dit que je ne te débarrasserais pas de l'évêque, mais je n'ai pas envie non plus qu'on vous assassine. Pour l'instant, du moins. Ce que je peux faire, c'est vous accorder une protection rapprochée. Je vous enverrai la Police de Barcelone, ni plus ni moins. Après tout, elle est sous mes ordres pour quelque chose. Qu'en penses-tu, petite sœur ?

La mère supérieure ne répondit pas.

— Au moins, nous allons ainsi éclaircir ce qui s'est réellement passé avec les porcs. Tu ne peux pas te plaindre de moi, n'est-ce pas ? Allez, aide-moi à me lever, petite sœur. J'ai beaucoup à faire et la guerre n'attend pas.

Sœur Concepció ne respira plus jusqu'à ce qu'elle entendît la clé tourner dans la serrure de la porte, pour la refermer. Elle expira l'air qu'elle avait retenu et se mit à inspirer à plusieurs reprises profondément, comme un naufragé en train de se débattre entre la vie et la mort.

— L'idée de base, expliquait le juge Miquel Carbonissa, n'est autre que de suivre le cycle de la nature. Continuellement, des corps nouveaux, des corps vivants, naissent grâce à d'autres corps morts. La terre est fertilisée par l'engrais que produit la charogne des animaux et des hommes, par la décomposition des arbres et des végétaux. Enterrez un cadavre, semez une graine au-dessus de lui et vous verrez rapidement pousser un arbre. D'une certaine façon, c'est exactement ce que nous avons fait avec Hadaly.

Les mots de l'homme de robe rebondissaient contre les murs de la grotte et se perdaient, mêlés à l'humidité, dans le virage naturel du couloir. Pendant que le juge parlait, le commissaire Gregori Muñoz l'écoutait avec un visage stupéfait, et le Dr Humbert Pellicer observait les deux hommes avec impatience. À quelques pas des trois comparses, le grand cheval noir, illuminé par la lueur des torches, offrait une silhouette aussi noble qu'indifférente.

— En réalité, intervint le docteur, le juge n'a fait que recueillir des dépouilles humaines et y insuffler un nouveau souffle moyennant quelques mécanismes électriques. C'est donc la vie qui sort gagnante de notre expérience.

— La vie… répéta dans un murmure le commissaire, sans s'adresser à quelqu'un en particulier. Ébahi, il contemplait l'animal sans oser s'en approcher.

— Vérifiez par vous-même, avec vos propres yeux, dit le médecin pour conclure. Félicitations monsieur le juge, si vous aviez l'amabilité de…

Le juge Carbonissa s'approcha de Hadaly, chercha avec sa main l'interrupteur sur l'échine de l'animal et l'actionna. Soudain, les pupilles du cheval s'illuminèrent, il piaffa et remua les jambes. Ensuite, il avança lentement en direction du fond de la grotte, mais il sembla changer immédiatement d'avis, fit demi-tour et vint à nouveau se placer aux côtés du juge. Il baissa docilement la tête et laissa l'homme le caresser.

— Et voilà ! s'exclama le Dr Pellicer avec un sourire triomphal et en s'adressant au policier. N'est-ce pas une merveille ?

Passant de la stupéfaction à la consternation, le commissaire Muñoz était soudain devenu muet.

— Peut-on savoir d'où sort cette monstruosité ? demanda-t-il sur un ton crispé qui provoqua un regard réprobateur chez le juge Carbonissa.

— Eh bien, c'est long à expliquer, répondit le Dr Pellicer qui, lui, était ravi. Disons que notre ami, le juge Carbonissa, a consacré de nombreuses journées de sa vie à l'étude des automates, et qu'il spéculait depuis longtemps sur l'idée d'en construire un qui allât au-delà du simple génie mécanique et dont l'armature inclût de véritables tissus organiques. En ce qui me concerne, comme chacun sait, mon métier m'oblige à une fréquentation quotidienne de la mort qui, au bout de quelques années, finit par fatiguer l'esprit le plus placide. Il m'a donc semblé qu'apporter mon modeste concours au projet du juge Carbonissa pouvait être une bonne façon de me tirer de ce malaise…

— Mais ceci est un monstre ! répéta le commissaire Muñoz en pointant son doigt en direction du cheval.

— J'observe que vous vous préoccupez énormément du concept de monstruosité, répliqua le Dr Pellicer sur un ton pédagogique. Cela est, jusqu'à un certain point, compréhensible, cependant notre propos n'est pas de contrefaire la nature, mais de l'améliorer. On appelle cela la science, commissaire. C'est l'application d'un raisonnement théorique et la manifestation de la capacité humaine à progresser. Mais le juge a sûrement quelque chose à ajouter à cette façon de voir.

Le juge Carbonissa sourit vaguement.

— N'ennuyons pas le commissaire avec nos petits désaccords, docteur, dit-il avec quelque peu de condescendance. Vous considérez tout sous l'angle du progrès et de la science que vous sacralisez sans doute comme s'il s'agissait d'une nouvelle religion. En ce qui me concerne, je me contente de constater que dans la tension entre la vie et la mort, et dans le passage de l'une à l'autre, interviennent des forces qui échappent aux paramètres de la compréhension rationnelle. En réalité, c'est une question de nuance, mais ici la nuance est de taille, car nous sommes finalement en train d'évoquer ce qui différencie un corps inerte d'un autre corps, animé quant à lui. C'est-à-dire de ce qu'on appelle conventionnellement l'esprit…

Le commissaire souffla comme un chat furieux.

— Mais peut-on savoir de quoi vous êtes en train de parler ? explosa-t-il. Pour l'instant, d'après ce que vous m'avez vous-même expliqué, ajouta-t-il en se tournant vers le Dr Pellicer, le… – il avait un doute – la créature a déjà tué un homme. Ça ne me semble pas être un début très prometteur, ni pour le progrès de l'humanité ni pour la connaissance de l'esprit.

Le Dr Pellicer alluma tranquillement la cigarette qu'il venait de se rouler et prit une mine chagrine.

— Ce fut un regrettable accident. Les lames de cuivre sur lesquelles est gravée la synchronisation des mouvements de Hadaly comportent également des instructions d'autoprotection. Cet homme a dû provoquer une sorte d'alerte chez l'animal, et il en a tristement payé les conséquences.

— Tristement ? Mais comment avez-vous pu avoir l'idée de laisser cet animal en liberté en plein centre-ville, au milieu des bombardements ? demanda le commissaire.

— C'était justement notre but, répondit calmement le juge Carbonissa, tandis que Hadaly hochait la tête comme s'il l'écoutait. Nous voulions exhiber une conquête humaine, une proclamation de la supériorité de la vie sur la mort, et donc d'espérance, au milieu d'une scène de destruction et de barbarie à travers laquelle notre espèce se démolit elle-même. Sans doute nous sommes-nous laissé emporter par l'euphorie qui s'était emparée de nous après avoir vu courir Hadaly pour la première fois, mais nous n'avons jamais eu l'intention de faire du mal. Bien au contraire.

Le commissaire qui commençait à pâlir dirigea son regard plein de haine en direction de la cigarette du Dr Pellicer.

— Vous êtes fous, dit-il sur un ton plat. Je croyais avoir déjà tout vu, mais vous venez d'emporter la palme. Vous êtes complètement fous.

— C'est exactement ce qu'on a dit à Galilée lorsqu'il a affirmé que la Terre tournait autour du Soleil, objecta le médecin qui fumait tranquillement. Ou à Miguel Servet lorsqu'il a décrit la circulation du sang à travers les poumons. Je ne vous cache pas que je regrette que vous le preniez de cette façon, commissaire. Je pensais que nous trouverions chez vous intelligence et compréhension, mais il est évident que je me suis trompé.

— C'est un comble, maintenant vous insinuez que je suis idiot parce que je ne saute pas de joie devant le Dr Frankenstein et son assistant bossu. Qu'allez-vous faire ? Demander à votre créature de m'éliminer, moi aussi ?

— Pour l'amour du ciel, soupira le Dr Pellicer vraiment désolé.

Hadaly poussa un bref hennissement qui ressemblait à une réprimande. Le commissaire regarda l'animal du coin de l'œil avec une certaine méfiance.

— Commissaire, dit timidement le juge Carbonissa, vous n'avez rien à craindre de nous ni de Hadaly. Nous ne voulons faire de mal à personne. Comme je vous l'ai déjà dit, nous nous proposons justement le contraire. Si cela ne vous semble pas trop prétentieux, je crois que le Dr Pellicer et moi-même pourrions être considérés comme des sortes de philanthropes.

— Vous n'avez qu'à dire ça au type de l'église de Betlem, on verra ce qu'il en pense, répondit dédaigneusement le commissaire, tout en ruminant une idée. Vous ne seriez pas francs-maçons par hasard ?

Le juge Carbonissa et le Dr Pellicer échangèrent un regard furtif.

— C'est une question inutile, dit le médecin. C'est le rôle de la police de poser des questions, bien entendu, mais celle-ci, si je puis me permettre, n'a pas lieu d'être.

Le commissaire leva une main, puis la laissa retomber afin de signifier son manque d'intérêt pour l'affaire.

— Commissaire, l'interpella une nouvelle fois le juge, permettez-moi de vous poser à mon tour une question. N'avez-vous pas l'impression que la véritable monstruosité ne se trouve pas dans cette grotte, mais plutôt à l'extérieur, dans les rues et les maisons de cette ville où les hommes assassinent des hommes et où la fureur, la haine et la colère ont contaminé tous les esprits ? Ne trouvez-vous pas que le vrai danger se trouve plutôt chez ces bêtes qui vadrouillent en liberté parmi nous, et non pas chez Hadaly, qui est le fruit du travail des hommes voulant s'approcher un peu plus de la compréhension de la vie ?

Le commissaire allait répondre, puis il se reprit. Il n'aurait su dire si le raisonnement du juge lui semblait absurde ou s'il l'obligeait à réfléchir, mais il était sûr qu'il ne savait plus quoi dire.

Il observa le juge Carbonissa et le Dr Pellicer et se dit qu'ils étaient vraiment fous, mais ce n'est pas pour cela qu'ils étaient inoffensifs, bien qu'il y eût une étrange bonté dans leur comportement et dans leur façon de s'exprimer. Il pensa également qu'il n'avait décelé de la bonté chez personne depuis la mort de sa mère. J'espère que toute cette bonté ne va pas à présent m'égarer, se dit-il.

Il balaya la fumée de la cigarette de la main, tourna le dos au juge et au docteur, et fit quatre pas en avant, jusqu'à venir se planter devant Hadaly. Le cheval lui jeta un regard qui le glaça : qu'y avait-il donc dans les yeux de cet animal ? Qui donc le regardait, ainsi anéanti, depuis le fond de ces pupilles, comme pour lui demander de rendre des comptes ?

Il caressa le museau de Hadaly et hocha la tête en signe d'assentiment. Puis il se tourna vers les deux hommes :

— Pourriez-vous me dire comment vous êtes arrivés jusqu'ici, je vous prie ?

— Eh ! Eh !

— Hmm ?

— Réveille-toi. Ouvre les yeux. Eh !

— Mmm ? Où ?...

— Je suis ici. Ouvre les yeux.

— Où... suis-je ?...

— À la prison. Dépêche-toi, moinillon.

Frère Darder se frotta les yeux, puis les ouvrit. La première chose qu'il vit fut le visage cramé d'El Cremat, qui l'observait debout à côté de la paillasse, puis le pot de chambre dans un coin de la cellule, près du bout de cierge suspendu au mur. Il avait dormi, mais ne se souvenait pas d'avoir rêvé. Comme s'il était déjà mort.

— Tu dors beaucoup trop, moinillon, lui reprocha El Cremat de sa voix caverneuse.

Frère Darder plaça ses paumes de main sur ses yeux.

— J'ai faim et soif, répondit-il lentement. Lorsque je dors, au moins je n'y pense pas.

Le mariste leva légèrement la tête et vit que par terre, près de la paillasse, il y avait un récipient rempli d'une eau marronnasse et un autre qui contenait des pois chiches grumeleux. Il voulut s'en approcher, mais sa tête se mit soudain à tourner à toute vitesse et il dut interrompre son mouvement. Il demeura assis sur la paillasse, sans pouvoir bouger. Il avait la nausée. Une contraction lui retourna l'estomac et il alla vomir, mais il ne réussit qu'à tousser et qu'à cracher de petits filets de salive.

— Eh bien, dis donc, quel spectacle !... se moquait El Cremat. Tu n'as pas honte de recevoir les visiteurs de cette façon, moinillon ?

— Je ne suis pas bien. J'ai besoin de sortir d'ici, murmura frère Darder en s'essuyant la bouche du revers de la main.

El Cremat sourit.

— Bien entendu, mon vieux. Tu as absolument raison, ce que tu dois faire, c'est déguerpir d'ici. Mais auparavant, il te faut reprendre des forces. Allez, vas-y, mange un peu.

El Cremat s'accroupit et saisit le récipient plein d'eau d'une main et celui contenant les pois chiches de l'autre. Il les approcha doucement de frère Darder, jusqu'à les amener à hauteur de son visage blême. Le dos appuyé contre le mur, frère Darder souleva une main pour attraper les pois chiches, mais lorsqu'il avait déjà les doigts tout près du récipient en fer-blanc, El Cremat s'empressa de l'éloigner d'un geste rapide.

— Que veux-tu, que je te serve le repas au lit et que je te fasse manger ? On voit bien que tu es un enfant gâté, moinillon. Si tu veux ton ravitaillement, lève-toi d'abord pour aller le chercher.

El Cremat se tourna et plaça les récipients de l'autre côté de la cellule. Il les disposa près du pot de chambre et jeta un coup d'œil dans le fond de celui-ci.

— Nom de Dieu, moinillon, tu es pourri de l'intérieur, ma parole ! Tu as vu que tu chiais tout vert ?

Frère Darder ne répondit pas. Il était demeuré assis sur la paillasse, le dos soutenu appuyé contre les briques du mur. Sa tête retombant sur une de ses épaules.

— Tu ne dis rien ? demanda El Cremat en se tournant vers lui. Allez, va. Viens chercher ta pitance.

Les marques sur le visage d'El Cremat se ramassèrent en une grimace, comme s'il était en train de regarder le soleil en face.

— Pourquoi me fais-tu ça ? demanda frère Darder, dans un filet de voix.

Cette fois, c'est El Cremat qui ne répondit pas. En deux enjambées, il se planta devant le mariste, tendit son bras et lui envoya une gifle avec le plat de la main, qui projeta sa tête contre le mur.

— Pourquoi je te fais quoi ? se mit-il à hurler comme un enragé. Qu'est-ce que je te fais, moi, moinillon de merde ?

Il lui saisit une oreille entre le pouce et l'index et la tira si violemment qu'il fit tomber frère Darder de sa paillasse. Celui-ci eut l'impression que quelque chose venait d'éclater à l'intérieur de son crâne.

— Va chercher la nourriture ! lui ordonna le milicien. Va la chercher, putain ! Tu as compris ce que je t'ai dit ?

Une main appuyée sur la paillasse, l'autre contre le mur, frère Darder força du mieux qu'il put et réussit enfin à se mettre très lentement debout. La tête lui tournait ; il sentait des piqûres la lui lacérer, comme si des aiguilles à sac la lui avaient traversée, ce genre d'aiguilles dont on se servait pour coudre les sacs de grain dans le magasin de son père.

“Emili sera la honte de la famille.”

Il fit un premier pas et chancela. Il se souvint soudain des rats qu'il avait vus par la fenêtre.

— Que t'arrive-t-il, moinillon ? Tu n'avais donc pas faim ? La nourriture est à trois pas, mon vieux ! Ne me dis pas que tu ne peux pas faire trois pas.

Trois pas. Certainement davantage, car il ne faisait plus que de tout petits pas, à présent. Et puis, il y avait cette douleur qui le martyrisait. Il en fit un de plus, encore un autre. Son corps tremblait de partout, il était parcouru de frissons, comme s'il avait de la fièvre. Oui, il devait certainement avoir de la fièvre.

Soudain, il se retrouva à nouveau par terre. Il avait une fois de plus perdu l'équilibre. Non, non, ce n'était pas l'équilibre : c'était El Cremat qui lui avait fait un croche-pied.

— De cette façon, on n'y arrivera jamais, moinillon ! hurlait-il tandis que, en inclinant légèrement sa tête, frère Darder apercevait ses bottes. Comment se fait-il que tu trébuches de cette façon ? Allez, mon vieux, relève-toi et va chercher la nourriture !

Il sentit un autre coup très fort au niveau de la nuque, qui lui fit embrasser le sol. Une autre gentillesse d'El Cremat, cette fois avec le tranchant de la main.

— Tu rêves ? Allez, dépêche-toi, on ne va pas y passer la journée, putain !

Il avait l'impression que sa tête allait exploser en mille morceaux, d'un instant à l'autre. À présent, il avait également mal aux dents et il sentait la texture onctueuse et le goût particulier du sang dans sa bouche. Il tenta d'y passer sa langue. Ce fut impossible : c'était bien trop douloureux.

— Il vaut mieux que tu te lèves, moinillon, ou il me faudra te donner vraiment une bonne dérouillée. Tu m'entends ?

La peur. Il avait peur. Il ne voulait plus recevoir de coups. Il ne supportait pas les coups de cet animal au visage cramé. En s'appuyant sur ses mains, il fléchit les jambes et réussit à s'agenouiller. Ensuite, il produisit un nouvel effort et parvint à se relever. Il regarda devant lui : encore deux petits pas et il serait enfin devant les récipients. Il pouvait également apercevoir le pot de chambre et son misérable contenu, mais cela ne le dégoûtait plus. Il éprouvait seulement de la douleur, et de la peur aussi. Il ne parviendrait plus à supporter encore des coups.

Il fit un premier pas, cette fois-ci avec plus d'assurance qu'il ne l'aurait cru.

— Très bien, moinillon. Tu y es, lui dit El Cremat qui, collé à son dos, lui parlait à l'oreille.

Il s'arrêta un instant, car les frissons s'étaient à nouveau mis à parcourir tout son corps. Il respira profondément et avala un peu de sang. Il ne manquait plus qu'un autre pas.

Il avança le pied droit, mais avant de le reposer par terre, il sentit qu'El Cremat lui faisait perdre l'équilibre en lui donnant un coup de genou dans le gras de la jambe gauche et une bourrade dans le dos qui le projeta contre le mur. Il s'y cogna avec les mains en avant, mais ne put éviter de tomber à nouveau par terre. Il demeura pelotonné en position quasiment fœtale, avec le récipient contenant l'eau, celui qui contenait les pois chiches et le pot de chambre à portée de main.

— Tu vois que tu y es arrivé, moinillon ? Il suffisait juste qu'on te pousse un peu, hein ? Une bonne bourrade et tu y es arrivé. Tu n'as pas faim, moinillon ? Tu n'as pas soif ?

Frère Darder toussa et cracha du sang. Il s'était peut-être cassé une dent, car il avait extrêmement mal. Lentement, il étira son corps pour attraper le récipient contenant l'eau. Il avait absolument besoin de boire.

Mais ce ne fut pas possible non plus, car El Cremat s'approcha brusquement et d'un grand coup de pied fit voler les récipients et le pot de chambre. L'eau et les pois chiches furent renversés en même temps qu'une flaque de matière fécale toute verte. Une partie s'était répandue sur la soutane et le visage de frère Darder, qui la regardait avec un air absolument inexpressif.

— Mais qu'as-tu fait, moinillon ? Tu es une vraie calamité ! hurlait El Cremat. Tu n'as plus rien à manger, hein ? Il va te falloir attendre que je t'en rapporte, et vraiment je ne sais pas quand je vais pouvoir revenir. Ou alors tu peux aussi les manger ainsi, enveloppés dans ta propre merde ! Peut-être n'aimes-tu pas manger de la merde, moinillon ?

Il pensait aux rats.

Il pensait à frère Gendrau, mort aux côtés d'un gamin. À cette flaque de sang qu'avaient formée les deux corps.

Il n'aurait pas su expliquer d'où lui était venue la force : c'était comme s'il était devenu une marionnette et que quelqu'un l'avait manipulé dans tous les sens. Il se releva d'un bond, se lança contre El Cremat et le ceintura. Ne s'y attendant pas, celui-ci tomba sur le dos.

— Fils de pute ! hurla-t-il, tandis qu'il portait sa main à sa ceinture pour attraper son pistolet.

Il n'en eut pas le temps. Frère Darder leva son poing et en décocha un grand coup dans l'entrejambe du milicien, qui se plia en deux et se mit à hurler de douleur. Malgré cela, il portait encore sa main à sa ceinture, mais frère Darder l'attrapa et y planta si profondément les dents qu'elle se mit à saigner.

El Cremat se débattit pour tenter de fuir le mariste et il parvint à se relever à moitié pour se défendre. Mais frère Darder semblait s'être multiplié. Il bougeait frénétiquement, comme s'il avait eu une attaque de rage. Pupilles exorbitées et bouche pleine de sang, il se lança sur son geôlier, l'attrapa avec une main par le cou et de l'autre déchargea un coup de poing sur son visage plein de marques, avec une férocité qui venait du tréfonds de son âme, ou de quelque autre endroit, également au fond de lui, qu'il ne connaissait pas jusqu'alors. Ensuite, un autre coup de poing, et un autre, et encore un autre. Des coups de poing de plus en plus forts, de plus en plus désespérés.

Les deux hommes luttaient sans rien dire, dans un silence qui n'était troublé que par le son amorti des impacts sur la chair. El Cremat se défendait, il frappait avec son poing sur le visage, le cou et le ventre de frère Darder et, en gigotant avec ses jambes, il réussissait de temps à autre à le toucher dans le dos. Mais le mariste recevait ces coups avec indifférence, comme s'il était finalement devenu insensible à la douleur, et continuait à asséner les siens rapidement et brutalement. Il frappa et frappa, comme s'il était devenu une machine, jusqu'à ce que le visage d'El Cremat devînt une masse difforme et sanguinolente. À un moment, il entendit des os craquer et il se mit à sourire en se disant que ce n'étaient pas ceux de sa main.

Immédiatement, il comprit le plaisir que prenaient les rats à démembrer le corps de leur congénère moribond.

Au bout d'un moment, El Cremat avait cessé de bouger et il s'aperçut qu'il se fatiguait pour rien : il s'arrêta. Il était essoufflé comme un moteur de vieille voiture en surchauffe, mais il se sentait on ne peut plus satisfait.

Puis le milicien eut l'air de reprendre ses esprits : il était encore vivant.

Frère Darder se releva, avec une légèreté qui aurait été impensable quelques minutes plus tôt, s'accroupit à nouveau, plaça ses mains sous les côtes d'El Cremat et le retourna pour le mettre à plat ventre. Le milicien émettait des sons gutturaux et bredouillait des incohérences, comme un ivrogne en train de cuver. Encore essoufflé, frère Darder s'assit sur son dos, lui attrapa les cheveux et lui leva la tête. Ensuite, de toute la force qu'il put encore réunir, il la fit rebondir contre le sol. Une fois, une autre, et encore une autre. Au septième coup, il entendit éclater le crâne qui venait de se briser comme une vitre frappée par un caillou. Le corps d'El Cremat se convulsa deux ou trois fois, puis demeura immobile.

Frère Darder se releva et regarda un instant le sang couler du crâne explosé du geôlier, allant se mêler à la pâte qu'avaient formée les pois chiches, l'eau et la merde.

Il pensa : si Dieu trouve cela convenable…

En tout cas, Dieu n'avait rien fait pour empêcher la chose.

Il fouilla dans la poche de l'uniforme du milicien et prit trente pesetas en billets tout froissés et un trousseau de clés. Il ouvrit la porte de la cellule, sortit sur un palier voûté et bas de plafond, puis referma à double tour derrière lui.

TROISIÈME PARTIE

STABAT MATER

Il écrivait :

Ici, je me sens bien.

J'aime la fraîcheur de la chapelle en pleine nuit, lorsque tout le monde dort et que je peux y demeurer seul à contempler les images des saints.

J'aime l'odeur du linge propre lorsqu'on l'étend sur la petite terrasse qui se trouve près de la buanderie et je m'en approche pour respirer l'air légèrement parfumé par le savon et l'eau de Javel.

J'aime les arcades gothiques de la galerie du cloître. Si simple, si stylisée et élégante.

J'aime m'asseoir dans n'importe quel coin du bûcher pour guetter les souris. J'adore les chasser.

Ici, je me sens bien. Protégé par les murs, à l'abri du vacarme de la guerre. En compagnie de l'Esprit saint. En compagnie des monstres.

Je suis un pauvre ramoneur qui est sorti de son cercueil pour errer sans but dans cette ville baignée par le sang.

Lorsque la lune se trouve tout à fait là-haut dans le ciel, j'aime également me promener discrètement le long des couloirs des cellules, pour y surprendre le bruit des bonnes sœurs.

J'aime cette gamine insomniaque et recluse dans une chambre, qui tente de composer une pièce de musique sacrée. Les efforts vains sont toujours extrêmement beaux.

Le couvent est un monde ordonné, étranger au chaos qui gouverne la ville. Un monde où chacun remplit à terme la tâche qui lui est dévolue, et le fait du mieux possible.

Il me serait facile de m'habituer à vivre dans un endroit comme celui-ci. Un lieu où me reposer, caché par la pénombre. Un endroit où l'on s'occuperait bien de moi.

J'ai commis une stupidité.

Oh, oui, ça a été une stupidité, mais quelquefois, pour autant qu'il s'y emploie, un vampire ne peut contenir sa soif. Les porcs se trouvaient là, endormis et tout tièdes, engourdis par la chaleur de la paille et de la fiente, allongés sur leur lit d'épluchures de fruits et de restes de pommes de terre.

Il n'y avait plus qu'à mordre dedans.

Le premier fut facile, car je l'avais surpris dans un sommeil profond. Le second pas autant, car il avait été réveillé par les cris du premier (un seul cri, car je l'ai tout de suite égorgé) et avait tenté de se défendre. Le porc est un lutteur féroce.

Mais, moi, je savais parfaitement de quelle façon m'y prendre. Voilà longtemps que je ne me nourrissais plus du sang d'animaux de la ferme, mais je me souvenais tout à fait comment il fallait s'y prendre.

J'ai commencé par retirer lentement ma veste, sans cesser de fixer l'animal dans les yeux, qui m'observait en cherchant la meilleure façon de donner l'assaut.

Nous sommes restés ainsi un bon moment. La manœuvre consistant à retirer ma veste s'éternisa.

Finalement, le porc fonça en courant vers moi. Il ne courait pas : il volait. Je le vis se ruer, énorme, sur moi.

En cinq sec, j'enveloppai donc mon bras gauche dans la veste et l'offris au groin du porc. C'était une veste aussi épaisse qu'une vareuse de soldat, bien que le tissu possédât une texture sensuelle et agréable.

L'animal planta ses crocs dans la toile, qui fut lacérée. Il la traversa de part en part, jusqu'à atteindre ma chair.

Il serrait les mâchoires et mordait tant et plus, enragé, grognant et bavant.

Je maintins mon bras aussi fermement que possible, car les secousses du porc étaient sur le point de me l'arracher.

Puis je soulevai mon autre bras, poing fermé, et l'abattis de toutes mes forces sur lui, un grand coup sec sur la tête, crac !

Je vis ses yeux quitter leur orbite et me sentis heureux en entendant craquer l'os de son crâne.

Il relâcha sa morsure, me laissa partir et fit trois ou quatre pas avec les pattes flageolantes. Ensuite, il tomba. Lourdement, inerte.

Je sortis mon bras de la veste et observai mon propre sang en train de couler. Je le suçai goulûment. Je m'approchai du porc, qui gisait en me tournant le dos et je m'accroupis pour vérifier qu'il était bien mort.

D'un geste rapide je retournai l'animal sur le dos. Et je m'aperçus qu'il avait le même visage que le mien.

La colère s'empara de moi. Je me lançai sur les deux porcs et je les saignai avec mes dents, je bus tout leur sang jusqu'à plus soif.

— C'est un plaisir de vous voir, commissaire Muñoz.

Manuel Escorza prononça cette phrase avec une amabilité qui sembla presque sincère. Cependant, assis dans le fauteuil de son bureau, au Département d'enquêtes, il avait l'air d'une marionnette que quelqu'un aurait abandonnée à cet endroit, pour faire une farce à tous les gens qui passeraient par là. Il était flanqué d'Aureli Fernández et d'Antoni Ordaz, installés en silence dans deux autres fauteuils confortables ; tous trois formant un demi-cercle. Le commissaire Gregori Muñoz qui était assis au milieu d'eux, à une distance peu amicale, répondit à la salutation :

— De même, monsieur.

Escorza agita une main, comme s'il chassait une mouche.

— Laissons tomber ces formalités bourgeoises. Pour toi, commissaire, je suis un camarade.

— Comme vous voudrez, camarade, comme tu voudras.

— Les personnes qui se trouvent ici, expliqua Escorza, sont les camarades Aureli Fernández, responsable de notre Comité des milices antifascistes, et Antoni Ordaz, qui travaille avec lui.

— Enchanté, camarades, lança le commissaire, qui en d'autres temps aurait éclaté de rire en entendant une phrase semblable. Mais à présent, il ne trouvait pas cela amusant. Il était tendu et avait très peur.

— Enchanté, répondit Aureli Fernández, tandis qu'Antoni Ordaz bredouillait quelque chose d'incompréhensible.

Manuel Escorza demeura un long moment silencieux afin que le commissaire baissât les yeux. Puis il poursuivit :

— Je te remercie d'avoir accepté de nous consacrer une partie de ton temps, dont nous n'ignorons pas qu'il est précieux. En réalité, l'objectif de cette réunion n'est autre que d'établir un contact direct entre nous. Nous sommes en train de mener toute une série de rencontres avec l'ensemble des responsables des commissariats de Barcelone, dans ce seul et unique but. Inutile de rappeler que nous traversons des temps difficiles et que nous pensons qu'il est indispensable d'établir une plus étroite collaboration entre le Département d'enquêtes et les meilleurs de vos hommes, ceux qui, comme toi, sont directement et au jour le jour confrontés à l'agitation des rues de la ville.

— C'est une attention qui me va droit au cœur, camarade, répondit le commissaire Muñoz en levant à nouveau les yeux.

— J'ai examiné ton dossier, dit Escorza tout en ouvrant la chemise qui se trouvait entre ses mains, et il est plus que remarquable. Plus de vingt ans dans le corps, pendant lesquels tu n'as pas cessé de monter en grade. Tu es entré comme deuxième classe en 1914 et au bout de deux ans tu étais déjà devenu caporal et, juste un an après, sergent. En 1920 tu as été promu sous-directeur et, quatre ans plus tard, inspecteur. En 1926 tu as réussi le concours pour devenir intendant, et en 1931 tu as été nommé commissaire par le département de la Politique intérieure. Et ce, jusqu'à aujourd'hui. Un de ces jours nous devrons te promouvoir major. C'est sans aucun doute une brillante carrière. Félicitations.

— Merci, camarade.

— Et en plus tu as reçu plusieurs distinctions ? Tu possèdes la médaille de bronze du corps pour ta collaboration dans l'arrestation d'une bande de délinquants qui s'adonnaient au marché noir. Ils étaient armés et ont ouvert le feu sur vous, mais les deux morts à déplorer dans cet échange de coups de feu se trouvent du côté des criminels. Aucun policier n'a été blessé. Et cela grâce à ton habileté et à ton courage dans la direction de cette opération, commissaire. Tu as risqué ta peau. Une médaille gagnée à la force du poignet.

— Vous me flattez, camarade. Je veux dire, tu me flattes. Une nouvelle fois, merci.

— Un homme de grande valeur, n'est-ce pas ? demanda Escorza, en s'adressant à Fernández et à Ordaz, qui acquiescèrent en hochant tous les deux la tête, comme s'ils étaient synchrones.

Le commissaire Muñoz avala sa salive. Il pressentait que la tempête approchait.

— Bref, commissaire, ce sont des hommes comme toi dont nous avons besoin, poursuivit Escorza. Je vais te dire ce dont la révolution a besoin. Des hommes intelligents et décidés. Intègres et bien trempés. Les fascistes veulent nous liquider, nous et le pays tout entier, mais nous devons être plus forts qu'eux et les liquider avant. Tu ne crois pas, camarade ?

— Absolument, camarade, répondit-il sans la moindre hésitation.

— J'en étais sûr. Je voulais seulement te confirmer que, dans chaque district policier, nous devons faire preuve d'un zèle tout à fait particulier en ce qui concerne les réunions non autorisées. On ne peut jamais savoir où l'on peut débusquer ceux qui se sont insurgés contre la légalité légitime de la République et du gouvernement de la Generalitat. Dans les souterrains, les magasins, les locaux abandonnés ou à moitié en ruine. Ce genre d'endroits.

— Cela va sans dire, camarade.

— Cela va sans dire, répéta Manuel Escorza avant de se taire à nouveau, comme s'il tentait de se souvenir d'autre chose. Très bien, commissaire, c'est fini pour aujourd'hui. Je répète que ça a été un plaisir de discuter avec toi. Continue sur cette voie.

— Je peux partir ? demanda-t-il involontairement incrédule.

— Retourne à ta tâche, là où le pays a besoin de toi, dit pompeusement Escorza avec un sourire qui se voulait bienveillant mais qui ne réussit qu'à être baveux.

— Dans ce cas, camarade, avec votre permission. Je veux dire, avec ta…

Il se leva de son fauteuil, fit le salut réglementaire et se dirigea vers la porte. Lorsqu'il avait déjà la poignée dans sa main, il entendit à nouveau la voix de Manuel Escorza derrière lui :

— Commissaire.

Il se doutait que cela ne pouvait pas se passer aussi bien.

— Oui, camarade ?

— J'ai oublié de te poser une question.

Le commissaire se raidit. Il s'aperçut qu'Aureli Fernández et Antoni Ordaz l'observaient d'un air sombre.

— Si je puis y répondre…

— Sûrement que oui, fit Escorza avec une mine condescendante. Il s'agit de la découverte de deux cadavres lors d'un crime commis dans une pension de la rue Ferran. Un gamin et un vieil homme, semble-t-il. Tu vois de quoi je veux parler, commissaire.

— En effet, camarade.

— En effet. Il semblerait que dans ton rapport tu aies omis de mentionner qu'aussi bien le vieil homme que trois autres témoins de la découverte des corps étaient des curés.

Fils de pute. Sirga et toute sa famille traversèrent rapidement les pensées les plus lugubres du commissaire.

— Et alors ? Tu n'as rien à répondre ? demanda Escorza.

— C'est vrai. Ils étaient habillés en civil et je n'ai pas tout de suite vu que c'étaient des religieux.

— Nonobstant, j'ai bien l'impression que vous avez évoqué cet aspect des choses lors de ton interrogatoire. Tu es perspicace, commissaire, rien ne t'échappe.

Il se mordit la lèvre supérieure.

— Cela ne m'a pas semblé important à mentionner dans mon rapport.

— C'est évident, répliqua Escorza, comme s'il parlait à un enfant, cela ne t'a pas semblé déterminant. Et cependant tu es tout à fait conscient du monde dans lequel nous vivons, commissaire. Je me trompe ?

— Non, répondit-il. Tu ne te trompes pas, camarade.

Il demeura debout, presque au garde-à-vous. C'était un tribunal. De fait, un jugement extrêmement sommaire. Il promena son regard sur les trois hommes. Il vit une étincelle de représailles dans les yeux d'Aureli Fernández, et dans ceux d'Antoni Ordaz l'éclat d'un bourreau. Il ne sut rien voir dans ceux de Manuel Escorza.

— Nous pouvons tous commettre des erreurs, commissaire, dit l'infirme d'un air flegmatique. Mais par les temps qui courent, les erreurs se paient. Devant ton… disons, dérapage, deux possibilités se présentent à moi. La première serait de faire état d'un blâme pour haute trahison sur ton dossier immaculé et de demander aux camarades Fernández et Ordaz de donner suite. La seconde serait de t'offrir une seconde chance et de te confier une mission spéciale. Au bout du compte, il est évident que les hommes tels que toi ne sont pas légion et ce serait dommage de devoir se… Bien, inutile de te l'expliquer, n'est-ce pas ? Aide-moi à décider, commissaire. Laquelle des deux possibilités te semble la meilleure ?

Il inspira profondément par le nez et répondit dans un petit filet de voix :

— Dis-moi ce que je peux faire pour toi, camarade Escorza. Et pour la révolution.

Escorza esquissa à nouveau son sourire obscène.

— Il s'agit d'un travail délicat, commissaire, à mener dans un lieu qui risque de te surprendre. Le couvent des capucines de Sarrià. Les camarades Fernández et Ordaz te communiqueront les détails de la mission. Et un garçon de ton commissariat, un dénommé Sirga, finira de t'expliquer le reste.

Elle continuait à ne pas savoir par où commencer. Elle n'avait pas encore décidé entre *do* mineur et *la* majeur. L'irruption de la mère supérieure et de cet étranger nommé Manuel dans la salle capitulaire l'avait empêchée de réaliser l'épreuve de l'urne et en conséquence elle n'avait pu en tirer aucune conclusion. Ni fève ni amande.

Elle continuait donc à examiner le poème de Jacopone da Todi, qui lui semblait de plus en plus être un hiéroglyphe incompréhensible. De fait, plus elle le regardait et le re-regardait, moins elle y trouvait un sens précis, comme si les mots s'éteignaient peu à peu et perdaient toute signification. Des taches abstraites sur un bout de papier. Et elle revenait toujours à ces premiers vers, les seuls qui aiguisaient encore sa curiosité :

Stabat Mater dolorosa
iuxta crucem lacrimosa
dum pendebat Filius

La mère pleurant aux côtés de son fils cloué sur la croix. L'image se présentait encore et encore à son imagination, en dormant et lorsqu'elle était réveillée. Voilà quel était le sujet, ce qu'elle devait illustrer à travers une partition. Mais comment faire ?

Sa mère lui avait déjà dit de ne pas avoir peur, mais elle ne l'avait pas prévenue des frayeurs qu'elle allait éprouver dans sa vie. Et même à l'intérieur du couvent.

Qui était ce dénommé Manuel, qui avait tant de pouvoir pour décider de conduire ou pas l'évêque Perugoría hors de ce couvent ? Et qu'avait donc voulu dire la mère supérieure en expliquant qu'il n'arrêtait pas de lui tourner autour ? Que pouvait espérer Son Excellence l'évêque d'une pauvre novice comme elle ? Et qu'avait-elle à craindre ? De quelle nature était le danger qui préoccupait tant la mère supérieure ?

Pourquoi sa mère ne venait-elle pas la chercher et ne s'en allaient-elles pas ensemble, très loin du Désert de Sarrià où les gamines de treize ans étaient condamnées à endurer des supplices ?

Elle tenta à nouveau de se concentrer sur le texte du *Stabat Mater*, mais ne parvint à se fixer que sur quelques ombres translucides qui dansaient devant ses yeux, comme un mirage. Ce devait être un effet de la fatigue, ou peut-être de la faim. Elle s'était aperçue que la peur, lorsqu'elle est trop intense, parvient à s'imposer face aux besoins du corps. Mais cela n'empêchait pas qu'elle dût manger. Ou se reposer.

Elle se releva de par terre, où elle était assise, et s'aperçut qu'elle avait des fourmis dans les jambes qui ne la soutenaient plus. Elle fit quelques pas et se sentit soulagée en remarquant que la douleur de la crampe diminuait petit à petit jusqu'à disparaître complètement. Ensuite, elle se coucha sur son lit qui grinça légèrement sous le poids de son corps tout mince.

Telle qu'elle était allongée, en levant les yeux, elle pouvait voir la croix avec le Christ, sous une étrange perspective, qui lui donnait une apparence de projectile sur le point d'être lancé. Le fils crucifié sur lequel la mère pleurait. Elle était tellement troublée que dernièrement elle en avait oublié de dire ses prières. Elle se souvint que, depuis qu'elle était toute petite, prier l'avait presque toujours réconfortée dans ses moments de chagrin. Mais quelles sortes de chagrins avait-elle éprouvés jusqu'au moment d'entrer dans ce couvent peuplé de ténèbres ? Elle se dit que, de toute façon, il n'était jamais trop tard pour solliciter le réconfort de Dieu le Père, du Fils et du Saint-Esprit. Trois personnes en une, comme sa mère avait toujours tenté de le lui expliquer sans qu'elle ne comprît jamais ce que cela signifiait. Comment pouvait-il y avoir trois personnes en une seule ? Cependant, sans changer de position sur son lit, elle se fit le signe de la croix sur le front, sur la bouche et sur la poitrine. Puis, remuant les lèvres, mais sans parvenir à articuler le moindre son, elle commença à réciter en silence :

Notre père qui êtes aux cieux,
que Votre nom soit sanctifié,
que Votre règne vienne…

Elle s'interrompit. Elle venait d'entendre à nouveau une rumeur qu'elle ne parvenait pas à identifier, un bruit faible et extrêmement bref, mais cependant audible, comme si quelqu'un tentait de lui dire quelque chose depuis un endroit éloigné. Ces petites rumeurs qu'elle entendait à tout moment ne seraient-elles pas par hasard des voix qui tentaient de lui parler ? Ou étaient-elles plutôt un pur produit de son imagination confuse ? Elle sentit qu'elle avait encore plus besoin du réconfort de la prière et ferma les yeux très fort, comme elle le faisait lorsqu'elle était petite et qu'elle pensait que le croquemitaine était sous son lit. Puis elle poursuivit :

Que Votre volonté soit faite
sur la terre comme aux cieux.
Donnez-nous notre pain de chaque jour...

Un autre bruit la troubla, mais cette fois, il ne s'agissait pas d'une rumeur, mais de l'éclat sec et extrêmement clair d'une main en train de toquer à la porte de sa cellule. Elle entendit que quelqu'un laissait quelque chose par terre, et ensuite des pieds qui s'éloignaient en traînant le long du couloir. On lui avait apporté son repas. Elle se dit que le Notre Père avait eu un premier effet immédiat, et cette idée la fit sourire.

Elle se leva de son châlit, avança en direction de la porte, fit tourner la clé dans la serrure et l'ouvrit. Elle regarda par terre, mais elle ne trouva pas le plateau avec l'assiette et le pichet d'eau. Au lieu de cela, elle aperçut de grosses chaussures noires et, au-dessus des chaussures, une soutane et, encore au-dessus, la tête de l'évêque Perugorría entourée d'un col blanc, qui l'observait avec des yeux larmoyants et un sourire crispé.

Elle demeura debout près de la porte, muette, pétrifiée comme si elle venait d'avaler un poison violent. L'évêque lui parla d'une voix melliflue :

— Je me demandais si tu m'accorderais quelques instants pour bavarder avec moi, très chère enfant.

— Tu es en train de m'expliquer qu'un de ces frères s'est évadé de sa prison, après avoir occis un milicien à mains nues ? C'est bien ça que tu es en train de m'expliquer ?

Manuel Escorza s'était levé de la table et, s'aidant de ses béquilles, s'était approché de Sirga jusqu'à se planter à quelques centimètres de lui. À si faible distance, Sirga pouvait apercevoir les petites bulles de salive qui se crevaient entre les lèvres d'Escorza à mesure qu'il parlait. Du coin de l'œil, il pouvait également observer Aureli Fernández, qui avait une tête à s'être ramassé une gifle, et Gil Portela celle de quelqu'un en train de sentir de la merde tout près de lui. Il se gratta la mâchoire inférieure et se contenta tout simplement de répondre :

— C'est ça, camarade.

Manuel Escorza le toisa, les yeux écarquillés, comme si tout d'un coup une grenouille venimeuse venait d'entrer dans son bureau. Il demeura ainsi pendant un bon moment, puis éclata bruyamment et grassement de rire. Ensuite, il retourna à son fauteuil, en faisant crisser les semelles de ses bottes sur le carrelage, et il s'y laissa choir comme un morceau de plomb.

— Putain de Dieu, souffla-t-il.

— Depuis combien de temps dis-tu que tu as trouvé le cadavre d'El Cremat ? demanda Aureli Fernández, sans effacer son rictus d'amertume.

— Ça ne fait même pas une heure, camarade Fernández. Juste le temps de prendre contact avec la patrouille de garde, de lui donner l'ordre d'aller récupérer le corps d'El Cremat et de le faire disparaître. Ensuite, je suis venu immédiatement ici pour vous en informer.

— Et depuis combien de temps était-il mort ? lui demanda Gil Portela, avec son habituel air de dégoût.

— Je ne sais pas, je ne l'ai pas touché, je… balbutia Sirga en s'enfonçant les doigts dans sa chevelure rousse pour se gratter la tête. Depuis hier soir, je suppose. C'était son tour de garde. Moi, c'était ce matin. En arrivant, je l'ai trouvé là, allongé de tout son long.

— Avec le crâne écrasé, dit Gil Portela.

— Avec le crâne écrasé, acquiesça Sirga.

Aureli Fernández et Gil Portela se regardèrent. Fernández dit :

— Il est difficile de croire qu'un frère comme lui ait pu faire une chose pareille. Au Tostadero, il avait l'air mort de peur.

— Et El Cremat n'avait guère d'amis, ajouta Gil Portela. Trop de ressentiments, vraiment méchant. Plusieurs personnes avaient juré de l'éliminer.

— Oui, mais qui d'autre peut avoir fait ça ? demanda Sirga de façon stupide. Il n'y avait que lui et moi qui avions la clé, il n'y avait que lui et moi qui savions que le frère se trouvait là-bas…

Il y eut un silence épais. Aureli Fernández regarda une nouvelle fois Gil Portela, et celui-ci demanda :

— C'est peut-être toi ?

Sirga commença à gesticuler avec ses mains comme s'il venait de toucher un fil de fer électrifié.

— Moi ? Comment pouvez-vous ? fit-il en cherchant laborieusement des yeux le regard des trois hommes, tandis que chacun esquivait le sien. Comment pouvez-vous penser une chose pareille ? Mais je… C'est n'importe quoi ! N'importe quoi ! Dites-moi au moins que vous ne pensez pas une chose pareille !

Il était sur le point de fondre en larmes. Manuel Escorza inspira ostensiblement par le nez jusqu'à émettre un petit ronflement. Puis il dit :

— Laissez tomber… Essayons plutôt de trouver une solution. Fernández, quelles nouvelles avons-nous de Balaguer ?

— Tout s'est bien passé. Hier, les autocars ainsi qu'une voiture avec Ordaz, pour ce qui nous concerne, et le dénommé Lacunza, de leur côté, sont partis chercher la première fournée de frères. Il y avait également frère Plana, qui s'est chargé de tout nous expliquer. En arrivant au couvent de Bellpuig de les Avellanes, les séminaristes les attendaient déjà, parfaitement rangés comme s'ils se préparaient pour une procession. Il paraît que le plus difficile a été de rassembler les professeurs cachés dans la montagne, mais les paysans avaient fait circuler la nouvelle et finalement ils sont tous redescendus.

— Et combien sont sortis d'Espagne ? demanda Manuel Escorza sans se retourner.

— Seulement les séminaristes, répondit Portela. Comme nous le leur avions demandé, les gars du comité de Puigcerdá ont commencé à être casse-couilles et n'ont voulu laisser passer que les gamins. Ordaz a joué la comédie, car lui voulait que tout le monde sorte. Tous ceux qui étaient majeurs sont à présent en route pour Barcelone dans les autocars, avec la promesse qu'ils pourront se joindre à la prochaine évacuation. Il paraît que Lacunza est très en colère, mais finalement il fera ce qu'on lui dira de faire. Il veut passer la frontière coûte que coûte.

— J'imagine, grommela Manuel Escorza. Et le Français, qu'en avez-vous fait ?

— On l'a emprisonné à Sant Elies, intervint Aureli Fernández. Dès que Lacunza et Plana sont partis pour Barcelone, nous avons envoyé une patrouille à la pension Capell avec l'ordre de l'arrêter et de l'emprisonner. Nous avons déjà récupéré l'argent qui manquait.

— Et comment se fait-il qu'on ne m'ait encore rien remis ? hurla Manuel Escorza. Apporte-moi cet argent tout de suite ! Puis conduisez le Français à l'Arrabassada et tirez-lui une balle dans la tête, dit-il en hésitant immédiatement. Non, envoyez-le plutôt à la prison Model. On pourra peut-être en tirer une rançon, une fois que nous aurons liquidé toute cette vermine.

Contrarié, Aureli Fernández fit une grimace.

— Je continue à penser qu'il ne faut pas…

Gil Portela l'interrompit :

— Aux grands maux, les grands remèdes, dit-il en souriant.

— Exactement, répliqua Manuel Escorza. De plus, ce qui est arrivé à El Cremat ne peut que précipiter les choses. Avancez la deuxième évacuation et rassemblez tous les maristes, y compris ceux qui arrivent avec Ordaz, au couvent des capucines. Étant donné que nous avons récupéré l'argent, il vaut mieux en finir au plus vite avec toute cette histoire. Par la même occasion, on fermera le couvent des bonnes sœurs ; elles ont réussi à venir à bout de ma patience.

Il se tut un instant, peut-être pour penser à sa sœur, peut-être pour tousser :

— Nous fourguerons l'évêque ailleurs, je vais réfléchir où. Il faut nous débarrasser d'un maximum de problèmes, compris ?

— Compris, convint Gil Portela, avec un grand sourire de satisfaction.

— Camarade, écoute-moi, s'il te plaît, insista Aureli Fernández. Vraiment, tu penses qu'il faut ?…

— Compris ? répéta Manuel Escorza d'un air fâché.

Aureli Fernández se tut immédiatement. Puis, il dit :

— Compris, bordel ! Compris !

— Fouillez partout et trouvez-moi le frère qui s'est évadé, ordonna ensuite Manuel Escorza. Vous me le conduisez à Sant Elies et que les gars en fassent ce qui leur plaira. Quant à toi…

Sirga tremblait depuis un bon moment déjà. Manuel Escorza l'observa avec les mêmes yeux écarquillés du début. Puis, il lui adressa un large sourire :

— … Toi, tu as une mission à mener à bien, en collaboration avec ton cher commissaire.

— C'est une souricière, dit le commissaire Muñoz en éventant les volutes de fumée que crachait le Dr Pellicer devant son visage. Ils contrôlent totalement le couvent des capucines, avec toutes les sœurs à l'intérieur, et ils m'envoient pour enquêter sur je ne sais quoi, à propos de deux porcs abattus d'une drôle de façon. Et en plus, ne voilà-t-il pas qu'ils veulent me forcer à enquêter avec Sirga, cette espèce de rat d'égout ? Je suppose qu'il a dû recevoir l'ordre de me zigouiller. Une perspective très excitante, n'est-ce pas ?

Ils se trouvaient dans la bibliothèque du juge Carbonissa. Celui-ci avait déjà servi deux verres à liqueur et une bouteille d'armagnac. Il était à présent affalé, avec le docteur, dans des fauteuils à oreilles en gutta-percha, tandis que, de son côté, le commissaire parlait en marchant lentement, de long en large, entre les hauts rayonnages remplis de livres, les mains dans les poches de son pantalon et le visage grave. Derrière les fenêtres aux lourds rideaux de velours, on entendait les claquements secs du tonnerre, émaillant cet orage de fin d'été. Un été qui avait été chaud, se souvenait le commissaire Muñoz, avec des ciels limpides, emplis d'une lumière resplendissant au-dessus des maisons bombardées et des corps gisant un peu partout, dans les rues de Barcelone.

Il avait fini par dire quelque chose qui avait tiré le juge Carbonissa de son absence, apparemment congénitale. Celui-ci se redressa et demanda :

— Et vous avez découvert comment sont morts les animaux, commissaire ?

— Pardon ? répondit le policier, qui n'était pas certain d'avoir bien compris la question.

— Les porcs. Je vous demandais si vous savez de quelle façon ils sont morts exactement ?

— On dirait qu'ils ont été attaqués par une sorte de bête sauvage. On les a retrouvés dans la porcherie. Ils ont succombé à des morsures.

— À des morsures. C'est intéressant… fit le juge Carbonissa, dubitatif.

— Intéressant ? Que voulez-vous dire ? Je pense que c'est un prétexte comme un autre pour m'obliger à me rendre dans ce couvent. Tout aussi bien, c'est Escorza lui-même qui les a fait tuer, on ne sait jamais.

— Dans son traité *De masticatione mortuorum*, dit le juge en tournant la tête vers le Dr Pellicer et apparemment sans avoir entendu ce que venait de dire le commissaire, Rehrius explique que dans un petit village du nom de Kisilova, en Hongrie, un certain Plogojowitz est réapparu un beau jour, alors qu'on l'avait enterré depuis deux mois. Sa femme avait témoigné que son mari était soudain revenu à la maison en lui demandant de lui passer les chaussures. Chose qui l'effraya à tel point que, peu de temps après, elle décida de quitter le village et qu'on ne la revit plus jamais dans les parages. Le fait est que Plogojowitz continua à revenir chez les paysans de Kisilova, ou plus exactement chez leurs animaux : la nuit il attaquait les porcheries, dans les fermes, et tuait les bêtes en les étouffant à mains nues et en plantant ses dents dans leur cou. Puis, lorsqu'ils étaient morts, il buvait tout leur sang. Finalement, le recteur de la paroisse ainsi qu'un officier de l'empereur décidèrent d'exhumer le corps de Plogojowitz. Ils lui plantèrent un pieu dans la poitrine et le jetèrent ensuite au beau milieu d'un bûcher, où il fut réduit en cendres…

Le commissaire Muñoz arqua les sourcils.

— Pour l'amour de Dieu, dit-il. Je vous explique que la FAI a décidé de me liquider et vous venez me raconter vos sornettes de vampires ?

Le juge Carbonissa se tourna et observa le commissaire comme s'il venait juste de pénétrer dans la pièce. Le Dr Pellicer prit la parole :

— Notre cher juge pèche parfois par excès d'érudition, commissaire.

Le juge grommela quelque chose dans sa barbe tout en sirotant son petit verre d'armagnac. Le médecin reprit :

— Quoi qu'il en soit, et au vu des circonstances, le juge pointe une hypothèse que vous feriez bien de ne pas écarter d'emblée. Souvenez-vous de ce que je vous expliquais à propos de certaines exactions de vampires.

Le commissaire hocha plusieurs fois la tête.

— Je m'en souviens parfaitement, docteur, mais je crois que vous n'arrivez pas à comprendre ce que je vous dis. Ce qui me préoccupe personnellement…

— C'est votre vie qui vous préoccupe, dit le médecin. Bien, c'est une préoccupation raisonnable. Vous pensez que nous pouvons vous aider d'une façon ou d'une autre, commissaire ? Si c'est le cas, ne doutez pas un seul instant de notre aide. Peut-être que Hadaly pourrait vous être de quelque utilité ?

Le policier serra les lèvres, puis sourit. Décidément, il n'y avait rien à attendre de ces deux individus.

— Je vous remercie, docteur, mais sincèrement, je ne vois pas comment un cheval mécanique pourrait m'aider dans une situation telle que celle-ci. Je me débrouillerai tout seul…

— Mécanique, oui, mais avec plusieurs éléments organiques, précisa le juge Carbonissa. C'est le principe de la vie, que…

— Très bien, laissons tomber, s'impatienta le commissaire. Je ne suis pas venu vous voir pour ça, mais pour vous confier quelque chose que je vous demande de conserver, s'il vous plaît.

Il tira un petit objet de sa poche. C'était la toupie du gamin assassiné. Il s'approcha de la petite table du centre et la posa près des verres à liqueur.

— C'est celle du gamin de la pension Capell, précisa-t-il. Au cas où… Bref, au cas où il m'arriverait malheur.

— Un *memento mori*, n'est-ce pas ? demanda le médecin.

Le commissaire tenta de sourire.

— Oui, je suppose que oui, reconnut-il.

— C'est un honneur pour nous, que vous nous fassiez ainsi confiance, commissaire. Le juge et moi vous en sommes sincèrement reconnaissants.

— Vous ne le méritez pas, répondit sèchement le policier. En réalité je n'ai personne d'autre à qui la confier. Si on me tue, peut-être un jour parviendrez-vous à découvrir qui a fait ça. En réalité, je n'ai jamais réussi à ne plus y penser…

— En réalité, le Manducus… murmura le juge Carbonissa, attentif à son petit verre.

Mais il se leva sans finir sa phrase.

Le commissaire soupira et enfonça à nouveau les mains dans ses poches. Un éclair illumina toute la largeur de la fenêtre. Immédiatement après, le tonnerre retentit de façon assourdissante, puis on entendit un rideau de pluie fouetter les vitres.

À nouveau cet insupportable mal au ventre.

— Pourquoi ne chantes-tu pas, ma chère ? Tu chantes très bien. Chante à nouveau s'il te plaît.

Elle ressentait son mal au ventre, un mal aussi lourd que si elle avait eu une brique à l'intérieur, que si elle avait avalé un pavé du sol et qu'il se trouvait là, dans le fond de sa panse, en train de l'oppresser. Elle ressentait cela et le froid qui régnait dans le garde-manger, un froid humide et rance. Et la peur. Elle avait très peur. Elle tremblait de tous ses membres et ne savait pas si c'était de froid ou de peur.

— Chante pour moi, ma chère. Tu chantais si bien tout à l'heure, pourquoi t'es-tu arrêtée ? Chante à nouveau.

Elle regardait autour et voyait les étagères chargées de nourriture. Ici le lard, là-bas le beurre, un peu plus loin les pots de confiture – de prunes, d'abricots, de cerises – et une perche à laquelle étaient suspendus des crochets avec de la morue séchée et salée. Sœur Concepció était tapie dans le fond du garde-manger, debout, à l'endroit où le plafond était le plus bas et où le mur devenait concave, avec une niche où se trouvait une statuette de saint Galderic, le patron des paysans, car il protégeait les aliments. Son Excellence l'évêque Perugorría se trouvait devant elle, assis sur un baril de harengs, dans la pénombre, avec ses vêtements talaires, semblable à un grand fantôme. À la gauche de l'évêque, on pouvait apercevoir les marches qui descendaient jusqu'au puits, et à côté celles qui montaient en direction de la cour : il s'était installé juste au milieu du passage, lui interdisant toute échappatoire. Il la regardait avec ses yeux larmoyants et ne cessait de lui demander de chanter. Tout à l'heure, prenant son courage à deux mains, la novice était parvenue à entamer le *Pie Jesu Domine* de Fauré, mais elle s'aperçut tout de suite que la peur lui serrait la gorge, comme une main aux longs doigts crochus, et elle avait dû se taire immédiatement. Mais l'évêque continuait de la toiser, sans cesser d'insister :

— Chante, ma douce enfant. Chante les louanges de notre foi chrétienne, grâce à laquelle Dieu notre Père nous fera connaître l'extase et la gloire. Chante, ma chère enfant.

Quelques chants religieux en l'honneur de saint Galderic, que sa mère chantait plus ou moins à cette date, lorsque l'été fini sœur Concepció se préparait à rentrer à l'école, lui revinrent en mémoire. Sa mère disait qu'elle avait appris ces cantiques lorsqu'elle était gamine, comme elle-même l'était à présent. La mélodie était extrêmement belle, et elle se souvenait du début des paroles :

Légitime et antique patron
de notre paysannerie,
saint Galderic chaque jour
veille sur le travail et les labours…

Elle dut s'arrêter à nouveau à cause de son mal au ventre, de sa gorge serrée, du filet de sa voix qui se rompait et de l'insupportable nostalgie qu'elle ressentait en évoquant la douce façon de chanter de sa mère. Pourquoi celle-ci ne venait-elle pas la reprendre ? Elle sentit tout de suite que de grosses et chaudes larmes sortaient de ses yeux et dévalaient son visage comme de bénéfiques gouttes de pluie. Puis elle se laissa aller à pleurer telle une petite fille qui aurait perdu son jouet. Elle appuya son dos contre le mur chaulé et se laissa glisser vers le bas, jusqu'à se retrouver assise par terre. Elle continua à pleurer. Elle se dit qu'il était agréable de pleurer, car elle sentait que sa mère pouvait arriver à n'importe quel moment et l'embrasser avec tendresse, qu'elle pouvait venir la calmer en lui disant de ne pas avoir peur.

— On peut savoir pourquoi tu pleures ? C'est ainsi que ta foi se manifeste, mon enfant ? C'est donc ainsi que tu honores ton tourment ?

L'écho de la voix de l'évêque résonnait contre les murs du garde-manger et se multipliait avant d'atteindre les oreilles de sœur Concepció. Elle leva la tête et vit qu'il s'était planté devant elle, debout, gesticulant comme un marionnettiste de foire. Elle cessa de pleurer, aussi brusquement qu'elle avait commencé à le faire, tout à l'heure. L'évêque également s'était calmé, à présent il lui tendait sa main ligneuse et la lui offrait en même temps qu'un incompréhensible sourire.

— Lève-toi, ma chère enfant. Il y a tout de même une chose que tu peux faire. Une chose que tu peux faire pour moi et pour le repos de l'âme de ta défunte mère.

— C'est Barcelone, ça ?

Frère Darder répéta la même question tout le long du chemin. Étourdi, halluciné, il marchait en titubant à travers un paysage de ruines et de gravats qu'il ne reconnaissait pas. En sortant de sa cellule, il s'était retrouvé dans une rue déserte avec quatre maisons écroulées, un sentier de terre, de sable et de cailloux qui allait se perdre dans un terrain vague couvert de décombres et de mauvaises herbes. Le ciel était épais et sale.

Il prit une descente qui partait en sens contraire du terrain vague et commença à marcher. Au bout d'un moment, il arriva dans un quartier aux maisons basses, petites et modestes. L'endroit était désert et les maisons semblaient abandonnées. Aucun indice ne lui permettait de savoir où il se trouvait : peut-être l'avait-on conduit en dehors de la ville, se dit-il. C'est alors qu'il aperçut un homme sur un vélo qui grimpait une côte. Il pressa le pas pour le héler et, arrivé à sa hauteur, lui demanda :

— C'est Barcelone, ça?

Le gars au vélo se retourna, le regarda avec un certain mépris et se mit à pédaler encore plus vigoureusement. Il s'éloigna à toute vitesse. Frère Darder demeura debout, en plein milieu de la côte, à observer tout essoufflé la silhouette du cycliste en train de rapetisser.

Un homme était mort.

Les coups que lui avait donnés El Cremat lui faisaient mal sur tout le corps et son estomac se tordait douloureusement. Il était affamé, assoiffé, épuisé.

Après avoir divagué encore un long moment le long des rues désertes, il aperçut un garage ouvert au loin et des silhouettes qui bougeaient à l'intérieur. Il s'en approcha et vit trois hommes portant casquette affairés sur un moteur installé au-dessus d'un tour. Les hommes remarquèrent tout de suite sa présence et l'observèrent avec une certaine hostilité.

— C'est Barcelone, ça? leur demanda-t-il.

— Fous le camp, imbécile! répondit l'un d'eux.

Il fit demi-tour et se remit à marcher. Un homme était mort. Ses jambes lui répondaient très difficilement, comme si elles étaient pleines de rouille et de pétrole.

Soudain, il se rappela une chose et fit demi-tour pour aller en parler aux hommes du garage. Il trouvait extrêmement important de le leur dire.

Mais brusquement tout devint noir autour de lui et il ne sentit même pas son crâne cogner contre le pavé.

Lorsqu'il rouvrit les yeux, il voyait tout trouble et sa bouche était pleine d'une espèce de pâte semi-liquide. Cette sensation l'effraya, puis il comprit rapidement qu'il s'agissait juste de sa salive. Petit à petit, ses yeux commencèrent à percevoir la découpe des choses autour de lui.

— C'est Barcelone, ça ?

Et c'était bien Barcelone, oui : il comprit qu'il se trouvait à l'angle de l'université et de la rue Aribau. Devant lui, il y avait la place, avec le sol complètement éventré par les bombes, et le café Tostadero, fermé, la façade à moitié défoncée. Il était donc retourné d'où il venait. Apparemment, les hommes du garage avaient eu pitié et l'avaient reconduit au centre. Ils ne devaient savoir que faire de lui et ils l'avaient abandonné là au milieu du trottoir comme un ivrogne ou un mendiant.

"… la honte de la famille."

Il s'aperçut qu'on lui avait volé ses chaussures. Ou peut-être ne les avait-il déjà plus en quittant la cellule ? Il n'en savait rien, mais il avait les pieds aussi sales que s'il les avait trempés dans une mare de boue.

Cela lui rappela qu'il y avait bien longtemps qu'il n'avait pu observer son visage. Il se redressa et, en s'appuyant contre le mur, s'aperçut que ses jambes le soutenaient, alors que sa tête lui tournait férocement. À l'autre angle de la rue, on pouvait voir la boutique d'un tailleur dont, à l'intérieur, le comptoir, les mannequins et les coupons de tissu étaient intacts. La boutique rescapée, entourée de maisons à moitié effondrées ou criblées d'impacts de mitraille, le rendait à la fois mal à l'aise et confus, il éprouvait à la fois dérision et mélancolie.

Il traversa la rue et s'en approcha. Il s'examina dans le reflet de la vitrine et fut extrêmement consterné par son image. Celle-ci était encore pire qu'il ne l'avait imaginé. Il avait l'air famélique, son corps était rachitique et démantibulé. Il avait un visage émacié, les joues dissimulées sous une barbe folle. Ses vêtements n'étaient plus que de tristes haillons, et il était si sale qu'il pouvait tout à fait passer pour le plus crasseux des miséreux. Il avait des taches partout : certaines d'excréments et plusieurs autres de sang. Le sien et celui d'El Cremat.

Il se dit que ce n'était pas son image qu'il voyait dans cette vitrine, mais plutôt celle d'un criminel. Il baissa la tête et se recueillit comme s'il allait se mettre à prier, mais frère Darder ne priait plus depuis longtemps. Il se contentait d'assumer ce fait : il était un criminel.

"Si Dieu trouve cela convena..."

Il reprit son chemin, traversa la place de l'Université et longea la rue Tallers, en direction de la Rambla. Sur la place Castella, il vit une bande d'hommes et de femmes qui avaient fait une sorte de bivouac : ils étaient déguenillés et avaient construit une espèce de refuge avec des caisses vides et des fragments de ruines. Alors qu'il passait à leur hauteur, on lui cria quelque chose : les mendiants l'avaient reconnu comme un des leurs. Il les ignora et poursuivit son chemin. À chaque pas, il découvrait des signes insupportables de désolation et de misère. Des balcons écroulés, des vitres cassées, les cratères creusés par les explosions parmi les façades des maisons et les pavés de la rue. Le ciel continuait à être inhospitalier et les quelques personnes qui circulaient sur la Rambla traînaient des pieds et marchaient tête baissée, sans se regarder. "C'est Barcelone, ça?" se demanda à nouveau frère Darder. Mais à présent, il se le demandait machinalement, car il ne savait que trop qu'il s'agissait bien de Barcelone. Ou tout au moins ce qu'il en restait, autrement dit : son fantôme.

Il prit la rue Ferran et arriva à la pension Capell. L'immeuble était intact, mais la porte était fermée à clé. Il tira sur le cordon de la clochette, patienta une minute, deux, trois. Pas de réponse. Il fit à nouveau tinter la clochette, cette fois avec plus de force et d'insistance. Un gamin passa à ses côtés et le regarda de façon méfiante. Puis il entendit une voix de femme, tremblante, derrière la porte.

— Qui est-ce ?

— Madame Gertrudis ? C'est moi… dit-il avant de baisser la voix afin qu'aucun passant ne pût l'entendre. C'est frère Darder, vous souvenez-vous de moi ?

Silence.

— Vous souvenez-vous de moi, madame Gertrudis ? Laissez-moi entrer s'il vous plaît.

La clé tourna dans la serrure, la porte s'entrouvrit et le bout du nez de Mme Gertrudis apparut. Elle toisa frère Darder, lentement, puis elle mit son visage dans ses mains et commença à pleurer. Il ne s'attendait pas à cela et eut un élan d'affection et de compassion envers cette femme qui l'invita à entrer et qu'il étreignit avec une tendresse qui lui semblait d'une certaine façon déplacée, mais qui sur le moment les réconforta l'un comme l'autre. Mme Gertrudis était une femme menue et tout osseuse. Elle dégageait une odeur de poudre extrêmement agréable. Elle n'avait pas l'air dégoûtée par la puanteur amère qu'exhalaient les vêtements de frère Darder.

Sans cesser d'étreindre la femme, il dirigea son regard vers le fond du couloir. L'escalier qui menait aux chambres était complètement dans le noir.

— Ils sont partis ? demanda-t-il.

Mme Gertrudis leva son visage couvert de larmes.

— Ils les ont emmenés, frère Darder, sanglota-t-elle. Il y a à peu près deux heures, frère Plana est arrivé, accompagné par des miliciens de la FAI, dans un autocar. Frère Plana a prétendu que l'évacuation commençait et qu'ils étaient en train de chercher les frères dispersés un peu partout pour les rassembler au couvent des capucines de Sarrià. Ils sont montés dans l'autocar et sont partis. Et cela m'a vraiment effrayée, car à présent on va certainement dire que je cachais des religieux. Vous pensez que les gars de la FAI vont venir me chercher ?

— Au couvent des capucines dites-vous ?

— C'est ce qu'ils ont dit.

Il lâcha la femme et alla se laver les mains comme s'il se préparait à faire un travail pénible. Mme Gertrudis se conduisit en bonne samaritaine :

— Pourquoi ne vous lavez-vous pas correctement ? Vous êtes tellement sale et si déguenillé… J'ai les vêtements et les chaussures de mon mari, que Dieu le garde. Il me semble qu'ils sont plus ou moins de votre taille.

Frère Darder tenta de sourire, mais il n'y parvint pas.

— À présent, il me faut y aller, madame Gertrudis.

— Vous allez les chercher ? Dites à frère Plana, s'il vous plaît, qu'il explique aux gens de la FAI que je n'ai jamais caché personne.

— Ne craignez rien, je le lui dirai.

Mme Gertrudis prit doucement la main droite de frère Darder entre les siennes.

— Que Dieu vous protège, mon frère.

Cette fois-ci, il réussit à sourire.

— Il vaudrait mieux pas.

Il ouvrit la porte et ressortit dans la rue. Il continua à monter la rue Ferran, jusqu'à la place Sant Jaume, où il se trouva devant une sorte de concentration de Patrouilles de surveillance. Il compta une bonne douzaine de miliciens, tandis que son estomac avait fait une boule au niveau de sa gorge. Impossible de faire demi-tour, car il avait déjà été repéré. Il continua à marcher lentement, pieds nus sur les pavés écornés par la mitraille. Lorsqu'il arriva à leur hauteur, un des miliciens l'aborda :

— Où vas-tu, silhouette ?

Frère Darder s'arrêta brusquement et, le regard égaré en quelque point indéfini, hurla aussi fort qu'il le put :

— Camarades, vive la révolution !

Les miliciens l'observèrent comme s'il s'agissait d'un animal exotique. Lui ne faisait que penser à l'oncle Emili, et à ce qu'il lui aurait dit s'il l'avait trouvé dans une situation pareille. Au bout de quelques secondes, un milicien éclata de rire, puis tous les autres l'imitèrent. Il se dit qu'il valait sans doute mieux les faire rire que les contrarier. Ils étaient encore plus jeunes que lui, aucun d'eux sans doute ne devait avoir plus de vingt ans. Ils étaient costauds, arrogants et beaux. Il eut de la peine à les imaginer morts, criblés de balles dans quelque ruelle de la ville ou éventrés par une bombe italienne. Celui qui l'avait arrêté tout à l'heure parla à nouveau :

— Très bien, silhouette. Ce sont des hommes comme toi dont nous avons besoin. Pourquoi ne chantes-tu pas avec nous à présent ? Tu connais *Tous aux barricades* ? Allez, je te donne le ton.

Et il commença :

La seule richesse est la liberté,
il faut la défendre avec bravoure et courage.
Levons le drapeau de la révolution…

Les autres continuaient à être morts de rire, et frère Darder, qui bien entendu ne connaissait pas les paroles de cet hymne anarchiste, baissa la tête et fixa son regard sur les ongles de ses orteils. Finalement, un autre milicien, qui s'étranglait de rire, lança au milicien qui chantait :

— Fous-lui la paix, nom de Dieu, tu ne vois pas que c'est un vagabond ?

Puis il se tourna vers frère Darder.

— Va-t'en, camarade, et vive la révolution, mon vieux !

Frère Darder se garda de répondre et s'éloigna des Patrouilles de surveillance sans se presser et sans se retourner, même pas lorsqu'il entendait les éclats de rire ou les insultes des miliciens : Liberté, bravoure et courage, disait la chanson. Cela lui sembla être une plaisanterie mais… et si à y regarder de plus près, la guerre tout entière était une immense et macabre plaisanterie ? Des frères qui tuaient d'autres frères, des pères qui dénonçaient des fils et des fils qui exécutaient ou faisaient exécuter leurs parents ; des marchands de misère et des maquereaux de la mort, des colporteurs du crime et des quincailliers de la dépravation.

Le visage ridicule de frère Plana, entrant dans sa chambre de la pension Capell pour lui demander de le confesser à nouveau, car il avait volé une patate bouillie dans le garde-manger, lui revint en mémoire. Frère Plana, qui devait avoir déjà touché ses trente pièces de monnaie. La guerre ne forgeait pas des héros ; seulement des traîtres. La guerre était une grande cour pleine de saletés où couraient des rats, qui se dévoraient les uns les autres.

Il voulait se rendre au couvent des capucines et y arriver à temps pour démasquer ce traître de frère Plana pour lui faire honte devant tout le monde, avant de mourir. Avaient-ils finalement négocié cette évacuation ? Il ne parvenait pas à croire que frère Lacunza et l'émissaire Aragou eussent réellement pu être aussi naïfs. Avaient-ils remis cet argent pour qu'on les menât encore plus rapidement à la mort ?

Il voulait se rendre au couvent des capucines, mais il était entré dans le quartier gothique et divaguait le long des ruelles comme une âme en peine. Il avait encore la bouche pâteuse et son estomac qui se tordait en tous sens à cause de la soif et de la faim. Il était épuisé et ne savait plus s'il lui fallait se rendre tout de suite à Sarrià ou se coucher n'importe où, pour se laisser mourir.

Camarades, vive la révolution!

Il prit une ruelle particulièrement étroite et longue, et aperçut un bâtiment possédant une grande façade et un porche en pierre de taille avec de grandes portes de bois et le drapeau républicain fixé au-dessus. Un bâtiment officiel. "Morgue", lut-il sur la plaque qui se trouvait sur un côté du porche, et puis des lettres plus petites qu'il ne put distinguer, car sa vue devenait trouble. Cela lui sembla une bonne idée.

Il s'assit devant la porte, appuya sa tête sur une pierre qui dépassait du mur et s'endormit au bout de quelques secondes.

Lorsque quelqu'un le réveilla en lui secouant l'épaule, il n'aurait su dire s'il avait dormi longtemps ou pas. Il ouvrit à moitié les yeux et aperçut un homme corpulent avec des lunettes qui le regardait. Celui-ci lui souffla la fumée de sa cigarette sur le visage et cela le gêna.

— Eh, oh? faisait-il. Vous ne seriez pas par hasard le mariste de la pension Capell, le fameux Majorquin? Je suis le Dr Humbert Pellicer, j'étais là-bas, lorsqu'on a découvert les cadavres. Vous m'entendez?

— J'ai tué un homme, répondit frère Darder en hochant plusieurs fois la tête.

— Ainsi donc, dit la mère supérieure, mon frère ne vous a rien dit à propos de la présence de Son Excellence l'évêque au couvent.

Le commissaire Muñoz arqua les sourcils en signe d'étonnement et durcit son regard. Cette réaction ne passa pas inaperçue auprès de la mère supérieure, qui était assise devant lui à la grande table de la salle capitulaire. Auprès de Sirga non plus, qui se tenait debout, engoncé dans l'uniforme de la Police de Barcelone, devant la lourde porte de la salle. Cependant, le commissaire n'avait pas l'intention de cacher quoi que ce fût. Il demanda :

— De quel évêque parlez-vous ? Et qui est donc votre frère, ma mère ?

La mère supérieure mit sa main devant sa bouche, comme si elle voulait éviter qu'on n'entende ce qu'elle allait dire.

— Mon Dieu. Vous ne savez donc rien, dit-elle en baissant les yeux, comme si elle allait se mettre à pleurer.

Le commissaire se tourna vers Sirga, qui tenta de fuir son regard et de feindre le plus grand calme.

— Je ne sais pas quoi, ma mère ? s'impatienta-t-il. Qu'est-ce que je ne sais pas ?

La mère supérieure se passa la main sur le front.

— Mon nom séculier est Isabel Escorza. Manuel Escorza est mon frère et il m'oblige à cacher Son Excellence Mgr Gabriel Perugorría, l'évêque de Barcelone, ici, dans ce couvent, et je n'en connais absolument pas la raison.

Le commissaire devint muet. La souricière était bien plus venimeuse qu'il ne l'avait imaginé. Il était entré en pleine nuit dans une maison, juste pour découvrir qu'il ignorait tout, et que cette maison était infestée de gens qui se moquaient de lui.

— Vous étiez au courant de tout cela, Sirga ? demanda-t-il sans se retourner.

— Pas… Pas du tout, monsieur… Je…

— Bien entendu qu'il l'était, intervint la mère supérieure dont la voix tremblait de rage et de surprise. Puisque c'est lui qui…

— Putain de bonne sœur de merde ! hurla Sirga en portant la main à son pistolet.

Cela dura moins d'une seconde. La détonation retentit à l'intérieur de la salle capitulaire avec un écho déchirant qui avala le cri de la mère supérieure, aussi aigu que la pointe d'un couteau. Sirga s'effondra, le dos appuyé contre un battant de la porte, une main au niveau de l'estomac et l'autre faisant encore mine de dégainer son arme. Debout devant la table, le commissaire brandissait la sienne, dont le canon fumait encore.

— Nom de Dieu, soupira-t-il. Quelle merde !

Il écarta du pied la chaise qui était tombée au moment où il avait bondi, puis s'approcha de Sirga, sans cesser de le viser avec son pistolet. Cette fois, la mère supérieure se mit à pleurer de façon inconsolable. Lorsqu'il fut à côté de lui, le commissaire s'aperçut que le sang coulait entre les doigts avec lesquels Sirga se tenait le ventre déchiré. Une petite flaque d'urine était en train de se former sous l'agent, sur les dalles de la salle capitulaire.

— Monsieur… gémit Sirga, les joues pleines de larmes.

— Tais-toi, imbécile, le coupa le commissaire.

— Mon Dieu, mon Dieu, psalmodiait la mère supérieure, avec la voix cassée. Le commissaire la regarda.

— Vous qui savez faire ça, lui dit-il. Dites une prière pour le repos de son âme.

Sirga tremblait comme un gamin qui se réveille d'un cauchemar. Le commissaire s'agenouilla devant lui, en prenant garde de ne pas se salir avec la flaque d'urine et le saisit de façon que la tête de Sirga reposât sur sa cuisse. Il entendit le petit gémissement de douleur que ce geste arracha à l'agent, et le râle au fond de sa gorge. Il enfonça le canon de son arme dans sa poitrine, à hauteur du cœur. Cette fois le bruit du coup de feu fut amorti. Le commissaire se débarrassa du corps inanimé de Sirga, qui demeura étendu par terre, puis il se leva.

— Quelle putain de guerre, dit-il sur un ton curieusement résigné, comme s'il se plaignait du temps qu'il fait.

Il se tourna vers la mère supérieure. Appuyée contre la vitrine contenant les urnes d'argile, celle-ci pleurnichait et l'observait avec un regard complètement effrayé.

— Je me suis contenté de lui éviter de souffrir, dit le commissaire. Si je ne l'avais pas fait, il aurait agonisé pendant des heures. Je suis désolé que vous ayez dû assister à la scène, mais c'était lui ou nous.

— Mon Dieu. Oh, mon Dieu… ne cessait de répéter la femme, enfermée dans sa litanie.

De colère, le commissaire souffla par le nez.

— Si au moins, il pouvait me donner un coup de main, mais j'ai bien peur qu'on ne puisse guère compter sur votre Dieu. Où se trouve l'évêque ?

La mère supérieure respira profondément et fit un effort pour se calmer.

— Je n'en sais rien, répondit-elle entre deux sanglots. Je ne l'ai pas vu depuis hier soir. Dans sa cellule, ou peut-être à la chapelle… qui sait !

— Écoutez-moi, s'il vous plaît, madame, l'interrompit le policier. Il nous faut partir d'ici le plus vite possible, avant qu'un escadron de miliciens envoyé par votre frère ne se présente et nous liquide les uns après les autres. Nous n'avons pas de temps à perdre. Réunissez toutes les bonnes sœurs dans la cour du cloître ; j'irai moi-même à la recherche de l'évêque.

— Commissaire, dit la mère supérieure en s'essuyant le visage avec un mouchoir. Il y a encore une chose que vous ignorez à propos de Son Excellence. Il…

— Vous m'expliquerez ça plus tard, madame, lorsque nous serons sortis d'ici. Il nous faut agir extrêmement rapidement, comprenez-vous ? Réunissez les bonnes sœurs et nous nous retrouvons d'ici cinq minutes dans la cour du cloître. Où se trouve la chapelle ?

— Où se trouve l'émissaire Aragou ? demanda frère Lacunza, en se dandinant sur son siège à cause des cahots. Quelles nouvelles de frère Darder ?

— L'émissaire voyage dans l'autre voiture, avec les camarades Escorza et Gil Portela, mentit frère Plana, qui était assis à ses côtés et essuyait ses mains moites. Frère Darder se trouve dans un des autocars. Nous allons nous retrouver tous ensemble au couvent des capucines. N'est-ce pas, camarades ?

— Absolument camarade ! hurla Antoni Ordaz depuis le siège du conducteur en éclatant de rire.

Il trouvait très amusant de se faire traiter de camarade par ce mariste plein de bonnes manières. Assis à la place du copilote, Aureli Fernández se taisait. Il aurait voulu que les choses se passent différemment, mais Escorza s'était arrangé pour que Tarradellas et même Companys ferment les yeux sur cette opération. Il fallait donc se taire et obéir, il n'avait pas le choix. En fin de compte, la guerre avait toujours été la guerre.

Sur la banquette arrière, frère Lacunza n'avait pas fière allure non plus. Il se trouvait grotesque, ainsi déguisé en milicien des Patrouilles de surveillance (veste de cuir, pantalon de velours, casquette, sandales attachées avec un long ruban noir et foulard rouge et noir autour du cou) et c'était encore pire lorsqu'il observait frère Plana, vêtu de cette même façon absolument ridicule. Qui donc voulaient-ils tromper ? N'importe quel imbécile pouvait tout à fait s'apercevoir que ce n'étaient pas des anarchistes, mais Ordaz avait insisté, il avait affirmé qu'il était nécessaire de s'habiller ainsi pour faciliter les démarches, en arrivant à la frontière. Il ne voulait pas qu'il se passe la même chose qu'avec la première fournée, disait-il. Frère Lacunza se mettait encore hors de lui lorsqu'il y pensait, mais surtout il commençait à douter sérieusement de la parole des hommes de la FAI. Il avait un mauvais pressentiment et était torturé par la crainte d'être tout simplement en train de conduire cent soixante-douze frères de la communauté dans un traquenard plus qu'évident. Mais ensuite il se calmait en pensant aux séminaristes de Balaguer, qui étaient effectivement passés lors se la première évacuation. Il avait été mis au courant des retrouvailles des garçons et de leurs familles respectives. Il avait alors imaginé des embrassades maternelles, des larmes de joie. Et il avait fait ses remerciements, car tout s'était parfaitement bien passé pour eux.

Le véhicule venait de prendre la rue Major de Sarrià et cela signifiait que le couvent ne devait plus être bien loin. L'autre voiture, dans laquelle avaient pris place Manuel Escorza, Gil Portela et – avec l'accord de frère Plana – l'émissaire Aragou, devait être déjà arrivée. Derrière elle venaient les autocars où voyageaient les frères : ceux qui n'avaient pas pu passer la frontière lors de la première expédition, ceux qui restaient de la pension Capell et ceux qui s'étaient présentés à la convocation, dans les différentes agglomérations des alentours de Barcelone. Ils allaient tous se retrouver au couvent, pour faire l'appel, et remonteraient ensuite dans les autocars pour reprendre la route en direction de La Jonquière. Tout devait bien se passer. Tout devait bien se passer.

— Camarade Fernández, dit frère Lacunza.

— Oui ?

— Vous êtes devenus de sacrés bons camarades, mes frères ! se moqua Antoni Ordaz. Je crois que cette révolution commence à vous plaire, n'est-ce pas, frère Lacunza ?

— Ça suffit, merde ! coupa Aureli Fernández et Ordaz se tut immédiatement. Qu'y a-t-il, mon frère ?

— Vous nous avez donné votre parole, camarade Fernández.

— Je ne comprends pas !

— Oui, vous m'avez donné votre parole. Le jour où nous vous avons remis l'argent, vous nous avez promis que tout se passerait bien. Donnez-moi à nouveau votre parole.

Aureli Fernández respira à fond. En fixant le capot de la voiture, il répondit :

— Je ne vois pas pourquoi je devrais le faire. Lorsque je donne ma parole, elle est donnée, un point c'est tout.

— Vous nous avez donné votre parole, mais la première évacuation ne s'est pas du tout passée comme prévu. Promettez-moi que, cette fois-ci, tout se passera bien, camarade.

Antoni Ordaz regarda Aureli Fernández du coin de l'œil et s'aperçut qu'il serrait les dents. Puis, il se tourna pour annoncer, en prenant son temps :

— Tout va bien se passer. Je vous en donne ma parole, une nouvelle fois.

Frère Lacunza acquiesça. Il ne vit pas frère Plana tourner sa tête et regarder à travers la vitre de la voiture. Plus haut, à la fin de la côte qu'ils étaient à présent en train de monter, on pouvait voir le mur d'enceinte du couvent des capucines du Désert de Sarrià. La journée était claire, le ciel uniforme, lavé par la pluie des jours précédents.

— Je ne trouve l'évêque nulle part. J'ai cherché dans les cellules, dans le réfectoire et dans la chapelle, mais je n'ai vu personne. Où puis-je aller encore ?

Venant du couloir qui mène au réfectoire, le commissaire Muñoz était sorti dans le cloître où les bonnes sœurs, obéissant aux ordres de la mère supérieure, s'étaient déjà regroupées. Il y avait sœur Ascensió, sa peau couverte de taches de vieillesse, et sœur Presentació, agrippée à sa canne, toutes deux centenaires. Il y avait également les sœurs Benedicció, Dormició et Visitació, béatifiées dans leur extraordinaire obésité. Il y avait sœur Encarnació, qui pressentait une menace et tenait entre ses doigts un chapelet qu'elle récitait compulsivement. La mère supérieure ne leur avait pas donné la moindre explication, mais toutes comprenaient qu'il se passait quelque chose de particulier, comme le jour des fausses détentions et de l'exhumation des momies. Le commissaire regarda les vingt-sept religieuses et se demanda ce qu'il pouvait bien faire d'elles. Mais avant tout, il était indispensable qu'il trouvât Mgr Perugorría.

La mère supérieure faisait sa tête des mauvais jours. Elle saisit le commissaire par le bras et s'éloigna de quelques pas avec lui.

— Nous aussi, il nous manque quelqu'un, dit-elle à voix basse. Sœur Concepció n'est pas là. C'est une novice, une gamine de treize ans.

— Et on peut savoir pour quelle raison elle n'est pas là ? demanda le commissaire en chuchotant également et sans dissimuler sa contrariété. Vous ne savez pas où elle se trouve ?

La mère supérieure soupira profondément. On avait l'impression qu'elle allait se remettre à pleurer.

— Avec Son Excellence l'évêque, je suppose, murmura-t-elle. C'est ce que je tentais de vous dire, tout à l'heure.

La mère supérieure continua de parler à voix basse encore quelques minutes, pendant que les bonnes sœurs demeuraient en plein soleil, immobiles, et que le visage du commissaire devenait aussi rouge que si un bûcher commençait à lui brûler les pieds.

— Je les retrouverai, déclara-t-il. Attendez-moi ici avec les bonnes sœurs et soyez prêtes à partir à tout moment. N'emportez rien avec vous, ni objets ni vêtements. Nous aurons besoin de faire vite.

Il abandonna le cloître à grandes enjambées, presque en courant, décidé à inspecter tous les recoins de l'enceinte. Un évêque perturbé passant son temps à courir après des gamines… il ne lui manquait plus que cela ! Il se présenta devant la porcherie et y jeta un coup d'œil. Il n'y avait personne, mais il put constater que les murs étaient tachés de sang. Il était donc évident qu'il s'était passé quelque chose à cet endroit-là. Il se dit qu'il devait interroger la mère supérieure à ce propos. Ça avait dû être un cadeau de son frère Manuel, afin de l'envoyer au couvent en compagnie de Sirga, mais à y regarder de plus près, pourquoi Escorza se serait-il donné tout ce mal ? Sa pensée fonctionnait à coups d'intuitions et de demi-idées, mais il ne parvenait pas à les ranger dans le bon ordre.

Il regarda dans la cabane à outils du potager et observa le fond du puits en craignant d'y trouver le cadavre de sœur Concepció. Il n'y avait rien non plus. Il ne savait pourquoi il lui était impossible de s'ôter de la tête l'image du gamin assassiné à la pension Capell. Il entra dans la buanderie mais ne vit que les bassins, les pains de savon et du linge blanc étendu.

Il fit demi-tour, à présent en courant. Il lui fallait les trouver tout de suite. Il se souvenait des larmes de Sirga lorsqu'il avait compris qu'il allait mourir. Pauvre imbécile. Ce n'était pas la première fois qu'il tuait un homme, mais cela ne le rendait pas plus paisible pour autant. Il éprouvait un certain malaise, se sentait sale, abattu. Que lui dirait sa mère si elle venait à l'apprendre? Il n'était pas entré dans la police pour tuer des hommes, au contraire, il l'avait précisément fait pour empêcher qu'on en tue. Mais apparemment, il n'y avait pas moyen de l'éviter. Tous les hommes cachaient-ils un assassin au fond d'eux? Il lui fallait retrouver l'évêque et la novice avant que les hommes d'Escorza ne vinssent voir si Sirga avait bien accompli son travail.

Il descendit jusqu'au bûcher, mais personne ne s'y trouvait non plus. Il ne vit que des souris en train de fuir à toute vitesse pour aller se cacher derrière les bouts de bois.

Il savait parfaitement ce qu'il avait à faire. Il allait sortir de là avec les bonnes sœurs et l'évêque et tutti quanti, puis il les conduirait au Parlement. Il solliciterait la protection du gouvernement de la Generalitat jusqu'à ce que toute cette affaire s'éclaircît enfin. Il lui faudrait traverser toute la ville et cela n'allait pas être facile avec ce troupeau de brebis, mais il savait au moins où il devait les conduire pour leur éviter d'être exécutées, et d'être lui-même exécuté, dans un coin quelconque de Montjuïc ou de l'Arrabassada.

Il arriva devant la porte du garde-manger et dut s'accroupir pour y pénétrer. Il découvrit l'escalier sombre, avec ses marches irrégulières. Dans cette pénombre, il perçut immédiatement une sorte de gémissement, comme celui d'un chien blessé.

Il empoigna son pistolet et descendit quelques marches, de façon très précautionneuse, retenant son souffle. La plainte cessa, puis reprit au bout de quelques secondes, mais ce n'était plus un gémissement de chien. C'était une voix qui disait quelque chose. Une voix faible et flûtée, de gamine, en train d'articuler des mots. Il s'immobilisa sur une marche et tendit l'oreille.

Stabat Mater dolorosa
iuxta crucem…

Il avait réussi à entendre cela, puis la voix s'était interrompue et avait laissé place à une plainte. Était-ce vraiment une plainte ou plutôt des pleurs ?

Il descendit quatre marches supplémentaires et, après avoir franchi le coude de l'escalier, les surprit. Un gros et imposant bonhomme était assis sur un baril de harengs, avec son vêtement talaire pendant de tous côtés, comme un rideau de théâtre. Devant lui, collée au mur, se trouvait une gamine en train de pleurer, le visage dans ses mains. Elle était complètement nue, les cuisses couvertes de sang.

— Bonjour, petite sœur ! Il semblerait qu'il y ait un grand rassemblement de toute la communauté, j'espère que nous ne vous dérangerons pas trop !

Manuel Escorza venait d'entrer dans le cloître du couvent avec le même naturel que s'il venait rendre une visite de courtoisie. Malgré ses béquilles et ses bottes à grosses semelles, il se déplaçait avec une agilité surprenante, à tel point que Gil Portela, qui se trouvait à ses côtés, devait accélérer le pas pour parvenir à tenir le rythme. Derrière eux, trois miliciens les escortaient, armés de fusils, le visage grimaçant comme s'ils avaient la gueule de bois. Rangées au milieu du cloître, les capucines observaient l'arrivée de ces hommes avec une certaine curiosité, mais sans manifestation d'aucune sorte. En revanche, le visage de la mère supérieure venait de se décomposer :

— Que fais-tu ici ? demanda-t-elle sans pouvoir dissimuler sa consternation.

Les miliciens et Gil Portela s'arrêtèrent sous les arcades du cloître. Manuel Escorza, lui, sortit dans la cour, en s'appuyant sur ses béquilles, pour se planter devant sa sœur.

— Je suis juste venu m'assurer que tout allait bien pour vous, petite sœur, répondit-il avec son sourire difforme. Il se passe des choses si étranges dans ce couvent… Ah, un groupe d'amis ne va pas tarder à arriver, avec qui nous avons une affaire à régler. Je crains que nous ne fassions un peu de bruit. Mais tout va bien, petite sœur ? Tout est en ordre ?

— Un groupe d'amis ? Mais de qui parles-tu, Manuel ?

Le sourire de Manuel Escorza s'émoussa jusqu'à s'effacer tout à fait.

— On dirait que tu n'es pas contente de me voir, petite sœur. Sincèrement, je m'attendais à un accueil un peu plus aimable de ta part. Tu n'es pas satisfaite des hommes que je t'ai envoyés ?

— Les hommes ? bredouilla la mère supérieure, qui avait du mal à parler.

— Sirga et un commissaire de la Police de Barcelone qui est un exemple d'honnêteté et de diligence, petite sœur, répondit-il en souriant à nouveau. Comment se fait-il qu'ils ne soient pas avec vous ? Ils ont déjà résolu l'énigme des porcs ?

La mère supérieure fixa son regard par terre, un peu étourdie. Un chat s'étendit sur les bottes de Manuel Escorza pour les lustrer.

— Je ne vois pas de qui tu veux parler, Manuel… pleurnicha-t-elle. Je…

— Ne commence pas à m'énerver comme d'habitude, petite sœur. Où se trouvent Sirga et le commissaire ? Et l'évêque, où as-tu fourré l'évêque ? Que foutez-vous toutes là-dehors ?

Un milicien, qui avait rebroussé chemin jusqu'à la porte du couvent, était revenu dans le cloître et s'était approché de Gil Portela pour lui murmurer quelque chose. Gil Portela se racla la gorge avant de s'adresser à son tour à Manuel Escorza :

— Camarade, les autocars viennent d'arriver, avec les Patrouilles de surveillance et les frères. Ainsi que les voitures d'Ordaz et de Fernández.

— Parfait, répliqua Manuel Escorza sans cesser de fixer la mère supérieure. Petite sœur, comme je te l'ai déjà dit, à présent nous avons du travail. Prends tes fanatiques et enferme-les dans la chapelle, nous n'avons pas besoin d'elles, ici. Puis reviens me voir immédiatement, car nous avons à parler ensemble, toi et moi. De plus, aujourd'hui, je vais t'apprendre quelque chose qui ne manquera certainement pas de t'intéresser. C'est bien compris ?

La mère supérieure fit oui de la tête.

— Vous, poursuivit Manuel Escorza en se tournant vers les miliciens, allez devant la porte et guidez-les tous jusqu'ici. Gil, essaie de voir ce qui s'est passé avec Sirga, le commissaire et notre ami l'évêque. J'ai l'impression qu'il y a quelque chose qui ne tourne pas très rond.

— Monseigneur, écartez-vous de la gamine.

Le commissaire avait fini de descendre l'escalier et s'était placé à une distance respectable de l'évêque, qui lui tournait le dos. Les marches qui menaient au puits, d'où venaient des bouffées de fraîcheur et d'humidité, se trouvaient derrière le policier. Il pouvait parfaitement voir la novice qui avait retiré ses mains de devant son visage et les avait placées devant ses cuisses, dans une tentative de cacher sa nudité. Elle était morte de peur et de honte. Le sang de ses règles contrastait scandaleusement avec la lividité de sa peau, lui conférant un air sinistre. Le commissaire se fixa également sur la niche où se trouvait saint Galderic et se dit que la foi religieuse n'était rien d'autre qu'une forme de folie singulière. Comme l'évêque n'avait pas répondu, il s'adressa à nouveau à lui :

— Monseigneur, je suis commissaire de police. Regardez-moi dans les yeux et écartez-vous de la gamine, je vous prie.

Il avait le pistolet à la main, mais ne visait pas l'évêque, qui ne se retourna pas et ne répondit pas davantage, se contentant de demeurer immobile, épaules en avant, de telle façon que le policier ne pouvait vérifier ses mains. Ce dernier se déplaça jusqu'à avoir l'évêque de profil, en se maintenant à bonne distance de lui, autant que le lui permettaient les étagères débordant de vivres et un tas de sacs de grains posés contre le mur. Sœur Concepció le suivait du regard. Elle pleurait toujours : de grosses et abondantes larmes jaillissaient de ses yeux, puis roulaient le long de ses joues et de son cou pour aller s'arrêter sur ses seins à peine naissants. Mais elle ne gémissait ni ne sanglotait ni ne parlait plus. Le silence de la gamine et celui de l'évêque s'additionnaient et imposaient un air vaguement onirique à cette scène. Oui, ce pourrait être un de mes cauchemars, se dit en lui-même le commissaire Muñoz. Ce n'est pas moi qui suis nu, mais cette gamine : sans doute quelqu'un est-il en train de se moquer de moi.

Il observa attentivement le profil bouffi de l'évêque, qui semblait complètement perdu dans ses pensées. À présent il pouvait voir ses mains : elles étaient croisées sur sa soutane et il bougeait de temps en temps ses pouces comme s'il était en train de compter quelque chose. Il continuait à ne pas le regarder, tout comme il ne regardait pas non plus la gamine. Comme si, en dehors de lui-même, il n'y avait personne d'autre dans le garde-manger. Le commissaire insista :

— Monseigneur, nous devons sortir immédiatement d'ici. Votre vie est en danger. Les anarchistes vont venir vous tuer, vous et les bonnes sœurs, et la gamine, et moi aussi. Ils nous tueront tous, vous comprenez ? Vous comprenez ?

Le commissaire se tut et l'on n'entendit que le bruit des gouttes d'eau qui se précipitaient depuis la voûte au fond du puits. Sœur Concepció se mit une nouvelle fois à pleurer. Pour l'instant, il pouvait se féliciter d'avoir réussi à lui faire encore plus peur.

Brusquement, l'évêque se tourna vers le policier, bouche et bras grands ouverts. Rapidement, le commissaire leva son arme et la pointa sur sa tête.

— Que les hommes de bien me dépouillent, commença à réciter l'évêque en levant les yeux vers la voûte du garde-manger, que la maladie me prive de mes forces, que je perde moi-même la grâce en péchant : je n'en perdrai pas pour autant l'espérance, je la conserverai jusqu'à mon dernier souffle, et les efforts de tous les démons des enfers pour me l'arracher n'y pourront jamais rien changer, car grâce à Votre aide je m'élèverai au-dessus de mes fautes. Ma confiance en Vous est fondée sur l'assurance que Vous allez m'aider, car c'est Vous, Seigneur, qui m'avez singulièrement confirmé dans cette espérance…

Il parlait avec une voix de fausset, comme s'il était en train de dire la messe. Puis il s'interrompit brusquement, se leva et fit quelques pas en direction du commissaire. Debout, et dans cette tenue, l'évêque Perugorría ressemblait à un dragon, trop gros et fort gras pour prendre son envol.

— Ne vous approchez pas de moi, monseigneur, ordonna le commissaire tout en retirant le cran de sûreté de son pistolet. Ne vous approchez pas de moi ni de la gamine, ou je vous fais sauter la cervelle. Vous avez compris ? Écartez-vous, je vous dis !

Finalement l'évêque obéit. Il pivota sur sa droite, tourna le dos au commissaire et à sœur Concepció et commença à se diriger vers l'escalier menant au puits.

— Ne bougez plus. Restez là où vous êtes, monseigneur.

L'évêque obéit à nouveau. Il s'arrêta, ouvrit grands ses bras et dit :

— Je sais parfaitement que je suis fragile et changeant. Je sais ce que peuvent les tentations face aux vertus les plus robustes. Mais rien de tout cela ne parvient à m'inspirer la moindre crainte. Tant que je posséderai l'espérance, je serai à l'abri de tout malheur. Je suis convaincu que je conserverai toujours cet espoir, car je nourris également l'espoir que Vous m'accorderez cette espérance inaltérable.

Il s'interrompit à nouveau, baissa la tête et son corps commença à être pris de petits soubresauts. Il était en train de pleurer. Le commissaire sentit que la gamine pleurait également dans son dos, tandis que l'évêque se laissait aller, à présent sans la moindre pudeur, à des sanglots lents et tout à fait mesurés. Des pleurs sincères provoqués par une grande tristesse. L'évêque se tourna vers le policier, qui n'avait pas baissé son arme et, le visage congestionné par la peine, sanglota :

— Ma mère. Ma pauvre mère qui est en train de pleurer la mort de son fils. Le tourment…

Il se laissa aller et amorça une autre sorte de pleurs, convulsifs et désespérés. Abattu, il s'écroula par terre et continua à pleurer, en se frappant les genoux avec les poings fermés. Le commissaire baissa son arme et se dit qu'il aurait préféré l'aider, mais qu'il ne ressentait rien pour lui. Au bout du compte, qui n'a pas la nostalgie de sa propre mère ?

Sans cesser de le surveiller, il s'approcha de sœur Concepció. Elle avait cessé de pleurer, mais pas de trembler. Son corps était engourdi par le froid et l'humiliation. Elle ne retirait pas ses mains de sur son sexe, et ne parvenait cependant pas à empêcher le sang de dégouliner jusqu'à ses genoux.

— N'aie pas peur, ma fille, dit le commissaire, comme s'il commençait à chanter une berceuse. Tu as compris, je suis de la police. Nous allons partir d'ici et je t'aiderai. Tu entends ?

Sœur Concepció le regarda en écarquillant les yeux et acquiesça de la tête.

— T'a-t-il touchée ? demanda le commissaire en pointant l'évêque avec le bout du canon de son pistolet. T'a-t-il frappée ou fait du mal ?

Elle le regarda comme si elle ne comprenait pas la question. Elle ouvrit la bouche et répondit maladroitement :

— J'ai très froid et j'ai mal au ventre.

— Bien sûr, fit le commissaire.

Il jeta un coup d'œil à l'évêque, qui continuait à pleurer recroquevillé au milieu du garde-manger. Il retira sa veste et la posa sur les épaules de la novice. Il valait mieux ça, pensa-t-il, que de s'en servir pour s'envelopper un bras et tuer un chien. Bien qu'elle fût étroite, posée sur le dos fragile de sœur Concepció, sa veste semblait énorme.

— Couvre-toi du mieux que tu pourras, ma fille. À présent nous allons sortir d'ici et tout sera fini. N'aie pas peur.

Sœur Concepció se souvint que sa mère lui disait également de ne pas avoir peur, mais Son Excellence lui avait avoué que sa mère était morte. Elle aurait voulu demander à cet homme si c'était vrai, mais alors qu'elle se préparait à le faire, elle entendit un grand vacarme venant de l'extérieur. Le commissaire lui fit signe de se taire et tendit l'oreille, pendant plusieurs secondes.

— Ne bouge pas d'ici, lui demanda-t-il.

Il passa à côté de l'évêque Perugorría, qui était devenu complètement fou, et grimpa les marches du garde-manger de deux en deux. En observant depuis la porte, il pouvait apercevoir, en biais, un bout du cloître.

— Merde, grommela-t-il.

Il venait de reconnaître Manuel Escorza, Aureli Fernández et Antoni Ordaz. Ainsi que deux des maristes de la pension Capell, stupidement déguisés en anarchistes. Ensuite, une véritable multitude de ses confrères obéissant aux ordres d'une bande de miliciens de la FAI. Une bonne vingtaine au moins.

— Placez les frères en demi-cercle le long des arcades du cloître, devant la façade nord. Que les garçons se placent devant la façade sud avec les fusils chargés et prêts à tirer.

Antoni Ordaz et Aureli Fernández écoutaient attentivement les instructions de Manuel Escorza et ils durent immédiatement s'affronter à un certain tumulte pour y répondre. Les cent soixante-douze maristes qui s'étaient présentés à la convocation d'évacuation étaient en train de pénétrer à l'intérieur du couvent, guidés par des miliciens qui les attendaient à l'entrée. Lorsqu'ils accédaient au cloître, d'autres miliciens les attendaient pour leur signifier qu'ils étaient parvenus au point de rassemblement. C'est alors que les maristes tendaient à se réunir en petits groupes afin de commenter la situation. Dans ce tumulte, il n'était pas rare d'entendre des bribes de conversations optimistes :

— Pourquoi nous conduisent-ils ici ? demandait une voix aiguë.

— Vous ne voyez donc pas qu'il s'agit du lieu de regroupement ? répondait une autre voix, plus grave. Il faut comprendre que de nombreuses personnes venant de lieux très différents se sont rassemblées ici et il faut bien s'assurer à présent que tout est en ordre. L'évacuation ne va pas tarder à commencer.

— Cette nuit, nous dormirons en France !

— Certainement pas encore cette nuit, regarde l'heure qu'il est et il manque encore pas mal de temps avant de nous mettre en route. Demain…

Quelqu'un baissait la voix pour formuler une question.

— Et les bonnes sœurs de ce couvent ?

— Dieu sait où elles se trouvent, répondait un autre. La guerre…

Profitant de la confusion, frère Plana s'approcha d'Antoni Ordaz.

— Vous vous souvenez de moi ?

Ordaz le regarda comme s'il s'agissait d'un saint en plâtre.

— Bien entendu, mon frère, lui répondit-il distraitement. Retourne dans les rangs et reprends ta place.

— C'est moi qui vous ai amené frère Darder au Tostadero ! gémit le mariste en tremblant de tous ses membres.

— Oui mon gars, bien sûr. Ne t'en fais pas, personne ne t'en veut, mais retourne à ta place.

Antoni Ordaz et Aureli Fernández allaient d'un bout à l'autre des arcades pour demander aux maristes de ne pas perdre de temps en bavardages et de se ranger les uns à côté des autres devant celles-ci, comme l'avait demandé Manuel Escorza. Ils disaient qu'ils allaient faire l'appel. Tout le monde obéissait de bon gré et certains jouaient même des coudes et faisaient des blagues pour figurer au premier rang. Tels deux chiens de garde, Ordaz et Fernández veillaient à leur façon de se ranger. Lorsque le groupe commença à être plus ou moins organisé, Manuel Escorza s'approcha d'Aureli Fernández :

— Viens par ici un instant, camarade.

Fernández se détacha du groupe et suivit Escorza, qui le conduisit à part dans un coin de la cour. Manuel Escorza prit alors son élan avec ses béquilles et se jucha sur le muret de pierre entourant la galerie du cloître. Son front était couvert de sueur et il l'essuya du revers de sa main.

— Qu'y a-t-il ? demanda Aureli Fernández.

Manuel Escorza fit un signe de tête en direction des maristes, qui continuaient à s'affairer pour se mettre du mieux possible en place devant les arcades.

— Lequel de ces hommes est celui qui a tué El Cremat ? demanda-t-il avec la bouche pleine de salive.

Aureli Fernández craignait précisément qu'il lui posât cette question. Il haussa les épaules et répondit :

— Aucun d'entre eux, camarade. Nous ne l'avons pas encore retrouvé.

Les yeux de Manuel Escorza rapetissèrent.

— Je suppose que tu dois avoir une bonne excuse. Tu as toujours de bonnes excuses, dit-il en détachant chaque syllabe.

— Je n'ai aucune excuse. Je peux juste dire que je suis désolé. Dès que nous en aurons… hésita-t-il un instant, dès que nous en aurons fini ici, je demanderai à mes hommes d'intensifier les recherches. Je vous promets que nous le trouverons.

Manuel Escorza signala d'un geste de la tête les hommes qui se rangeaient devant les arcades.

— Tu désapprouves cela, n'est-ce pas ?

Aureli Fernández se sentait piégé par son supérieur. Il s'efforça de répondre sans hésitation :

— Pas du tout, camarade. J'ai bien réfléchi et je trouve que tu as raison. Toute révolution a son prix et l'on ne peut pas toujours faire dans le détail.

Escorza eut un rire on ne peut plus méchant et descendit en même temps du muret.

— J'ai bien apprécié ton idée de ne pas toujours faire dans le détail, Fernández, dit-il en s'agrippant à ses béquilles. Essaie de ne pas l'oublier, car je te la rappellerai un jour ou l'autre. Pour l'instant, comme tu dis, trouve notre frère fugitif et tâche de faire vite.

Un relent de haine noua le ventre d'Aureli Fernández, mais il se contenta de le ravaler et de se taire.

La mère supérieure, escortée par deux miliciens, fit son apparition au bout du couloir qui menait à la chapelle Santa Àgata.

— Camarade Escorza, annonça l'un d'entre eux. Les religieuses sont enfermées dans la chapelle, jusqu'à nouvel ordre de ta part.

— Très bien, répliqua Escorza qui remarqua panique et stupéfaction sur le visage de la mère supérieure. Qu'en penses-tu, petite sœur ? Tu ne vas pas me dire que ce n'est pas une rencontre très agréable que nous avons là ?

— Qu'est-ce que ça signifie, Manuel ? Qu'avez-vous l'intention de faire ?

Manuel Escorza sourit à nouveau. Il s'amusait beaucoup.

— Où se trouvent Sirga et le commissaire, petite sœur ?

La mère supérieure se tut et se tourna vers les maristes. Ils étaient déjà presque tous en place, lorsque soudain un homme portant l'uniforme des Patrouilles de surveillance sortit des rangs et s'avança vers eux.

— Eh, mon frère ! Où pensez-vous aller ? lui cria Antoni Ordaz. Retournez immédiatement à votre place ! Eh, camarade !

Frère Lacunza fit le sourd et traversa la cour à toute vitesse, avant de se planter devant Aureli Fernández et Manuel Escorza.

— Où se trouvent frère Darder et l'émissaire Aragou ? demanda-t-il en colère.

— On ne peut pas dire que notre frère n'ait pas un caractère bien trempé, plaisanta Escorza. Et en plus il pose une bonne question : où sont-ils, Fernández ?

— Ils sont… Ils sont sur le point d'arriver, improvisa ce dernier, déconcerté. Il manque encore un fourgon avec quelques traînards.

— Vous me prenez pour un imbécile, n'est-ce pas ? explosa frère Lacunza. Il ne manque plus personne ici, à part frère Darder et l'émissaire Aragou. Ne venez pas me raconter des sornettes. Il y a un instant, vous m'avez donné votre parole…

Manuel Escorza prit les deux béquilles dans une main et posa son autre main sur l'épaule de frère Lacunza, amicalement.

— Cet homme a raison, Fernández, dit-il en lui tapant sur l'épaule comme si c'était la tête d'un chien. En plus, il a démontré que c'était un homme ferme et un bon négociateur. Il mérite qu'on lui parle franchement. Écoute-moi, Lacunza, ajouta-t-il en s'approchant de son visage, ton émissaire Aragou se trouve à la prison Model et nous avons l'intention de demander une rançon à ton institution mariste pour sa libération. Pour ce qui concerne frère Darder, il nous a créé des problèmes. Nous l'avions enfermé, mais il a tué un des hommes qui le surveillaient et il s'est enfui. Par conséquent, à présent, il nous faut le retrouver pour le passer par les armes. Voilà, c'est tout. Tu es satisfait à présent, frère Lacunza ?

Il aurait voulu répondre quelque chose mais il ne pouvait pas parler, même pas respirer. Il sentait un poids sur sa poitrine qui l'étouffait. Pour la première fois de sa vie, frère Lacunza éprouva un sentiment de peur et découvrit par la même occasion que celui-ci lui ôtait toutes ses forces. Un sentiment de peur et de honte, avec l'horreur d'avoir agi stupidement. Il parvint juste à échanger un regard avec la mère supérieure, qui était devenue muette également et qui résistait encore à admettre ce qu'elle voyait et entendait.

Se frayant un chemin dans la cour du cloître, parmi maristes et miliciens, Gil Portela se présenta en courant comme si quelqu'un le poursuivait.

— Camarade Escorza, camarade Escorza, s'écria-t-il. J'ai trouvé Sirga. Il est mort.

Le sourire de Manuel Escorza s'effaça immédiatement de son visage.

— Il est dans une salle qui se trouve par là-bas, insista Gil Portela. Il a deux balles dans le corps et je te jure qu'il n'a vraiment pas bonne mine.

— Où se trouve le commissaire, petite sœur ? grogna Manuel Escorza.

La mère supérieure ne répondit rien. Elle se contentait de hocher légèrement la tête, comme si elle se disait que ce qui était en train de se passer ne pouvait pas être réel.

— Tu entends ce que je te demande ? Où sont le commissaire et l'évêque, espèce de sale pute ?

Il leva sa main libre et envoya une gifle à toute volée à la mère supérieure. Le coup fut si violent que la femme tomba à terre et qu'elle y resta assise, la joue en feu et l'oreille qui lui sifflait. Elle ne regardait nulle part, ressemblait à une gamine tentant de comprendre pour quelle raison on la punissait.

— Tu as entendu, petite sœur ? Dis-moi où ils sont passés !

Il y eut une sorte d'émotion parmi les maristes qui avaient été témoins de la scène. Certains firent mine de sortir des rangs pour porter secours à la mère supérieure, mais Antoni Ordaz et son groupe de miliciens les firent retourner à leur place à grandes bourrades.

— Que personne ne bouge ! hurla Gil Portela d'un bout à l'autre de la cour. Ordaz, si quelqu'un recommence tu lui tires une balle dans la tête et terminé, d'accord ? Vous avez compris, bande de sales corbeaux de merde ?

Tout le monde l'avait parfaitement compris. L'écho de la menace de Gil Portela résonnait dans la cour et tous les miliciens s'étaient rangés devant le demi-cercle formé par les maristes, avec les fusils prêts à tirer. Antoni Ordaz se plaça à côté du peloton pour surveiller. Frère Plana tenta de lui faire un signe de la main, mais ce fut inutile : ou bien Antoni Ordaz ne le voyait pas, ou bien il faisait semblant de ne pas le voir.

Frère Lacunza réagit et aida la mère supérieure à se relever. Celle-ci se planta devant Escorza.

— Manuel, tu as toujours été un pauvre type, dit-elle d'une voix très claire. Tu peux te dire que tu gagnes à présent, mais tu es né infirme et tu resteras un infirme jusqu'au jour de ta mort. Et lorsque ce jour viendra, tu peux être certain que je prierai pour que tu pourrisses en enfer jusqu'à la fin des temps.

Aureli Fernández tourna la tête pour dissimuler le plaisir avec lequel il avait accueilli les mots de la bonne sœur. Gil Portela, en revanche, fixa Escorza en attendant qu'il lui donnât un ordre, mais celui-ci ne vint pas. La bouche du Boiteux de Sant Elies s'était figée dans une grimace, sans pouvoir dissimuler sa contrariété.

— Escorza, je suis là ! cria une voix qui traversa la cour.

Tout le monde se tourna vers l'endroit d'où venait l'apostrophe, mais personne ne vit quoi que ce fût. Manuel Escorza sortit brusquement de sa torpeur et se remit à sourire.

— Commissaire, où es-tu, fils de pute ?

— Moi aussi, je t'aime bien, répondit le policier. Je suis dans le garde-manger, juste devant le potager !

Gil Portela fit mine de se diriger vers l'endroit, mais Manuel Escorza lui indiqua d'arrêter. Il ne détestait pas l'idée de s'amuser quelques instants.

— Approche-toi ou tu préfères qu'on vienne te chercher, commissaire ?

— Écoute-moi bien, Escorza, l'évêque se trouve avec moi ! Ou toi et tes hommes quittez cet endroit sans faire de mal à qui que ce soit ou je le tue, et alors, il me semble bien que tu vas avoir quelques problèmes avec ta hiérarchie. Qu'en penses-tu ?

Manuel Escorza hocha la tête comme s'il venait d'entendre un bon mot sortir de la bouche d'un enfant. Il répondit.

— Tu as des couilles, commissaire, ça je ne le nie pas. Mais comme tu n'es pas un imbécile non plus, je suppose que tu t'es aperçu que tu n'étais pas en mesure de poser des conditions. Sors de là immédiatement avec l'évêque et je te promets de te laisser filer sans les moindres représailles.

— Tu l'as dit, Escorza, je ne suis pas un imbécile. Ou tu fais ce que je t'ai dit, ou c'est toi-même qui vas te retrouver sans l'évêque, et avec tout ce que cela suppose.

— Commissaire, en comptant les bonnes sœurs et les frères je dois avoir à peu près deux cents otages, et si tu ne sors pas de ton trou tu seras responsable de ce qui va avoir lieu !

Il s'écoula plusieurs secondes de silence. Depuis l'autre extrémité de la cour, frère Lacunza observa les frères de sa communauté et s'aperçut qu'ils étaient tous figés, comme s'ils avaient été fixés à jamais sur une photographie désespérée. Les miliciens eux aussi donnaient l'impression d'avoir été fossilisés en même temps que leurs armes, comme Antoni Ordaz qui était aussi raide que Gil Portela ou Aureli Fernández. Seule la mère supérieure, qui s'était recueillie pour prier et devait faire un gros effort pour ne pas demander au commissaire où se trouvait sœur Concepció, et Manuel Escorza, debout dans un coin de la cour en train de négocier à grands cris, offraient des signes de vie. Et frère Lacunza, qui demandait pardon en pensée pour ses péchés et recommandait son âme à la divine providence, devait reconnaître qu'il ne s'était jamais senti aussi vivant qu'en ce moment.

Finalement, la réponse arriva :

— Non, Escorza, ne viens pas me raconter ce genre d'histoire. Le responsable ce sera toi tout seul. Ceci dit, tu sais que tes deux cents otages ne représentent même pas la moitié de la valeur que représente le mien. Que va-t-il t'arriver si l'évêque devait avoir un problème, Escorza ?

Le Boiteux de Sant Elies perdit soudain patience. Haute trahison, voilà ce qui allait lui arriver. Conseil de guerre et peloton d'exécution. Il avait dû lutter durement pour devenir quelqu'un à l'intérieur de la FAI, et à présent il avait trop d'ennemis. Il ne pouvait se permettre la moindre erreur et comprenait que cet homme ne parlait pas en l'air.

— Que deux gars aillent le chercher, dit-il à Gil Portela.

Après avoir parlementé avec Escorza, le commissaire descendit les marches du garde-manger. Sœur Concepció s'était blottie près de la niche de saint Galderic, enveloppée dans la veste, et l'évêque Perugorría se trouvait comme il l'avait laissé : couché sur les sacs de grain, pieds et poings liés à l'aide de plusieurs rouettes auxquelles il avait fait deux nœuds de marin appris lorsqu'il était jeune. Le prélat s'était presque endormi. Il délirait :

— L'Esprit saint… L'Esprit saint…

— Viens avec moi, ordonna le commissaire à sœur Concepció.

Il la prit par la main et ils descendirent jusqu'au puits.

— Reste ici, ne bouge pas et ne parle pas, quoi que tu voies. D'accord ?

— Savez-vous si ma mère est morte ? demanda la gamine.

Le commissaire aurait aimé pouvoir lui répondre, mais il entendit du bruit venant d'en haut. Logiquement, Escorza avait envoyé des hommes pour venir les chercher. Il grimpa rapidement les marches qui menaient jusqu'au puits et s'embusqua tant bien que mal derrière une anfractuosité formée par les pierres du mur, juste au niveau de l'escalier qui menait ensuite à l'extérieur.

Il tendit l'oreille et perçut le bruit de bottes des miliciens. Il ne parvenait pas à savoir s'il y avait deux ou trois hommes. Il retint sa respiration.

Ainsi qu'il l'avait prévu, la première chose que virent les miliciens, après avoir passé le coude formé par l'escalier, fut la masse formée par l'évêque Perugorría sur les sacs de grain. En théorie, cela était fait pour détourner momentanément leur attention.

Le commissaire aperçut une tête dépasser. Il leva son arme et, pratiquement sans viser, appuya sur la détente.

On entendit la détonation dans la cour du cloître et celle-ci alla lentement se dissoudre dans la clarté du petit matin. On perçut un autre coup de feu ensuite, puis encore un autre, presque simultanément. Au bout de quelques secondes, un dernier coup de feu.

Puis ce fut le silence. Aureli Fernández et Gil Portela observaient Manuel Escorza, en train de réfléchir dans son coin. Frère Lacunza se triturait les mains. La mère supérieure priait.

Plus d'une minute s'écoula et Escorza se fatigua d'attendre :

— Que s'est-il passé ? cria-t-il d'une voix éraillée.

Nouveau silence. Le Boiteux soufflait par le nez.

— Ne te fais pas d'illusions, Escorza ! fit la voix du commissaire Muñoz sur un ton plus grave. Là où je me trouve, c'est un goulet d'étranglement ; il me suffit d'attendre ici les hommes que tu m'enverras, à présent j'ai des munitions de reste. Vous finirez peut-être par m'avoir, mais j'en aurai éliminé un bon paquet auparavant. Tes hommes des Patrouilles sont si courageux que ça ? Ou peut-être préféreront-ils te liquider d'abord toi-même ?

Manuel Escorza ouvrit la bouche pour lui répondre, mais il ne put qu'entamer un juron qu'il ne finit même pas. Un milicien laissa lui aussi fuser une injure. Les dix-sept autres se turent.

— Escorza ! cria à nouveau le commissaire. Je ne le répéterai pas : toi et tes hommes, sortez de ce couvent, laissez-nous tranquilles et je te garantis qu'il n'arrivera rien à l'évêque. Qu'en penses-tu ?

Un courant d'air frais passa de façon inespérée, qui entraîna un frisson général. Manuel Escorza empoigna ses béquilles. Il abandonna son coin et observa Gil Portela. Ensuite, il fit un signe de tête en direction de frère Lacunza, qui se trouvait aux côtés de la mère supérieure et triturait son béret de milicien.

Immédiatement, Gil Portela tira son arme de l'intérieur de sa veste, la pointa sur la poitrine de frère Lacunza et lui tira dans le cœur. Frère Lacunza fit une sorte de rot, écarquilla les yeux et regarda Aureli Fernández, qui se contenta de détourner son regard. Ensuite, il s'écroula sur la mère supérieure, qui le prit dans ses bras comme s'il s'agissait d'un membre de sa famille qu'elle n'aurait pas vu depuis très longtemps. Lorsque le corps de frère Lacunza glissa jusqu'à terre, il laissa l'habit de la bonne sœur tout barbouillé de sang.

— Commissaire ! hurla Manuel Escorza. Je ne sais pas si tu l'as vu, mais je viens juste d'exécuter le frère à la voix chantante. Sors de là, ou tu préfères peut-être que je continue ?

Le commissaire descendit rapidement les marches et retourna dans le garde-manger. Il entendit l'évêque qui, toujours couché sur les sacs, murmurait toutes sortes d'incohérences :

— Monstres, disait-il. Pauvres ramoneurs…

Sœur Concepció était dans son coin avec la statuette de saint Galderic observant les cadavres des deux miliciens que le commissaire avait liquidés tout à l'heure. L'un était étendu à côté du baril de harengs et deux pas plus loin devant l'escalier. Il eut l'impression que le spectacle n'effrayait pas la gamine. Elle le regarda et lui demanda :

— Vous ne m'avez pas répondu, tout à l'heure, monsieur.

Les ruisselets de sang dégoulinaient à présent jusqu'à ses pieds. Il y avait également du sang par terre, que les deux miliciens avaient perdu. Ils ne devaient pas avoir plus de vingt ans chacun et le commissaire pensa qu'ils auraient pu être ses enfants. Ou les grands frères de la novice. Il sentit une longue et douce fatigue comme s'il n'avait pas dormi depuis plusieurs jours.

— Je suis désolé, ma fille, mais je ne sais absolument rien à propos de ta mère. C'est curieux, dernièrement la mienne aussi me manque énormément !

Sœur Concepció baissa la tête et n'ajouta rien. Elle commençait à comprendre que l'éventualité des tourments était au moins aussi plausible que la joie, et que tomber sur eux ou sur cette dernière relevait uniquement du hasard. Fève ou amande. *Do* mineur ou *la* majeur. Elle ne comprenait vraiment pas ce que venait faire la foi là-dedans.

Elle eut un frisson et s'enveloppa plus chaudement dans la veste. Elle regarda le commissaire traîner les corps des deux miliciens près du puits, afin de libérer le passage. Deux traînées de sang étaient restées marquées par terre et lui rappelaient à présent celles qui se formaient sur le papier à musique des partitions lorsque, de façon maladroite, on renversait quelquefois l'encrier.

— Je pense que nous n'avons que trop attendu, camarade, déclara Gil Portela en clignant des yeux, car le soleil tapait directement sur son front et l'aveuglait.

— Il est peut-être en train de réfléchir à sa reddition. Il ne pourra pas s'en sortir, bafouilla Aureli Fernández.

La mère supérieure examinait les taches de sang sur le tissu de son habit comme si elle tentait de déchiffrer une carte. Frère Lacunza gisait à ses pieds, la bouche et les yeux toujours ouverts. La bonne sœur s'accroupit et les lui ferma d'une main fébrile.

De nombreux maristes frémissaient également. Le bataillon de miliciens les obligeait à rester rangés dans leur file. Frère Plana continuait à tenter d'attirer l'attention d'Antoni Ordaz, en faisant des grimaces de plus en plus ridicules, cependant qu'Ordaz faisait exprès de l'ignorer.

— Gil a raison, assena Manuel Escorza. Nous ne pourrons le sortir de là que les pieds devant.

— Et nous n'avons même pas la garantie que l'évêque soit vivant à l'heure qu'il est, renchérit Gil Portela.

— Procédons par ordre, conclut Escorza. D'abord les frères et ensuite le commissaire. Lorsque nous aurons fini, nous déciderons ce qu'il faut faire des autres fanatiques.

Il regarda la mère supérieure, toujours penchée sur le corps de frère Lacunza. Elle lui rendit son regard, chargé d'un mépris aussi grand qu'une vie entière.

Manuel Escorza avala sa salive et la trouva plutôt amère.

— Allons-y, dit-il.

Gil Portela traversa la cour, s'approcha d'Antoni Ordaz et lui transmit un ordre à voix basse.

Ordaz alla se placer à une extrémité de la cour, dans une position perpendiculaire au peloton.

— Miliciens, préparez… armes ! hurla-t-il.

Les dix-huit hommes levèrent leur fusil dans un geste identique, puis ils retirèrent le cran de sûreté.

— Commissaire, soyez très attentif à ce qui va se passer, s'amusa Manuel Escorza.

— En joue !

Les miliciens portèrent leur fusil à l'épaule et visèrent en direction de la rangée des maristes. Il s'agissait de leur tirer dans la poitrine et de le faire proprement pour ne pas avoir à donner le coup de grâce ensuite. À six pas devant eux, ils pouvaient lire l'horreur sur les visages des condamnés. Quelques miliciens souriaient, d'autres trouvaient le fusil aussi lourd qu'un bloc de pierre.

On entendit un hurlement d'effroi.

— Non, pas moi ! fit la voix qui criait.

Frère Plana quitta les rangs et commença à courir dans tous les sens, sans but précis, à l'intérieur de la cour, comme un canard auquel on aurait coupé le cou.

— Ne me tuez pas ! répétait-il. Ne me tuez pas !

Deux miliciens sortirent du rang et le mirent en joue avec leur fusil, mais n'osèrent pas tirer tant qu'on ne leur en donnait pas l'ordre. Frère Plana agitait les bras, courait en rond et poussait des glapissements pitoyables, comme un gamin qui se serait brûlé avec les braises de la cheminée. Manuel Escorza fit claquer sa langue et secoua la tête. Il regarda Gil Portela et lui fit un signe du tranchant de la main, signifiant de se dépêcher. Gil Portela acquiesça.

Finalement, frère Plana s'arrêta devant Antoni Ordaz et Gil Portela. Il s'agenouilla devant eux.

— Pas moi ! répéta-t-il. Nous avions décidé que je n'en serais pas ! C'est moi qui vous ai donné frère Darder au Tostadero…

Il se mit à pleurer de façon pitoyable. Tous les maristes l'observaient avec des expressions qui allaient de la rage à l'apitoiement, en passant par le dédain et l'indignation. Frère Plana s'enroulait sur lui-même et ne cessait de sangloter.

— Pas moi… répétait-il avec une voix presque inerte.

Debout à ses côtés, Gil Portela saisit à nouveau son arme dans sa veste et, comme qui se débarrasserait d'un insecte, lui tira une balle à bout portant dans la tête. Frère Plana tomba face contre terre, et une énorme flaque de sang se forma immédiatement au-dessous de sa figure. Un mariste hurla et la mère supérieure mit son visage dans ses mains.

— Suffit la comédie ! cria Manuel Escorza. Finissons-en une bonne fois pour toutes !

— Miliciens, en formation ! ordonna Antoni Ordaz.

Les hommes obéirent immédiatement et pointèrent à nouveau le canon de leur fusil en direction des religieux. Au même moment, un frère mariste lança :

— Mes frères, donnons-nous donc la main ! *Ad Jesum per Mariam !*

Vers Jésus par Marie, c'était la devise de leur ordre.

— Feu !

À l'intérieur du garde-manger, le commissaire Muñoz prit sœur Concepció dans ses bras et lui boucha les oreilles pour qu'elle n'entendît pas retentir le bruit des dix-huit fusils tirant tous en même temps. Ce fut en vain : la décharge fut si forte qu'on avait dû l'entendre loin dans la rue, de l'autre côté du haut mur d'enceinte du couvent.

— Monstres… dit à nouveau l'évêque Perugorría à moitié allongé sur les sacs, les yeux fermés.

Cent soixante-douze hommes pour dix-huit miliciens : il fallut que les soldats rechargent leur fusil et qu'Antoni Ordaz répétât l'ordre de faire feu, jusqu'à dix fois consécutives. L'exécution se prolongea plusieurs fois, par espaces de huit minutes, pendant lesquelles les survivants de chaque salve voyaient tomber leurs frères qui venaient d'être touchés par les balles. Les corps s'empilaient les uns sur les autres, et saignaient tous ensemble. Les premières victimes n'eurent pas le temps de se donner la main ; les autres oui, et certains mouraient les mains entrelacées.

Gil Portela suivait tous les détails avec un vif intérêt et un grand sourire. Manuel Escorza souriait également, surtout lorsqu'il observait Aureli Fernández et qu'il voyait son visage tout triste. La mère supérieure se tenait au muret des arcades, car elle avait l'impression que ses jambes allaient lâcher, et elle regardait fixement son frère comme pour le fusiller du regard.

Lorsque tout fut fini, une épaisse odeur de poudre flottait dans l'air, âpre et pénétrante, et la partie centrale de la cour était embrumée par la fumée dense des fusils. Un milicien sortit en courant du peloton, se pencha au-dessus du muret et se mit immédiatement à vomir. On pouvait entendre des gémissements et des plaintes venant du tas de cadavres.

— Donnez le coup de grâce à ceux qui sont encore vivants, nom de Dieu ! dit Manuel Escorza furieux. Vous ne les entendez donc pas ?

Antoni Ordaz, Gil Portela et les miliciens empoignèrent leur arme et se mirent à retourner les corps un par un à la recherche des survivants. Ce ne fut pas un travail facile, car certains étaient coincés sous deux ou trois autres corps, et plus d'une fois les miliciens se trompaient et donnaient un coup de grâce redondant à quelqu'un qui était déjà mort. Lorsqu'il tirait, Antoni Ordaz tournait systématiquement la tête, en revanche Gil Portela s'acquittait de sa tâche avec une froideur époustouflante.

À la fin, on n'entendait plus le moindre gémissement. On ne percevait absolument plus rien.

La mère supérieure pensait à ses vingt-sept bonnes sœurs, qui devaient avoir entendu tout ce désastre depuis la chapelle Santa Àgata et qui devaient être en train de prier et de se préparer à être les suivantes. Oui, à présent c'était à leur tour de mourir, pensa-t-elle, puis ce sera le tour du commissaire, qui ne pourra jamais venir à bout d'une telle férocité. Elle avait compris que son frère avait laissé libre cours à l'animal qui nichait au fond de lui depuis qu'il était tout petit, et que cet animal était complètement affamé. Elle pensa également à sœur Concepció et elle pria en silence, intensément, pour qu'elle fût en bonne santé et pour qu'on eût au moins pitié d'elle.

Stabat Mater dolorosa : sans trop savoir pourquoi, ces trois mots lui étaient revenus à l'esprit.

— Commissaire ! hurla Manuel Escorza en se tournant vers le garde-manger. Qu'est-ce que tu dis de ça ? Ils sont tous morts par ta faute, commissaire !

Le policier laissa sœur Concepció et grimpa à nouveau jusqu'à la porte, avec méfiance au cas où il aurait été attendu par un des hommes d'Escorza. Lorsqu'il eut vérifié qu'il n'y avait personne, il pointa son nez et aperçut le nuage de poudre et une partie de la tuerie. Les cadavres gisaient n'importe comment sur la terre grumeleuse de la cour du cloître. La fatigue l'accablait de plus en plus.

— Je dis que tu es un grand taré, Escorza. Voilà ce que je dis. L'évêque est toujours là, auprès de moi ; si tu le veux, viens le chercher !

Il descendit à nouveau dans le garde-manger et demanda à sœur Concepció de retourner près du puits, malgré la compagnie des deux miliciens morts. La gamine n'opposa pas la moindre résistance : elle s'enfonça dans le fond et fixa attentivement la margelle du puits pour éviter de regarder les deux cadavres. Il valait mieux laisser l'évêque attaché. En plus de son pistolet, le commissaire saisit le fusil d'un des miliciens et se remplit les poches des balles que tous les deux possédaient. Il gravit à nouveau les marches, prêt à attendre le temps qu'il faudrait. Il eut soudain envie de pleurer et il ne lui fut pas si facile de contenir ses larmes.

Gil Portela et Antoni Ordaz s'approchèrent de Manuel Escorza.

— Que faisons-nous, à présent ?

— Allons le chercher, répondit Escorza. Que tous les garçons y aillent. Combien va-t-il en tuer ? Trois, quatre ? Il ne pourra pas venir à bout de toute la bande. Nous finirons bien par l'avoir.

— Et pour les bonnes sœurs ? demanda Aureli Fernández, consterné.

— Plus tard, fit Manuel Escorza. Ça c'est une autre histoire… comment dire ? Une histoire… personnelle ! N'est-ce pas, petite sœur ?

La mère supérieure évita de répondre. Elle s'appuyait au muret et observait le carnage avec des yeux effarés. Elle voyait également les miliciens déambuler dans la cour, et notamment l'un d'eux qui laissait tomber la cendre de sa cigarette sur le corps de frère Plana. Elle continuait à prier.

Elle fut la première à le voir arriver. Immédiatement après, ce fut le tour d'Escorza et des autres.

— Qu'est-ce que c'est que ce bordel ? demanda Antoni Ordaz n'en croyant pas ses yeux.

Depuis la porte du garde-manger, le commissaire Muñoz put également voir comment frère Darder, qu'il eut bien du mal à reconnaître, pénétrait dans le cloître en chevauchant Hadaly. Le grand cheval noir, à la robe lustrée, puissant, et son cavalier en haillons et tout sale, formaient une énigmatique gravure, tirés des rêves d'un fou. Ils avançaient lentement, d'un pas majestueux, en direction des arcades du cloître. Tout le monde les regardait avec stupeur, certains étaient bouche bée, comme si un fantôme ou un ange venait d'apparaître devant eux. Du haut de sa monture, frère Darder observait également l'ensemble de ses frères massacrés et éparpillés un peu partout. Il était extrêmement calme, semblait même quelque peu indifférent, comme qui contemplerait un diorama. En découvrant le corps de l'infatigable frère Lacunza, il ressentit une certaine affliction. Et en voyant celui de frère Plana, le rat, il éprouva une inavouable joie.

— C'est le frère qui a tué El Cremat ! dit Gil Portela.

Frère Darder ne répondit pas. Lui et Hadaly tournèrent en rond autour du massacre. Ils étaient arrivés par l'entrée latérale et se rapprochaient lentement du coin où s'étaient repliés Escorza, Ordaz, Fernández et Gil Portela. Ils s'arrêtèrent devant eux. Frère Darder les regarda attentivement, avec une expression sévère. La robe du cheval s'irisa légèrement à la lumière du soleil. Les miliciens s'étaient regroupés de l'autre côté de la cour, sans trop savoir que faire. La mère supérieure avait cessé de rêver et était aussi stupéfaite que tout le monde.

— Une entrée majestueuse, mon frère, indéniablement, dit finalement Manuel Escorza en tentant de conserver la maîtrise de la situation. Peut-on savoir où tu vas avec une aussi élégante monture ?

Frère Darder sourit.

— En enfer, répondit-il. Je suis juste venu te chercher pour que tu m'y accompagnes.

Tout se passa très rapidement. Hadaly se cabra sur ses pattes de derrière et laissa retomber celles de devant sur Manuel Escorza qui perdit l'équilibre et tomba par terre, les quatre fers en l'air, en perdant ses béquilles.

— Nom de Dieu ! bafouilla-t-il suffoqué.

Ordaz, Fernández et Gil Portela firent mine d'intervenir pour l'aider, mais avant qu'ils n'aient eu le temps de s'approcher, l'animal avait pivoté sur lui-même. D'une ruade il envoya un énorme coup de sabot en pleine tête de Manuel Escorza. Son crâne éclata et son visage se transforma en une espèce de boule sanguinolente.

Gil Portela fut le premier à réagir :

— Tuez-le ! Mais tirez, nom de Dieu !

Tandis que les miliciens s'empressaient de charger leur fusil, Gil Portela leva son arme et tira sur frère Darder, qui reçut une balle dans le ventre, lui arrachant un gémissement de douleur. Mais Hadaly semblait être devenu fou, et il commença à sauter et à ruer avec une force incroyable. Un autre coup de sabot bien affiné défonça la poitrine d'Antoni Ordaz, qui mourut instantanément. Aureli Fernández, qui se trouvait à ses côtés, se mit à courir sans savoir vers où, et trébucha au bout de quelques enjambées sur les cadavres des malheureux maristes.

Les fusils des miliciens étaient déjà prêts et ces derniers commencèrent à tirer sur le cheval et son cavalier. Gil Portela vida également le chargeur de son pistolet sur frère Darder, qui sentit les balles lui perforer la peau comme une bénédiction qui le rapprochait enfin du repos éternel.

"Si Dieu trouve cela convenable..."

À mesure que les hommes tiraient, les blessures s'ouvraient dans la poitrine de frère Darder, dans ses flancs, son dos, ses jambes. Des stigmates, eut-il le temps de penser. Puis une balle qui lui perfora l'oreille mit définitivement fin à sa douleur. Mais pas à celle de Hadaly, qui avait reçu cinq ou six coups de feu répartis un peu partout sur son corps, mais qui ne cessait pour autant de se débattre, peut-être plus furieusement à chaque nouvelle blessure. Avec le corps de frère Darder allongé sur sa croupe, il hennissait et bavait furieusement, tout en distribuant des coups dans le camp des miliciens. Il en laissa deux étendus en même temps par terre, raides morts ; puis deux autres agonisants. Quelques hommes rechargeaient leur fusil et continuaient à tirer contre l'animal, les autres commençaient à fuir de tous côtés.

Gil Portela avait épuisé ses munitions et entreprit également de s'enfuir. Il avait décidé de sortir dans la rue, de prendre une des voitures garées dehors et de ne s'arrêter qu'après avoir passé la frontière. Au diable, tout ça, se dit-il. Il se tourna vers la mère supérieure, restée comme magnétisée devant un tel spectacle, la secoua et se mit à courir.

— Pas si vite, Gil, entendit-il qu'on lui disait.

Il eut juste le temps d'apercevoir le visage du commissaire Muñoz avant d'entendre un coup de feu et de voir que tout devenait noir autour de lui.

Les miliciens qui avaient survécu à l'attaque de Hadaly avaient fini par détaler en direction de la sortie. Le cheval s'était assis au milieu de la cour, tout près du corps de frère Darder. Il respirait péniblement. Il était en train de mourir, si tant est qu'une créature telle que Hadaly pût mourir. Les monstres meurent-ils ?

Il ne restait plus que la mère supérieure et Aureli Fernández occupés à tripatouiller parmi les corps des maristes, comme s'ils avaient perdu la raison. Le commissaire s'approcha et pointa le canon de son arme sur la tête de l'homme.

— Ne faites pas ça, dit la mère supérieure. Ne faites pas ça, s'il vous plaît. Vous n'êtes pas comme eux. Vous n'êtes pas un criminel, commissaire.

Bien sûr que je le suis, pensa-t-il, mais il baissa son arme et respira profondément. Il continuait à avoir envie de pleurer, éprouvait une fatigue épouvantable, mais il devait parvenir à se maîtriser. Il examina la mère supérieure.

— Tout va bien, pour vous ? demanda-t-il.

Elle acquiesça. Puis elle tourna son regard vers son frère qui gisait par terre, la tête écrabouillée. Cela sembla brusquement l'extraire de sa torpeur.

— Et sœur Concepció ? demanda-t-elle d'un air anxieux.

— Saine et sauve, me semble-t-il, répondit le policier tandis que la mère supérieure laissait échapper un long soupir de soulagement. Je vais la chercher et, en même temps, je ramène l'évêque Perugorría. Pendant ce temps, faites donc sortir les autres bonnes sœurs de la chapelle. À présent, le moment est vraiment venu de fuir d'ici.

Le commissaire dévala une fois de plus les marches de l'escalier menant au garde-manger. Il détacha l'évêque et s'approcha ensuite de la novice.

— Viens par ici, lui dit-il. N'aie pas peur.

Elle sourit et se laissa faire par le policier qui ressentit une douleur aiguë dans son dos, tandis qu'il remontait l'escalier avec la gamine dans ses bras. Ensuite, il la reposa par terre et ils marchèrent en direction du cloître. Les vingt-sept capucines s'y trouvaient déjà, qui fondaient en larmes devant l'ampleur du massacre. La mère supérieure courut en direction de sœur Concepció et la prit dans ses bras avec une tendresse infinie, qui sembla un peu déplacée au milieu de ce panorama macabre. Peut-être vient-elle de trouver sa nouvelle mère, se dit le commissaire, et cette pensée le réconforta définitivement.

— On dirait que vous vous en êtes sorti, lança derrière lui une voix familière.

Les apparitions du Dr Pellicer et du juge Carbonissa ne l'étonnèrent pas le moins du monde.

— Je n'en suis pas très sûr, répondit le policier. De toute façon, je vous remercie.

— Nous ne méritons pas ces remerciements, commissaire. Ce pauvre frère Darder est venu à ma rencontre comme un homme mort. Nous n'avons fait que l'aider à accomplir sa dernière volonté.

Le commissaire s'approcha de Hadaly, qui émettait un ronflement d'agonie. Il regarda l'animal dans les yeux et aperçut quelque chose qui s'éteignait.

— Je suis désolé, dit-il.

— Je vous en prie, répondit le juge. C'est le cycle de la nature, comprenez-vous ? La vie, la mort, puis à nouveau, la vie. C'est toujours pareil.

— Toujours avec vos histoires de vampires ? ironisa le commissaire.

À cet instant, l'évêque Perugorría se planta à sa hauteur. Il marchait absorbé par on ne sait quoi, comme s'il ne les avait pas vus, et tenait entre ses mains un cahier et un stylo. Les bonnes sœurs le regardaient d'un air gêné, et lui contemplait la cour remplie de cadavres comme s'il s'agissait d'un magnifique coucher de soleil sur la mer.

Le commissaire, le médecin et le juge le suivaient également des yeux. L'évêque s'approcha des arcades du cloître, ouvrit son cahier et y nota quelques mots avec son stylo.

Il écrivait :

Certains des personnages et des situations décrits dans ce roman sont tirés de faits réels. Je dois aux livres de Miquel Mir, *El preu de la traïció*, et de Jordi Albertí, *El silenci de les campanes*, ainsi qu'au volume de mémoires *De l'esperança a la desfeta (1920-1939)*, de Josep Benet, les informations sur la persécution des religieux en Catalogne au tout début de la guerre civile. Ces ouvrages m'ont servi à bâtir la trame du récit centrée sur le destin des maristes. Bien entendu aucun d'eux n'a le moindre rapport avec le traitement fictionnel que ces faits historiques reçoivent au sein du roman et avec les modifications qui s'en sont suivies. Au bout du compte, la mémoire et l'imagination peuvent se superposer dans certains passages, cependant qu'elles empruntent des routes différentes.

S. A.

Alaró, janvier 2012

TABLE

OUVRAGE RÉALISÉ
PAR L'ATELIER GRAPHIQUE ACTES SUD.
REPRODUIT ET ACHEVÉ D'IMPRIMER
EN MARS 2017
PAR NORMANDIE ROTO IMPRESSION S.A.S.
À LONRAI
POUR LE COMPTE DES ÉDITIONS
ACTES SUD
LE MÉJAN
PLACE NINA-BERBEROVA
13200 ARLES

DÉPÔT LÉGAL
1RE ÉDITION : AVRIL 2017

N° impr. : 1605532

(Imprimé en France)